El Cóndor
and other stories

Sabine R. Ulibarrí

Bilingual Edition

Arte Publico Press
Houston, Texas

This publication is made possible through a grant from the National Endowment for the Arts, a federal agency, and the Texas Commission on the Arts.

Arte Publico Press
University of Houston
Houston, Texas 77204-3784

Ulibarrí, Sabine R.
    El Cóndor and other stories.

    I. Title . II. Title: Cóndor y otros cuentos.
PQ7979.2.U4A2 1988 863 88-14648
ISBN 0-934770-92-1

En memoria de un hermano espiritual, León Márquez.

CONTENTS

Amena Karanova 7
The Man Who Didn't Eat 55
Amarti and Amarta 71
Loripola 81
Three Marys 97
A Man Who Forgot 121
He's Got a Cross and He Ain't a Christian 125
Two Faces 139
Cruzto, Indian Chief 149
Rising Gold, Falling Gold 161
The Condor 181

CONTENIDO

Amena Karanova 31
El hombre que no comía 63
Amarti y Amarta 76
Loripola 89
Tres Marías 109
Un hombre que olvidaba 123
Tiene cruz y no es cristiano 132
Dos caras 144
El cacique Cruzto 155
Oro que sube, oro que baja 171
El Cóndor 203

Amena Karanova

The plane crashed at the Albuqerque airport. Fortunately there were no deaths nor serious injuries. Ambulances showed up and took the passengers to the hospital.

Amena Karanova found herself at St. Joseph's Hospital with her secretary, Datil Vivanca. Datil had a few bruises on her forehead and a few superficial cuts on her right arm. Miraculously, Amena escaped without a scratch. Both of them were shaken up, but otherwise they were perfectly fine.

Before anyone saw Amena one looked at her eyes. They were magnetic. They hypnotized and immobilized you. They were immense green eyes with flakes of gold. A fiery green, an incendiary gold. Something wild, something untamed. They lurked inside deep wells, set apart and in darkness. From there they fired flashes and sparks like a vigilant panther from the shadows of her cave.

When you could tear yourself away from her eyes, you became aware of the whiteness of her skin, the whiteness of alabaster, transparent and luminous from within, with a something, an echo, of the green of the olive. Down the sides of her face, upon the pillow, fell cascades of black and wavy hair, the black of ebony with glimmers of the green of the olive.

Her neck was somewhat long, elegant, and had the grace and lightness of the palm tree. Farther down, her full and subtle breasts rejected all disguises and insisted on being recognized, even under the loose and baggy hospital gown.

Her profile, like everything about her was exquisite and delicate. A high, broad and clear forehead. A long, fine and pointed nose. Full, ripe and flowering lips. A tiny, daring and sharp chin.

When you walked away, you took with you the majestic and imposing image of a glowing green woman. An arrogant and aristocratic woman of a statuesque and classical beauty. You imagined that there was passion and violence, tenderness and compassion in her. You left convinced that she carried a great sorrow, that she concealed a deep mystery, without knowing how or why that woman frightened you. You were certain that menace and danger came with her.

Datil was pretty. As fresh and lusty as an apple. She had sparks in her eyes and cherries on her lips. Her flesh and contours were full and round, attractive in every way, but already pointing towards plumpness.

The two women must have been about twenty-eight years old. Now they were chatting animatedly in a foreign language.

"Datil, did you notice the light in this place? I've never seen such luminosity. I have the impression that it was pouring into my eyes, and even into my pores, and setting me on fire inside. I didn't see the sun, but it must be fierce. The skies are high and vast, of a blue never seen before. What a ceiling! Since we don't have to go anywhere, and we're in no hurry, we're staying here a few days. This very day we rent a car and travel around and see the place."

That's the way it was. They went to Santa Fe and Taos. They visited the villages and the Indian pueblos. Everything, absolutely everything fascinated Amena. It was as if she had discovered a new world. Her spirit and her body, crushed before, were now vibrating with a vitality already forgotten.

The light, the sky and the landscape, the silence of the desert, the solitude of the mountains filled every void in her desires, filled the emptiness of her spirit. They brought back the joy and the peace she had lost. She was ecstatic, intoxicated. She sang, laughed and shouted. The land and the mountains answered her. She felt at home.

The human landscape enchanted her too. The whole range of human pigmentation, from the darkest to the lightest, and everything in between. The courtesy she ran into everywhere reminded her of the gentleness of her own people back home. She felt a mysterious affinity with the gracious people of New Mexico, as if she had known and loved them always. She felt at home.

There's more. Those adobe houses, mud-plastered by hand, with the traces of fingers on the walls, vigas, lattice ceilings, fireplaces in the corners and strings of chile hanging outside. Those houses, a harmonious blend of Indian and Spanish architecture, that become part of the landscape with grace and dignity, also gave Amena a feeling of serenity, to such an extent that at a given moment she told Datil, "Stop the car. I want a house just like that one." She felt more and more at home.

Datil could not be happier. Her mistress had lost interest in her life months ago. This trip was a flight from an unbearable life and reality. To see her now madly on fire, laughing and singing again, was for Datil a reason for rejoicing. She had given up on her.

The return trip was silent and pensive for Amena. Datil didn't say anything either. She knew her mistress very well. Later, in the hotel, the silence and the far-off look of the lady continued. Hazy thoughts and nebulous feelings were taking shape, falling into place, forming a personal and implacable logic.

Suddenly she sat up in bed, her face resolute, her eyes steady. She had made up her mind.

"Here I stay. Here I want to live and die. Here I'll marry. My son will be born here."

Her voice was passionate, but controlled. Datil kept silent. She was used to the wild and sudden impulses of her mistress. She accepted whatever she wished.

It was necessary to go to the bank. Amena and Datil showed up at the Central Bank. Funds from European banks had to be transferred. They were shown into the office of the vice-president, Petronilo Armijo.

As they entered, Amena stopped abruptly and stared intensely at the banker who had risen from his chair. She fixed him with a look that was a lance, a green look with flakes of burning gold. They both remained staring at each other for a long while, their eyes locked, in a pulsating vital silence. He, a slave. She, a queen.

In this dense and throbbing silence, she, transfigured, kept saying to herself, "This is the one! This one is going to be the father of my son!" He fascinated, kept saying to himself, "This one has to be the most beautiful woman in the whole world!" Suddenly she turned off the ray, and cut off the electric current. Petronilo felt loose and foggy, as if he were made of rags. Amena cames forward in the most natural way and offered him her hand.

"Sr. Armijo, I have been told that you can help me with my financial affairs. I am Amena Karanova."

Petronilo, still shaking and not quite sure of himself, stammered: "Have a seat, señora, I am entirely at your service."

They spent some two hours making the necessary arrangements. The appropriate contracts were made out and signed. Amena knew how to put Petronilo at ease, how to make him relax, restraining her powerful personality, suppressing her potent will. She made him think that she was a vulnerable woman placing her destiny in his manly hands. He considered himself her protector. Her fortune could not help but impress him greatly. Suddenly: "Sr. Armijo, I beg another favor of you. I want to buy some property in this city and build a house. Since I don't know anyone, and since I don't know about those things, I need a person I can trust to take me by the hand. I'll pay you whatever you say."

"Sra. Karanova, say no more. I'll be delighted to serve you in any way I can. A fee for my services is out of the question."

They agreed that on the following day he would pick her up at the hotel at ten o'clock in the morning. She gave him her hand and an almost imperceptible squeeze. He was not sure. And she fired the green look that burns with flakes of flaming gold. The look appeared and disappeared instantaneously, almost as if it had never existed. She left, a conqueror. He remained, a conquered. She knew what it was all about. He didn't know anything.

Petronilo did not know what he was doing for the rest of that day. That night he could not sleep. He was totally bewitched. He could not see anything but the face and the eyes of Amena. He could not hear anything but the musical voice of the most charming woman in the world. At ten o'clock on the dot he showed up at the hotel.

"I think we are friends, Petronilo. Call me Amena, please."

This is the way the strange and incredible relationship between one from here and one from there began. That day they covered all the outlying areas of the city without any luck. They stopped for lunch. That night they also had dinner together. He was becoming more and more sure of himself. She drew him out with tricks, jokes and witticisms. Her laughter, her eyes, now playful, caressed, awakened and cheered his body and soul.

From then on they could be seen together everywhere: restaurants, nightclubs, church, out in the country. Always smiling always happy. Petronilo no longer walked on the ground, he walked on feathers and foam. His family and friends began to suspect a wedding was in the offing.

They finally found the property, just what Amena wanted. She bought it and launched the operation. Petronilo found her an architect who sketched what she told him.

In the mean time, the indoctrination and education of Petronilo went on at a pace marked by Amena. She taught him how to be a man first, and how to be a lover later. At the right moment, determined by Amena, naturally, Petronilo declared his passionate love, and later, his marriage proposal. She accepted both declarations and said yes with due demureness. He was astounded at the courage he did not know he had.

Amena continued to be a mystery to everyone, including Petronilo. She was gracious, generous and affectionate to everyone. But there was something, an enigmatic secret that never came out. This added to her attractiveness, created a certain mysticism that surrounded her, elevated her to high and inaccessible clouds. This was without ever seeing the green look with flakes of flaming gold. She only used that look when she wanted to cut or kill.

Amena told Petronilo the story of her life, but not all. She told him that she came from a distant and exotic land, that she had been the most famous star of the Wagnerian opera on three continents, that she had amassed a great fortune. She told him that the excitement, the coming and going, the constant movement of the life of fame and art had exhausted her. That she had run away in search of peace and tranquility. That was what she was doing when the plane crashed and she had found here what she was seeking, what she needed. That she would never go back.

Petronilo was blinded and astonished as he examined the albums and posters of Amena. She appeared there in the garments of the great characters she portrayed in Wagner's operas in the grand theaters of the world. She appeared in photographs with kings, presidents, generals, the grandees of the world. He read the clippings of the world press praising the artistic triumphs of "La Karanova," suggesting possible love affairs with one or another mandarin of fortune.

Petronilo saw all of this and felt misgivings and jealousy because he had not shared in this scintillating life with her. Then, after thinking it over, when he remembered that he was a humble banker in a humble bank, a nobody, and that now he was the master of the most beautiful and most seductive lady in the world, then he swallowed and gave thanks to God.

What Amena did not tell Petronilo was about Damian. Damian had been "La Karanova's" lover and fiance. They had loved each other and planned to marry. They danced, laughed, sang and said sweet things in the most select and sensual corners of the old and the new world. The press and television recorded, with every detail, their mad and joyous dance, their happy song of love. Those pictures and those clippings were not in the albums.

Damian was rich, handsome and arrogant. He was a sportsman. He drove racing cars in the most famous tracks in the world. Amena went with him to his races. He went with her to her theatrical performances. Everything was as soft and sweet as a pink dream, a robe of silk.

When the two of them were at the peak, on the very threshold of illusion, Damian killed himself in an automobile accident. When this happened, the sun went out for Amena and so did the moon and the stars. The horizons disappeared. The future became black. Amena found herself bewildered and lost in a night without end, in infinite space, without landmarks and without lights. Without a will to live, without a will to die.

Datil took her by the hand and out of the theater, out of the world she knew. She watched over her as over a child. Amena let it happen, as a child. They traveled around the world, no destination in mind, fleeing from the terror, fleeing from the night without end.

That was how they came to Albuquerque. The crash perhaps shook Amena in such a way that she came out of her withdrawal. Perhaps it was the high skies and the fierce light of New Mexico that lit up the dark night of Amena. She came to and became aware of herself. Here, her desperate need to have a son was born.

The construction of her house was on its way. Amena and Petronilo went to Mexico to get the materials. Tiles, obsidian for the floors, carved wood, potted plants, fountains, wrought iron and many more decorations. Everything chosen with the utmost care. Large crates started to come in from overseas: furniture, statues, paintings, fine silks. Amena stayed on top of it all. She did not miss a single detail. The house and its decoration was a passion, an obsession.

The house was taking shape. On the outside, it was a traditional New Mexican house. Adobe, *vigas*, strings of chile, *portales*, fireplaces. Inside it was a palace of the Middle East. Patios, fountains, arches, porches, gardens. Flowers and more flowers. Amena had brought seeds from her native land. Exotic plants and flowers appeared in her gardens, never before seen, strange and sensual perfumes. What attracted everyone's attention were the black roses with flashes of green and an intoxicating aroma. The gardens and orchards spread out in every direction. To enter the house was to leave the world of every day and to enter the Arabian Nights. It was as if Amena had not built a house. She had created an inheritance, a life not yet born, a life to be lived.

The wedding of Amena and Petronilo took place in the new house on the 25th of September. The Archbishop himself married them. All the distinguished New Mexicans were there. Some came for friendship, many for curiosity. The fame of the house and the lady echoed throughout the area. The mystery of Amena had everyone mystified. They said she was Russian, Arabian, Jewish, Gypsy, Hungarian. Nobody knew for certain and she was not telling.

Amena could not have been more gracious and more charming. She did not fire the magic look a single time. Everyone felt singled out to receive her courtesy and warm affection. She sang for the first time since her tragedy, several arias, accompanied by a symphony orchestra. The New Mexicans had never seen or heard anything like it. It was something out of the dream world, something unforgettable. She won them over, she made them hers, for herself and for her son, who had not been born yet. Petronilo felt himself master and king of the republic.

The married life of the newlyweds could not have been more pleasant. Amena was the most fervent lover and the most generous wife that Petronilo could have imagined, even in his wildest fantasies. In love, happy and satisfied, his life was a dream come true.

The social life of the Armijos was strictly upper crust. The most important people competed among themselves to socialize with them. The presence of Amena at any party lit it up with incandescence. Petronilo's business affairs flourished. He was sought out by the most important business men. Amena made him look good.

Everything was as smooth as silk. Nevertheless, one could tell that Amena was not entirely happy, not entirely satisfied. Petronilo would surprise her in states of deep contemplation, her eyes vague and distant. She spent long hours with Datil in secret and mysterious conversations. It was as if she were giving her instructions, preparing her for something.

Datil got married about that time, at Amena's suggestion, to the robust foreman of the hacienda. The newlyweds moved into a small house, built precisely for them. Everything was taking place according to a plan.

Amena had an altar with a big bowl constructed in one of the patios. It had small statues of strange figures. No one had been able to figure out its purpose.

"Petronilo, tonight you are going to see something you've never seen. You won't be able to understand what you see. I beg you not to ask me about it now or later. It is something I have to do alone, something you cannot share with me. I want you to have faith in me."

"What is it all about, my love? You know that whatever you ask of me I shall give you."

"It's a religious ceremony. My religion and yours are different. Mine will appear strange and incomprehensible to you."

"Tell me what you want me to do."

"Tonight, the first night of the full moon, I have to offer prayers and devotion to my gods. I don't want to hide anything from you. You may watch from the balcony."

"So be it. I don't understand. I only know that I love you so much that your wishes are mine."

That night when it got dark and the full moon came out, Datil lit a fire in the bowl on the altar. The flames rose high and reached higher. She then decorated the altar with black roses, set out incense and other jars with mysterious powders and liquids on the altar cloth.

When her preparations were finished, she withdrew into the shadows. The flames teased the waves of moonlight with moving lights and shadows. The black roses filled the air with intoxicating scent. Out of the shadows came the slow and rhythmic boom boom of a primitive drum. It was as if time had stopped with a breathless suspense ready to produce a miracle.

Suddenly Amena appeared, tall, slender, dressed in white tulle, a statue of living marble. She walked to the altar. Her steps were slow, deliberate. She walked like a goddess, a hypnotized goddess. Gesticulating, as if in a trance, she lighted the incense, sprinkled water on the black roses, shook powder on the fire. The flames waved voluptuously and took on a garnished hue. The incense let out a green smoke full of sensual insinuations. The roses opened their black blouses. Amena postrated herself at the foot of the altar, her body straight, her arms stretched out, a black rose in each hand. Her feet bare. She seemed to be crucified face down on an invisible cross.

Suddenly, brusquely, she stood up on tip toes. She raised her face and her arms to the moon. The drum came alive. It sighed, it sobbed. Tremulous waves rose from her naked heels to her naked neck. Ecstatic exaltation. Hypnosis. The flames dancing madly. The light, the smells and the colors float magically.

The drum accelerated its rhythmic beats. It became feverish and violent. The marble statue came alive. It danced. Danced like an angel, like a spirit, like an illusion. It seemed to float, wave its mantle of white tulle floating like wings of transparent mist around the altar of fire and incense, around the altar of unknown gods.

The drum stopped. Amena stoped. She raised her eyes to the eyes of the smiling moon. Her voice rose to the very lap of her moon mistress. Her sonorous song of magic words never heard rose in tremors to rest in pain at the feet of the pleasant moon. At times it whispered. One moment it sang, the next it weeped. Then it stopped. From joyous rebellion it passed to submissive sorrow, over and over again.

Suddenly, nothing. She remained motionless for a long time. Slowly, she bowed her head, let it fall on her chest. Her arms limp at her sides. Her tense body relaxed. The arrogant marble goddess became a humble rag doll. Slowly she disappeared in the shadows.

Petronilo had seen everything from the balcony in a state of tremendous agitation, without beginning to understand what he was seeing. It was a sight outside of time, out of this world. The miracle, the magic and the mystery were beyond the reach of his understanding. It seemed that he was not himself, and she was someone else.

When it was all over, he remained on the balcony for a long while. Then he walked for a long time through the orchard. The rays of the moon through the velvety lace of the trees sketching luminous green stains on the ground.

He could not find a key to the mystery. The woman he had seen was not his wife and never would be. She was a spirit—free and unconquerable. A spirit that challenged men and gods. How small and insignificant he felt!

14

He had a vague notion that what he had seen was a primitive and prehistoric ceremony. That perhaps it was a pagan ritual of fertility. A prayer to the gods. A ritual offering. Was it divine or Satanic adoration? There was, he was sure, something more, something completely in the dark, and for that reason much more frightening. It could be a childish whim arising from her volatile and violent nature. Or, perhaps, a throwback, a nostalgia, to her theatrical life, her artistic temperament.

He resolved nothing. He returned home in total confusion. He came back scared. He did not know how he was going to face Amena. He did not know if Amena was going to reject him.

He entered his bedroom silently and depressed. Amena was already in her pajamas and in bed, as if nothing had happened.

"You took so long I was about to go out and look for you. Come to bed."

Petronilo went to bed without a word. Amena received him with open arms and every affection. She was so amorous, so tender and generous to him that he almost forgot what he had seen. Then, she fell asleep peacefully, and he lay awake very much disturbed.

Life went on good and rich. Petronilo kept his anxieties and concerns to himself. Amena offered him sufficient comfort with her love. The fact is he had nothing to complain about. The next night of the full moon he refused to watch his wife's ritual performance; he went on a business trip.

Although everything was going well, it could be seen in Amena, and also in Datil, that a sense of urgency was upon them, nervously busy as two ants at a task that only they understood.

Amena had a large room built. The builders made only the shell of the salon. But only she and Datil would do all of the interior work. Petronilo's protests came to naught. Amena was fervently determined that she would do all the work with her own hands.

The purpose of the apartment soon became evident. It was a studio for a painter. It had large windows facing the western horizons that flooded the room with light and color. Draw drapes filled it with mystery and solitude. It had a black board and an easel, ready to use. There was a New Mexican fireplace in the corner. An easy chair and a couch of Moroccan leather. A select library of sketching and technique books, collections of copies of the most famous paintings of the world. Everything necessary for a painter, who had not yet been born.

Amena wrote continuously. She filled three notebooks. One for her son for when he could read. One for her husband for when he wanted to read. One for Datil that she had to read. All this writing was projected into an imprecise future. She set down in these notebooks only what could be put into words. She had other ways to communicate the ineffable. Something harmful happens to concepts and illusions when they are put into words. They come out, damaged, distorted and incomplete.

Half way through their labors it became evident that both women were pregnant. It was noticed then that the two women were working desperately to finish their task, as if their job were of extreme importance. They worked and talked in their strange native language.

Amena got it into her head to plaster and whitewash the mud walls herself, with her tender, naked hands. The task was rough and difficult, and she dedicated herself to it as if her life depended on it. Involved, affectionately, as if the brush of her fingers on the mud were caresses, she converted the walls into canvasses with strange drawings, into manuscripts of mysterious messages. The marks of her fingers on the mud sketched odd designs and rare arabesques. She did the same thing with the woodwork. She carved on it mystic scriptures with a sharp and obedient knife. It was as if she were saying there what she could not say in the notebooks.

At last the studio was finished. The two women were exhausted, but happy. Amena had a look of supreme satisfaction on her face. She could be heard humming about the house, sometimes singing in a low voice. She spent every moment possible with Petronilo. She fixed his favorite dishes herself. She spoiled him in the most uninhibited way. The moment of truth was approaching.

All of this, her open and sensual satisfaction, her exaggerated affection, the fatigue she could not hide, had Petronilo quite worried. Something was out of joint. He could not figure out what. When he asked her, when he tried to talk about it, Amena laughed and told him not to worry.

The day came, the two women gave birth on the same day. Amena's son was born alive. Amena died. Datil's son was born dead. Datil lived. A mother and a son died. A son and a mother lived. It was as if all this had been expected, as if it had all been programmed. Who knows?

Amena's death was a fatal blow for Petronilo. He was crushed. He would never recover. Amena had been an illusion, a blessing, for him. She had elevated him to heights of happiness he had never known. His life with her had been a fantasy. He remembered and relived every shared moment between sobs and joys. He roamed about the house like a sleepwalker. He wandered through the gardens like a lost soul. He could not accept living without her. He sought no consolation.

The child, baptized Damian, was a jewel, a smile of God, cheerful and good-natured. From the very beginning Datil was crazy about him.

She rocked and swung him, danced with him, sang to him. The little one responded with trills and smiles, later with bursts of laughter. Damian was a son to Datil, the son she gained after having lost him. Petronilo said and did all the things expected of a new father, but without excessive enthusiasm. He was burdened with sorrow. The child did not look very much like him, or like Amena. He did not have green eyes.

Damian was growing up in his large painter's salon with its large windows open to the lovely sunsets of Albuquerque. Surrounded by beautiful paintings. Hearing his mother's voice in the wonderful songs that had made her famous on the records Datil played for him. The cheerful fireplace and the smell of piñon and cedar. Datil's love above all else. All of this beauty told little Damian things that he did not understand but that he absorbed night and day.

Damian became so attached to his apartment that it was only there that he felt at ease, only there he felt secure. When they took him into the house or out in the garden, he was all right for a while, then he cried. Datil realized what was wrong and took him back to his favorite nest. The tears disappeared and the laughter returned. When he first began to talk, one day at the table Damian began to cry and shout, "My pillow!" Datil ran and brought him a pillow. The child rejected it and continued crying, "My pillow!" Datil had to take him to his room. As they came to his door the child stopped crying and said, "My pillow, my pillow!" with so much feeling and so much satisfaction that everyone knew that "my pillow" meant "my room." From then on that apartment had that name. Who knows why children name things the way they do?

Datil dedicated her life and her soul to little Damian. She taught him his mother's language, the songs and dances of her country. She started him out in drawing when he was very little, drawing animals, trees, houses for him. Providing him with pictures to color. Reading him illustrated stories, later tracing the pictures. The education of the child, disguised as fun and bursting with affection, began very early. Datil was his dedicated and disciplined teacher.

Petronilo was affectionate but somewhat distant. They liked each other, but did not seek each other very much. When Damian reached the age of six, his father tried to draw closer. They chatted, went on camping and fishing trips, played sports. Sometimes they would watch a football game on television and talk about it. Petronilo would take his son to visit his New Mexican relatives. They treated Damian like a prince. The boy was charming. He gave speeches, recited, sang, danced. And he did it well. By that time his drawings and watercolors were beginning to attract attention. It was obvious that Damian had talent. He took care of taking each one of his uncles an original. Father and son were friends in spite of not understanding each other very well.

Damian had a normal childhood, and also a normal adolescence. It was normal in that he went to school like all the rest of the children, and he was one of them. He participated in sports, parties and escapades with them. He was very popular with the girls, and he lost his innocence at the right moment, with honors and without shame.

So far, normal. But there was a certain something in Damian that set him off from the rest. He had mysterious substances and essences within him that he himself did not manage to understand and that commanded his thoughts and attention. Substances and essences that frequently determined his behavior or released his fantasies. He did things without knowing why, that always turned out well. It was as if an inner voice told him where to go. He was a good son, a good student, a good friend. This everyone could see. What they could also see was that he was different in an unexplainable way.

His manner of being imposed solitude upon him. He pursued solitude avidly, sometimes, desperately. He would disappear unexpectedly from a party. He would not show up at another. He went by himself into the fields or into the streets. His favorite refuge, naturally, was "my pillow." The attachment he had as a child for the apartment his mother had built for him had not diminished, it had grown instead. He spent long hours there, sometimes, days.

He spent his time painting, reading, writing or contemplating the glorious sunsets of his open horizons. There he read and reread the pages of the manuscript his mother had left him and that Datil was giving him according to the calendar marked by her. The most intriguing part was the fascination, the obsession, with which he contemplated the walls of his "pillow." His eyes examined the traces of his mother's fingers on the clay over and over again. Many times he ran his own fingers over those traces with tender affection and deep emotion. He was convinced there was a hidden message in those designs and arabesques. In the background the magic voice of La Karanova. The sensual aroma of the incense of black roses in the air.

We cannot know if Damian ever deciphered the designs on the clay or the writings on the woodwork. He never said. Perhaps because there were no words to say it; the message was ineffable, something his mother herself could not say but found a way to communicate with her son in her way. What we do know is that Damian began to change. He stopped being the cheerful young man he once was and slowly became serious and formal.

18

When he entered the university he was already a young man apart, more solitary than ever, more than a little melancholy. He had become a romantic type—from another time, another place. Always friendly and courteous when it was necessary, otherwise shy and taciturn. Now he painted with a passion: nocturnal scenes, strange and bizarre subjects, dark figures, flaming labyrinths. His canvasses began to appear in the good galleries. The voice of La Karanova could be heard in the background. Thick was incense in the air.

One day he read in one of his mother's letters; "I want you to do my portrait. I want Father Nasario to see it." Damian did not sleep that night. The images of his mother flashed through his head, one after another, in a giddy procession. Every image different, a living representation of a woman full of life, complex and mysterious, a woman of many whims, many facets, many moods.

Sometime in the early dawn, when the fire in the fireplace had turned to ashes, the swift parade began to slow down. A thousand images began to come together, began to blend. Only one remained, containing the elements of all of them. Static and extatic. Damian's fantasy came to rest. He was left in a near stupor, contemplating the image he had brought back from a past that was not his own, in complete and submissive adoration. He fell asleep because he was exhausted. He fell asleep murmuring softly: "My Amena."

The following day he told the family that he was going to paint his mother's portrait, and that he did not want anyone to enter "my pillow" until the painting was finished. Datil tried to provide him with photographs of Amena as an artist, as a bride, as a wife. Damian told her that he did not need them. Petronilo thought that this was strange since Damian had never known Amena, but he did not say anything. Datil did not find anything strange in this, and she did not say anything either.

Damian began to paint with indescribable fury, the controlled fury of a fierce panther who wildly obeys the orders of the master who holds the chain and the whip. The panther would kill if it got loose.

It was strange but he began with the eyes. Very soon the green waters of those deep and risky seas began to shine and seethe. The flakes of gold began to burn. The eyes were perfect, but the look escaped him, the lance look, the dagger look, the killer look. How difficult it is to paint the invisible! Damian went crazy, became desperate. When this happened, he looked like his queenly mother singing a Valkyrie or dancing around her altar.

Unable to overcome this obstacle, for now, he went on to paint the face. Everything went well. The fine alabaster skin, as if lit up from within, with its subtle, almost invisible, tint of green. The exquisite nose, pointed, with a certain touch of aristocracy. The mouth was perfect, but he could not capture the smile. As with the look, he had to leave it incomplete. The elegant and arrogant chin gave him no problems. The black hair either. He found a way, who knows how, to give it the green flashes that vitalized it. A queen's hands. The rings of an empress. He dressed her in silk and black lace. He made her an oriental princess. A Jewess, Hungarian, Gypsy, Arabian, Russian? An actress or a goddess?

All of this took a long time. Damian worked as if possessed. He hardly slept. Sometimes he would fall into his Moroccan leather armchair in total exhaustion he would contemplate his work for hours as if hypnotized. Suddenly a fit of passion would grip him, an impulse, an inspiration, and he would jump up and paint a tiny touch, a dot, a flick, perhaps a sigh or a sob, that completely changed the appearance. In these moments it seemed that an invisible hand guided him.

The look and the smile perplexed him. Some looks and some smiles have something angelical or something diabolical about them. And who can handle them? The portrait was finished except for these two imponderables.

Damian was worn out. Bearded, thin and dirty. He fell asleep in the armchair because there was nothing more he could do. He dreamed he had gone out to pray at his mother's altar, that he was dressed in white, that Datil had prepared the altar for him and was now playing the drum for him. He saw himself go, step by step, through his mother's ancient ceremony. He felt the fire of her passion.

He awoke calmly. He yawned. Then quietly, picked up the brush and did something to the portrait. Maybe it was a kiss, maybe it was a sigh or a sob. Suddenly the look came alive, full of light and shadow, life and death, love and hate. The smile caught fire with flashes of irony, malice and tenderness. The work of love was ended.

The family and Father Nasario came in the following day to see the portrait. They were shaken and curious. No one was prepared to see what he saw. That was Amena! What she once was and what now she continued to be. The supreme woman, the complete woman. With all of her life, all of her mystery. All that was missing was for her to sing, laugh and dance. Everyone spoke in whispers, gripped by a strange reverence, or respect, or superstition.

They all wondered how Damian, without ever having known her, could capture the volatile personality, the enigmatic reality, the deep mystery, the indomitable character of his mother. It was as if they were seeing her for the first time—as she really was. Father Nasario put it into words:

"The eyes of the spirit see farther and much more than the eyes of the body."

Sometimes the eyes of a portrait seem to follow the viewer from one place to another. Amena's eyes did not. They were fixed on an unknown vision. With one exception. They followed Damian everywhere, deliberately, it seemed. Damian did not find this unusual; it seemed natural. Nobody else noticed. Except Datil. She noticed, but did not say anything.

Petronilo had entered "my pillow" with deep emotion. He stayed behind and contemplated Amena from a distance. It was as if she had come back to life. He fell into a spell. Silently, slowly, large tears appeared, and flowed on their own and unnoticed. When at last he came to, he had the presence of mind to resist a powerful inclination to kneel at Amena's feet as if she were a saint. He left the room sobbing desperately.

"Damian, my son," said Father Nasario, "I'm going to ask a favor of you. You know how kind and generous your mother was to the people of the parish, especially to the poor. The people loved her very much, always. Let me hang her portrait in the church so that everyone will have the opportunity to see it."

"Certainly, Don Nasario, I would like that very much too. Take it right now."

The word soon got around that the portrait of Doña Amena was in the church. Amena had been famous for her charity, friendliness and courtesy. Everyone went by to see her. She won them over as she had before. The beautiful picture of the woman and the magnetism and passion of the artist impressed them all. There is some superstition in the religious feeling of simple people. The generosity of Amena was well known. The beauty of the painting spoke for itself. The picture was in the church. The time came when all of this came together into a single concept: Doña Amena was a saint, a topic of conversation first, an act of faith later. It came to be that it was not at all unusual to see a little old lady on her knees in front of St. Amena. Father Nasario began to hear, and the word got around, that the saint had produced this or that miracle. The good priest after thinking the matter over for some time concluded that if Amena brought the people some consolation, it was best to leave it where it was.

Damian felt physically and spiritually empty when he finished the portrait. He decided to go to the mountains. He went on horseback and led a packhorse. He cooked, ate and slept in the open air. Took long hikes, fished, read in the shade and in the sun. Sometimes he would catch himself whistling or humming one of La Karanova's tunes. The clean air, the cool water, long walks, good eating and good sleeping soon restored the young painter. He returned home strong and spirited to find himself famous. Museums, galleries and others wanted to buy his paintings, wanted to commission other works.

Datil gave him a new letter from his mother. Through the years she had been delivering these letters to him at the appropriate moments of his life according to Amena's instructions. In this manner she had marked out the path that had brought him to this moment through all the vagaries of his life. He always was deeply touched when he read these letters, but this time he felt a strange excitement when he received the letter. He anticipated, who knows how, that there was something portentous in this one. His hands shook as he read:

My beloved son,

> *The time has come for you to go out into the world. It is now necessary for you to make your way, to find and follow your star, to fulfill your destiny and mine.*
>
> *I want you to go to Europe for an extended visit. Enclosed I leave you the names of dear friends and old hotels I have known. Tell them both that you are the son of La Karanova. They will receive you warmly.*
>
> *There is a famous opera singer in Europe now. Her name is Amina Karavelha. On the 15th of August she is going to sing one of Wagner's works at the Parque del Retiro in Madrid. I want you to attend that performance. Afterwards I want you to do Amina's portrait.*
>
> *That portrait will make you famous in Europe. It will open doors for you. Go, then, and act as my son. Forward, courage! Fame, faith and fortune await you.*
>
> *My love and protection will be with you night and day.*

> *Your adoring mother,*

> *Amena*

Damian remained pensive, strangely serene, thinking about the new perspectives now opening for him. What he had just read seemed perfectly logical, normal and natural to him. He did not wonder, for example, how his mother could have known twenty-five years before that there was going to be a famous singer by the name of Amina Karavelha now and that she was going to give a performance on August 15th of this year. The coincidence in the names did not surprise him either. The fact that Datil had not said a word, since she had read the letter too, did not bother him. It seems that Damian knew more than he said, that he already knew how to decipher and read the designs and writings his mother had left him in "my pillow."

The preparations for the trip were made. Petronilo wasn't told about Amena's letter or the details of the adventure. Damian was going to Europe to study art, that was all.

Datil had participated in all the events, even the thoughts and feelings that made up Damian's history. Nevertheless, she who knew it all was jolted and felt very emotional when she saw the photograph in Damian's passport. The face and the expression of this Damian were the face and expression of another Damian of another time.

On the 15th of August Damian was wandering through the Parque del Retiro in Madrid. It was a lovely afternoon. There would be a full moon tonight. His thoughts flutter, like butterflies, and did not pause on a single thing, on a single rose. He was carrying a bouquet of black roses. Tonight he was going to attend an opera of Wagner.

A full moon. The scent of jasmine in the air. The orchestra playing rhythms of war. The actors singing and gesticulating on the stage. Damian was inattentive, waiting. Suddenly the music stopped. La Karavelha appeared on the stage. Tall, arrogant, majestic. An explosion of applause. Damian found himself repeating over and over again the same words his father had said one day: "This one has to be the most beautiful woman in the whole world."

She began to sing. The orchestra played. It was a magic voice that one moment rose violently and descended tenderly the next. Amina brandished her lance and the voice threatened. She lowered it and the voice caressed. Sometimes it rose tremulously, with rebellious or submissive tremors, as high as the open windows of the attentive moon. It came down slow and easy to rest tenderly on the collective lap of her listeners. She ended her performance with a fierce shout, a battle cry, a radiant challenge that shook the earth and made the moon cry. And she was still, like a triumphant goddess of marble.

The audience absorbed, stupefied, hypnotized until now, exploded in waves upon waves of admiration and adoration. Damian was screaming like a madman, along with everyone else, "*Encore! Encore!*" Amina came out to meet the sea of adulation. How small, how exquisite, how delicate she appeared now. She received many bouquets of flowers. Among them there was one of black roses. Amina handed them all to the ushers, but she kept the black bouquet.

Damian had sent his calling card along with the flowers. On the back he had written:

Lovely, lady,

> *I am a painter and would like to do your portrait.*
> *Allow me, please, to speak with you.*

Respectfully,

Damian Karanova.

He himself did not know why he had signed his name that way. He had never done it before. It just came upon him. Perhaps it was because of the color of the flowers, or because of the language of the message, or maybe it was the name. And Amina, who never received a man in her dressing room, decided to let him come. She sent her secretary, Mandarina, to find him. She did not have far to go. He was waiting outside. They greeted each other in their native language.

"Lovely lady, I appreciate your kindness. I've come to render you homage and to offer you my services."

"Have a seat, sir. My instinct tells me that you carry a mystery with you. Tell me, who are you?"

"I am a not-so-humble painter from very far away."

"Where are you from?"

"New Mexico."

"Wasn't it there that the great Karanova died?"

"Yes, she died there. She is my mother." The present tense of the verb apparently was not noticed.

"Ah! That explains the black flowers, the language of my people, the name. You and I are related."

"I hope you like that. It pleases me very much."

"I want you to know that your mother is still a goddess in the world of the opera. Her artistic triumphs are the model and the ideal for all of us who have theatrical ambitions. I have all her records, and I'm not ashamed to admit that I try to emulate her."

"Amina, your triumph tonight has to be at the level of the best of La Karanova. I want you to know that in my country my mother is a legend too."

"Damian, I wish you would tell me about her. I've always adored her voice and her person."

"Delighted, whenever you wish."

24

"And, are you a good painter?"

"I think so. In New Mexico they think I am."

"Don't you have a sample?"

"No, but I can prove it to you."

"How?"

"Put on a dramatic gesture, and assume a *prima donna* posture, and I'll show you."

Damian rose and picked up a La Karavelha poster. He looked at it for a while with complete appreciation and obvious satisfaction. Then he turned it over. He pulled out a piece of black chalk and waited. A spark danced in his eyes, a smile played on his lips. Amina laughed, intrigued, and assumed a theatrical pose. One hand raised on high as if she were holding a star she had just plucked from the heavens. The other hand stretched out at her side, like a wing she flapped at random. Her left foot raised behind her, as if she had taken off and was flying through space.

Damian drew fast and purposely. His brow wrinkled, his lips pressed tight, his eyes nearly closed. Intensity and passion. Amina looked at him out of the corner of her eye and was impressed with what she saw. In a few moments he was through and presented the sketch to the object of his obsession.

"Damian, what you've done is unbelievable. It's me, that is the one I was then. But there is more. You've put into this sketch something you can't possibly know and shouldn't know."

"You've liked it, eh? Then, what I want to know is if you're going to let me paint you."

"Of course! You are a talented painter. You can paint secrets."

"If that is so, and since you've been so kind to me, I feel bold enough to ask you to have dinner with me at a small café of our country my mother recommended to me."

"The Korovil? I've also heard about it but haven't been there."

"Yes, that one. Shall we?"

"Let's."

Mandarina saw them leave with a strange and deep satisfaction. They were an ideal couple. She was the sun that illuminated and heated. He was the land that the sun fired and fertilized.

The food at the Korovil was a true celebration. Everything was heavenly. Good wines, tasty dishes, soft music. Harmony all around, good cheer at the table. Those two seemed to be made for each other. They understood and liked each other. The conversation was animated and uninterrupted. You could almost say that they had grown up together, that they shared the same memories. Over and over again he knew what she was going to say before she said it. She too. It seemed like they had very much to say to each other after a long and painful separation.

They agreed that he would show up at her suite the following morning ready to work. He did. When Mandarina opened the door there was Damian loaded down with an easel, rolls of canvas, brushes and a box of jars of oils. He looked like a real laborer of art and cut a figure that was more than a little ridiculous. When Amina saw him, she burst out laughing. Later Mandarina did too. And then, without conviction, Damian laughed too. Amina's laughter hurt him a little, but he forgave her immediately.

He set himself up by the window that faced the park where the light was best. She posed at the other end of the room, far from the light. He knew what he was doing. He wanted the light of his portrait to emanate from Amina and not from the window. He wanted to create the light and the air that surrounded her.

Before they started, they had a cup of tea and chatted for a while. Suddenly:

"What do you want me to wear?"

"For what?"

"For the portrait, dummy."

"Nothing."

"You didn't tell me you were going to paint me in the nude."

"Forgive me, Amina, what I mean is that the clothes are painted last." The "dummy" and the "nothing" were buzzing in his head. He felt like a fool.

"You mean, you're going to paint me naked, and then you're going to dress me? That's cute!" Amina was enjoying the discomfort of the young man.

"No, dummy, I'm going to paint your face and head first. Then comes the body, immaculately and virtuously clothed. Do you understand?"

Now they were both "dummies." The equilibrium was reestablished. They both laughed heartily and went to work. To work and talk. It seemed that they talked only about La Karanova and her house in New Mexico. He never tired of hearing details about her life *ante-Damian*, A.D. They laughed, somewhat uneasily, when they realized that A.D. meant the opposite in English, after Damian.

Sometimes Amina became tired or bored of holding the same posture for long periods and Damian would scold her: "Don't move. Open your eyes. Your face fell off. Don't bite your lip. Smile." Sometimes she pouted. She would fire a "Grasshoppers to you!" That evidently was a very strong expression in her country. And she would leave. When she returned, she would find Damian working passionately. She would take her pose with an innocuous question: "Did your mother have many jewels?" And the beat went on.

Now and then she would practice her arias with Mandarina at the piano. When this happened, Damian achieved his finest successes. Perhaps singing was Amina's life. She poured into it all her passion and tenderness. As she sang the voice and the music entered the canvas, dressed in royal colors and the voluptuous aroma of black roses.

The friendship of the painter and the diva was genuine and intimate, as if they were old friends or beloved siblings. He wanted to carry the relationship farther. She did too. He fell in love with her from the very beginning. She fell in love later. They both ran into a mysterious wall between them that did not allow love to cross. He was not shy and did not lack assertiveness. Neither did she. Yet, neither one of them could take the first step, however much they wanted to. A certain respect, a fear or an awe held them back. They did not know why. An anxiety, an uneasiness that verged on anger grew up between them. Their impotence was a constant irritation. They shook it off and went on with their work and friendly conversation. Only to return to it.

Damian and Amina were busy as usual when Mandarina came in:

"Señora, Count Barnizkoff insists on seeing you."

"Send him away, I don't want to see him."

At this moment the said count burst into the living room. He was a dandy, elegantly dressed and combed and sporting a little line of a moustache that looked painted. He had the appearance of a spoiled brat too big and too fat for his age. He was raging or blubbering, one or the other.

"Karavelha, my love!"

"Karavelha, I am. Your love, no." Her manner and tone could not be more sarcastic.

"I need to talk to you."

"I do not feel any such need." Her irritation was growing.

"Why do you return all my letters, my flowers, my gifts?"

"Because you have touched them, and what you touch rots."

"I adore you, my love."

"I retain the pleasure of choosing my friends and my lovers. You're no good as a friend, much less as a lover. Get out!"

At that moment Barnizkoff tried to touch her, tried to put his arms around her. Amina rose like an avenging goddess and fired her homicidal look, the look of green fire and sparks of gold. "Out!" The piercing look and the atomic cry fulminated the count. Destroyed him. It was as if

Amina had ripped off his bathrobe and had left him naked, with all his imperfections exposed. She did not leave him a single veil of dignity. Demolished, humiliated, stripped of his manhood, Barnizkoff fell back toward the door, hunched over, covering his impotent parts, as if indeed he had no pants. He disappeared into the nothing from which he had come.

Amina remained stiff like Diana-the-huntress for an instant, still pointing to the door with a royal finger.

Damian, who had contemplated the whole scene in fascination, jumped from his stool, prey to unchained emotion. Beside himself, he took her in his arms, shouting, "At last, at last, Amina, at last you let me see you! At last you let me know you!" Amina, taken by surprise, remained stiff for an instant. Then she put her arms around him tightly, sobbing, "Damian, Damian!" They kissed in holy communion. Thus began the love affair that was going to blind two hemispheres for a long time and which is still remembered with affection.

The following day Damian approached his portrait as calm and serene as he had been one day when he approched his mother's portrait. That time he had found the key to the secret in a dream of religious fire. This time he found it in a dream of enchanted love. He went to the portrait and did something to it. Perhaps it was a kiss, a whisper, a sob. Suddenly Amina came to life and was complete, inside the frame of the painting.

He dressed her in a black evening gown his mother had worn at a gala performance in the White House where she had sung and triumphed. Damian had seen it in a photograph. The gown had gone out of style years ago, but as frequently happens, the style was a big thing once again. Maybe it was the dress, or perhaps it was a subconscious prejudice of the painter, the portrait of this woman had a striking resemblance with that of another woman now hanging in a church in New Mexico.

Because Amina was who she was, the portrait was hung in the best art gallery of Paris in a ceremony where all the artistic groups, the intellectuals, all the servants of art, appeared. The painting had a resounding success. Damian became an instant celebrity, known and praised everywhere.

From this day on he painted her every day. His paintings appeared in many museums and galleries. Although he received many requests for portraits, he turned them all down. It seemed that his mission in life was to glorify Amina. The fame he gave her was added to the fame she earned.

At a party a famous and vain movie star insisted that Damian do her portrait. He resisted and begged off, but she persisted. Finally, to get rid of her and in jest, he said to her, "Very well, I'll do your portrait. I'll do it in fifteen minutes, not one minute more. If you like it, you keep it and pay me ten thousand dollars. If you don't like it, I'll tear it up, and you don't owe me anything." Nothing happened.

A newspaperman heard this interchange and published it and suggested that the portrait be done on television. This created a wave of curiosity and publicity. The telephone would not stop ringing: the television stations and the press offering their services. The actress came to challenge him personally (for her this publicity was priceless). Damian accepted. A date was set.

Because it was a case of three celebrities—Amina, Damian and Virgie Joy—the expectation for the event grew and grew. The publicity was unbelievable. It reached a point where it was decided to broadcast the performance around the world by satellite, so great was the interest. Damian collected a fortune. Damian appeared at the studio with Amina at his side. Virgie Joy was already there. He was amazingly calm and sure of himself. The possibility of failure did not even enter his mind. The words of his mother's letter echoed in his brain: "The portrait of La Karavelha will make you famous in Europe."

The canvas and Joy faced the cameras and the audience. A large clock was in the background. A bell rang. Complete silence. Damian moved deliberately, his brush strokes fast but controlled. He drew the contours of the body and head first, then he filled in the empty space. Everything with precision, no hesitation. It could almost be said that he had brought the portrait already made, and that he was only copying it. When the minute hand was at the point of marking the period, Damian faced the public, raised his brush on high like a torch and bowed from the waist in a chivalric gesture. *Fait accompli.*

The camera zoomed in on the artistic image of the famous and vain actress. The audience burst into resonant applause. The critics were united in their flattery and praise. His mother had been right. The portrait of La Karavelha had brought Damian fame, faith and fortune.

So, it was spring. The honeymoon of the newlyweds was a dual tribute, one to the moon and one to the honey. It was a song and a dance to Love. Smiling, bold and naughty, they went through famous hotels, sunlit beaches, elite casinos, select museums, guarded gardens, 24-karat yachts and theaters singing and dancing to the tune and the beat of Love's flute. From the heights the gods observed the celebration with satisfaction and carpeted their way with rose petals. Damian and Amina gave the world something to celebrate. Television and the press recorded the miracle of this odyssey of love for the rejoicing of lovers everywhere.

Then they returned to their enchanted house in their land of enchantment. They arrived at sunset. Amina was overwhelmed and fascinated by the violence of the light, the height of the skies, the distance of the horizons, just as Amena had been before.

Datil and Petronilo were waiting outside, impatient and excited. As the car approached it seemed the light itself was trembling. The new Karanova and the same Datil faced each other, both of them vibrating with emotion.

"Señora!"

"Datil!" They embraced, their tears flowing. Petronilo could not speak. Finally, his tongue worked.

"Welcome, Amina, to your house that waits for you with deep affection."

"Petronilo, I wanted to meet you so much. I owe you so much."

There were many more expressions of affection. Happiness seemed to hover in the air and fill the estate. Suddenly Amina looked at Damian and said, "I want to see 'My pillow.' He had never told her the name of his apartment, perhaps because it sounded childish. But her knowing it did not appear to surprise him.

As they came into the room, the setting sun had lit it with color and fire through the large windows. It looked like a magic place. Amina approached the flaming white wall in a state of hypnosis. She remained speechless before it for a long time. Then she ran the tips of her fingers over the traces of Amena's deliberately, slowly and affectionately, all the while looking at Damian with eyes of infinite tenderness.

Datil prepared a meal, rich in odor and flavor and in exquisite liquors of their country. The house warmed up, cheered up and smiled. It lived again. It dreamed again.

The conversation was exciting. The good faith was boundless. There was so much to say, so much to share. Petronilo felt a happiness and a pride beyond words. Datil was in heaven. The newcomers felt like two love birds who had seen everything, enjoyed supreme freedom together, and had now returned to occupy and enjoy their nuptial nest.

Petronilo wanted to hear Amina sing. With Datil at the piano, as she used to be for Amena, Amina sang as she never had before. Petronilo was bewitched, with tears of utter joy in his eyes.

Damian saw Amina go out and he did not follow her. He went up to the balcony of his room that faced the garden and the patios.

The night was flooded with moonlight, with green light. The air was thick with the fragrance of the black roses. Amina was standing in front of Amena's altar, silent and thoughtful. Damian waited for his wife, also silent and thoughtful.

Amena Karanova

Se estrelló el avión en el areopuerto de Albuquerque. Por fortuna no hubo muertos ni averías serias. Acudieron ambulancias a transportar a los pasajeros al hospital.

Amena Karanova se encontró en el Hospital de San José con su secretaria, Dátil Vivanca. Dátil tenía unas pequeñas contusiones en la frente y unas lesiones superficiales en el brazo derecho. Amena, milagrosamente, se escapó sin una sola marca. Las dos estaban sacudidas y estremecidas, pero por lo demás estaban perfectamente bien.

Antes de ver a Amena se le miraba a los ojos. Eran unos ojos que imantaban, que clavaban, que inmovilizaban. Eran unos inmensos ojos verdes con flecos de oro. Un verde volátil, un oro incendiario. Algo silvestre, algo indomado. Estaban refugiados en el fondo de unas cuencas apartes, oscuras y hondas. De allí despedían brillos y destellos como una pantera alerta en lo oscuro de su cueva.

Cuando podías arrancarte de su mirada, te dabas cuenta de la blancura de su tez, blancura de alabastro, transparente y luminosa por dentro, con un dejo o un eco de verde aceituna. Por los lados de su cara, sobre la almohada, caían cascadas de negra y ondulada cabellera, negro de azabache con fulgores verdes.

Su cuello era más bien largo, elegante, y tenía la gracia y la sutileza de la palmera. Más abajo, sus senos maduros y densos, se negaban al disfraz e insistían en hacerse reconocer, aún bajo la suelta y floja bata de hospital.

Su perfil, como todo lo de ella, era exquisito y sutil. La frente alta, amplia, y limpia. La nariz larga, fina y afilada. Labios llenos, maduros y densos. La barba diminuta, atrevida y aguda.

Cuando te ibas, te llevabas una imagen avasalladora e imponente de una mujer luminosa y verde. Una mujer arrogante y aristocrática, de una belleza escultórica y clásica. Suponías que había en ella pasión y violencia, ternura y compasión. Quedabas seguro que traía consigo una tremenda tristeza, que escondía un misterio serio. Sin saber cómo ni por qué, esa mujer te metía miedo. Estabas convencido que eran sus compañeros la amenaza y el peligro.

Dátil era bonita. Fresca y lozana como una amenaza. Tenía chispas en los ojos y cerezas en los labios. Carnes y contornos llenos y redondos, en todo sentido atractivos, pero ya en el camino de la gordura.

Tendrían las dos mujeres alrededor de veintiocho años. Ahora estaban charlando animadamente en una lengua extraña.

31

—Dátil, ¿te diste cuenta de la luz en este lugar? Jamás he visto tal luminosidad. Tengo la impresión que se me metía por los ojos y hasta por los poros, y me encendía por dentro. El sol no lo vi, pero me figuro que ha de ser feroz. Los cielos altos y vastos de un azul nunca visto. ¡Qué bóveda! Como no tenemos que ir a ninguna parte, ni tenemos ninguna prisa, nos quedamos aquí unos días. Hoy mismo alquilamos un coche y nos vamos de viaje a conocer.

Así fue. Fueron a Santa Fe y a Taos. Visitaron las aldeas y los pueblos de los indios. Todo, todo fascinaba a Amena. Era como si hubiera descubierto un nuevo mundo. Su espíritu y su cuerpo, agobiados y agotados antes, ahora vibraban con impulsos de vida ya olvidados.

La luz, el cielo y el paisaje, el silencio del desierto, la soledad de las montañas le llenaban cada hueco de sus deseos, le llenaban el vacío de su espíritu. Le traían la alegría y la paz perdidas. Estaba exaltada, como intoxicada. Cantaba, reía, gritaba. La tierra y la sierra le respondían. Se sentía en casa.

El paisaje humano también le encantaba: toda la gama de la pigmentación humana, desde lo más moreno hasta lo más blanco, y todo lo que hay entremedio. La cortesía que encontraba en todas partes le recordaba la buena crianza de su propia gente allá en su tierra. Sentía un misterioso parentesco con el generoso pueblo de Nuevo México, como si lo hubiera conocido y querido siempre. Se sentía en su casa.

Hay más. Esas casas de adobe, enjarradas a mano, que llevan las huellas de los dedos en las paredes. Con vigas, techos de latillas, chimeneas en los rincones y ristras de chile en las afueras. Esas casas, armoniosa mezcla de la arquitectura indígena y la arquitectura española, que se funden en el paisaje con gracia y dignidad, también le daban a Amena una sensación de serenidad. A tal punto que en un dado momento le dice a Dátil,—Para el coche. Yo quiero una casa como ésa.—Más y más, se sentía en casa.

Dátil no podía estar más contenta. Hacía meses que su ama había perdido la ilusión de la vida. Este viaje era una fuga de la vida y la realidad insoportables. Verla ahora locamente ilusionada, riéndose y cantando otra vez, era para Dátil motivo de gran alegría. Ya la había dado por perdida.

El viaje de regreso fue silencioso y caviloso para Amena. Dátil no decía nada tampoco. Conocía muy bien a su ama. De regreso, en el hotel, el silencio de la dama y su mirada lejana continuaban. Vagos pensamientos y nebulosos sentimientos se iban clarificando, cayendo en su lugar, formando una lógica entrañable e implacable.

De pronto se incorpora en la cama. La cara resuelta, la mirada fija.

Había tomado una determinación.

—Aquí me quedo. Aquí quiero vivir y morir. Aquí me casaré. Mi hijo va a nacer aquí.

La voz apasionada pero dominada. Dátil no dijo nada. Ya estaba acostumbrada a las corazonadas violentas y repentinas de su ama. Ella estaba dispuesta a lo que ella quisiera.

Fue necesario ir al banco. Amena y Dátil se presentaron en El Banco Central. Se trataba de transferir fondos de bancos europeos. Fueron introducidas en el despacho del vice-presidente, Petronilo Armijo.

Al entrar, Amena se paró abruptamente y se quedó mirando intensamente al banquero que se había levantado de su silla. Lo clavó con su mirada rayo, una mirada lanza, verde con flecos de oro encendido. Así permanecieron largo rato, los ojos entrelaza dos en un silencio palpitante y vital. El, esclavo. Ella, reina.

En este denso y febril silencio, ella, transfigurada, se decía y se repetía, "¡Este es! ¡Este va a ser el padre de mi hijo!" El, fascinado, se decía y se repetía, "¡Esta tiene que ser la mujer más hermosa que hay en el mundo entero!"

De pronto ella apaga los rayos. Cierra la corriente eléctrica. Petronilo se siente suelto y flojo como si fuera de trapo. Amena se acerca a él de la manera más natural y le extiende la mano.

—Sr. Armijo, me han dicho que usted me puede ayudar con mis asuntos financieros. Soy Amena Karanova.

Petronilo, todavía trémulo e inseguro de sí mismo, balbuceó,— Tome usted asiento, señora, estoy completamente a sus órdenes.

Se pasaron unas dos horas haciendo los trámites necesarios. Se hicieron los contratos indicados y se firmaron. Amena supo despreocupar a Petronilo, hacerlo sentirse a gusto, sofrenando su fuerte personalidad, suprimiendo su poderosa voluntad. Pronto los dos estaban charlando y riéndose como si fueran viejos amigos. Le hizo creer que era una vulnerable mujer que poníasu destino en sus manos viriles. El se creyó ser su protector. La fortuna de ella no dejó de impresionarle más que mucho. De pronto:—Sr. Armijo, le ruego que me haga un favor más. Quiero comprar una propiedad para construír una casa en esta ciudad. Como no conozco a nadie, y como yo no sé nada de esas cosas, necesito a una persona de confianza para que me lleve de la mano. Yo le pagaré lo que usted diga.

—Sra. Karanova, no faltaba más. Yo, encantado, en servirle en todo lo que pueda ser útil. No hablemos de pago.

Quedaron en que el día siguiente él la recogería en el hotel a las diez de la mañana. Ella le dio la mano y casi le dio un apretoncito. El no estuvo seguro. Y le disparó otra vez la mirada verde que quema con flecos de oro encendido. La mirada apareció y desapareció instantáneamente, casi como si nunca hubiera existido. Ella se fue, conquistadora. El se quedó, conquistado. Ella lo sabía todo. El no sabía nada.

El resto de ese día Petronilo no sabía lo que hacía. Esa noche no pudo dormir. Comer, tampoco. Andaba totalmente hechi zado. No veía otra cosa que la cara y los ojos de Amena. No oía otra cosa que la voz musical de la mujer más encantadora del mundo. A las diez en punto se presentó en el hotel.

—Creo que somos amigos, Petronilo. Dime Amena, por favor.

Así empezó la extraña e increíble relación entre uno de acá y una de allá. Recorrieron ese díatodas las afueras de la ciudad sin suerte. Tomaron el almuerzo en alguna parte. Comieron esa noche en otra parte. El, cada vez menos tímido. Ella le sonsacaba con burlas, chistes y travesuras. La risa de ella, la mirada de ella, ahora juguetonas, lo acariciaban, lo despertaban y le alegraban el cuepro y el alma.

De allí en adelante se les veía juntos por todas partes: en restaurantes, y clubes, la iglesia, el campo. Siempre risueños, siempre contentos. Petronilo no pisaba ya la tierra, pisaba sólo plumas y espumas. La familia y los amigos empezaron a olerles el matrimonio.

Por fin encontraron la propiedad, tal y como Amena la quería. La compró y lanzó la obra. Petronilo le consiguió un arquitecto. Este dibujaba lo que ella le indicaba.

Entretanto la adoctrinación y la instrucción de Petronilo seguían el paso marcado por Amena. Ella le enseñó a ser hombre primero, y a ser amante después. En el momento indicado por Amena, Petronilo le declaró su amor ardiente y más tarde, su propuesta de matrimonio. Ella aceptó ambas declaraciones y accedió con el debido recato. El quedaba maravillado con la valentía que no sabía que tenía.

Amena seguía siendo un misterio para todos, incluso para Petronilo. Era graciosa, amable y cariñosa con todos. Pero había algo, un no sé qué enigmático que no se revelaba nunca. Esto aumentaba su atractivo, creaba un cierto aire de misterio que la rodeaba, y la elevaba a nubes altas e inaccesibles. Pero es que nunca vieron la verde mirada con flecos de oro encendido. Esa mirada sólo la empleaba cuando quería herir o destruir.

Amena le contó su vida a Petronilo, pero no toda. Le dijo que veníade una tierra remota y exótica, que había sido la estrella más famosa de la ópera wagneriana de tres continentes, que había amasado una gran fortuna. Le dijo que la agitación, el trajín, el constante movimiento de la vida de la fama y del arte la habían agotado. Que había salido huyendo en busca de paz y serenidad. En eso andaba cuando se estrelló el avión y había descubierto aquí lo que andaba buscando, lo que le hacía falta. Que nunca volvería.

Petronilo quedaba deslumbrado y atónito al examinar los álbumes y carteles de Amena. Allí aparecíaella en los ropajes de las grandes protagonistas de las óperas de Wagner en los mejores teatros del mundo. Aparecía fotografiada con reyes, presidentes, generales, los grandes de todas partes. Leía los recortes de la prensa mundial que alababan los triunfos artísticos de "La Karanova" y aludían a los posibles amores y amoríos con éste o con aquel distinguido dueño de la fortuna.

Petronilo veía todo esto y sentía recelo y celos por no haber podido compartir esa vida luminosa con ellos. Luego se recataba cuando se acordaba que él era un humilde banquero de un humilde banco, un don nadie y que ahora él era dueño de la dama más hermosa y más seductora del mundo, entonces se tragaba su propia saliva y le daba gracias a Dios.

Lo que Amena no le contó a Petronilo fue lo de Damián. Damián había sido el novio y prometido de "La Karanova". Se habían querido mucho y se iban a casar. Bailaron, cantaron, rieron y se dijeron lindas cosas en los rincones más selectos y sensuales del viejo mundo y del nuevo. La prensa y la televisión registraron, con todos sus detalles, su loca y jubilosa danza, su alegre canción de amor. Esas fotos y esos recortes no aparecían en los álbumes.

Damián era rico, guapo y arrogante. Era deportista. Conducía coches de carrera en las pistas más famosas del mundo. Amena le acompañaba a sus carreras. El la acompañaba a ella en sus presentaciones teatrales. Todo iba suave y dulce como un sueño rosado, una bata de seda.

Estando los dos en la cumbre, en el mismo umbral de la ilusión, Damián se mató en un accidente automovilístico. Cuando esto ocurrió, se le apagó el sol a Amena, la luna y las estrellas. Desaparecieron los horizontes. El porvenir se puso negro. Amena se encontró aturdida y perdida en una noche sin fin, en un espacio infinito, sin atalayas y sin lámparas. Sin voluntad para vivir, sin voluntad para morir.

Dátil la tomó de la mano y la sacó del teatro y de su mundo conocido. La atendía como a una niña. Amena se dejaba llevar, como una niña. Viajaban por el mundo sin destino alguno, huyendo del terror, de la noche sin fin.

Así llegaron a Albuquerque. El choque quizás sacudió a Amena de tal manera que la sacó de la inconciencia. Quizás fueron los altos cielos y la loca luz de Nuevo México las que iluminaron la noche negra de Amena. Aquí cayó en sí. Aquí cobró conciencia de sí misma. Aquí nació su afanosa idea de tener un hijo.

La construcción de su casa estaba en marcha, Amena y Petronilo fueron a México a conseguir los materiales. Azulejos, piedra obsidiana para los suelos, maderas talladas, macetas, fuentes, hierro y otras tantas decoraciones. Todo escogido con el mayor esmero. Empezaron a llegar tremendos bultos de ultramar: muebles, estatuas, pinturas, telas exquisitas, dijes y cachivaches. Amena estaba por encima de todo; no se le escapaba un solo detalle. La casa, y la decoración de ella, era una pasión, una obsesión.

La casa fue tomando forma. Por fuera, era una casa nuevomexicana tradicional. De adobe, con vigas y ristras, portales, chimeneas. Por dentro, era un palacio del medio oriente. Patios, fuentes, arcos, portales, jardines. Flores y más flores. Amena había hecho traer semillas de su tierra. Aparecieron en los jardines plantas y flores exóticas, nunca vistas, perfumes raros y sensuales. Lo que más llamó la atención fueron unas rosas negras con destellos verdes y un aroma intoxicante. Las huertas y arboledas se extendían por todos lados. Entrar en esa casa era salirse del mundo de todos los días y entrar en el mundo de las mil y una noches. Era como si Amena no hubiera construido una casa sino una heredad, una vida todavía por nacer, todavía por vivir.

En esta casa y en estas circunstancias tuvo lugar la boda de Amena y Petronilo el 25 de septiembre. El arzobispo mismo los casó. Estaban presentes todos los ilustres nuevomexicanos. Unos vinieron por amistad, muchos por curiosidad. La fama de la casa y de la dama por toda la zona resonaba. El misterio de Amena tenía a todo el mundo mistificado. Decían que era rusa, judía, árabe, gitana, húngara. Nadie sabía, y ella no decía.

Amena no pudo ser más graciosa y más encantadora. No desató la mirada mágica ni una sola vez. Cada quien se sintió señalado para recibir su cortesíay encendido cariño. Cantó, por primera vez desde su tragedia, varias arias, acompañada por una orquesta sinfónica. Los nuevomexicanos nunca habían visto ni oído algo semejante. Aquello era algo de ensueño, inolvidable. Se los ganó, se los hizo suyos, para ella y para su hijo, el que no había nacido todavía. Petronilo se sentía dueño y rey de la república.

La vida conyugal de los recién casados no pudo ser más placentera. Amena fue la amante más ferviente y la esposa más generosa que Petronilo pudo imaginar aun en su más loca fantasía. Enamorado, contento y satisfecho, su vida era un sueño verdadero.

La vida social de los Armijo fue de lo más lucida. Los más encopetados se batían por invitarlos. La presencia de Amena en una fiesta era encenderla de incandescencia. Los negocios de Petronilo mejoraron. La gente de pro lo procuraba. Amena le daba categoría.

Todo iba como una seda. No obstante, se veía que Amena no estaba del todo contenta, no estaba del todo satisfecha. Petronilo la sorprendía ensimismada de vez en cuando, absorta, la mirada vaga y lejana. Pasaba largas horas con Dátil en secretas y misteriosas conversaciones. Era como si le estuviera dando instrucciones, preparándola para algo.

Por ese entonces se casó Dátil, a instancias de Amena, con el robusto mayordomo de la finca. Los nuevos esposos se mudaron a una pequeña casita construida precisamente para esto. Todo se iba realizando según un plan.

En uno de los patios Amena había hecho construir una especie de altar con una palangana. Tenía pequeñas estatuas de figuras raras. Nadie podía figurarse hasta entonces cuál fuera su propósito.

—Esta noche, Petronilo, vas a ver algo que nunca has visto. No vas a poder comprender lo que ves. Te ruego que no me preguntes ahora o después. Es algo que yo tengo que hacer sola, algo en que no me puedes acompañar. Quiero que me tengas confianza.

—¿De qué se trata, mi amor? Tú sabes que lo que tú me pidas yo te doy.

—Se trata de una ceremonia religiosa. Mi religión no es la tuya. A ti deberá parecerte muy extraña e incomprensible.

—Dime lo que tú quieras que yo haga.

—Esta noche, la primera noche de luna llena, yo tengo que ofrecerles oraciones y devociones a mis dioses. No quiero esconderte nada. Tú puedes ver desde el balcón.

—Que así sea. No entiendo nada. Sólo sé que te quiero tanto que tu voluntad es la mía.

Esa noche cuando se hizo oscuro y salió la luna llena, Dátil encendió una lumbre en la palangana del altar. Las llamas subían altas y agitadas. Después decoró el altar con rosas negras, colocó incienso y unos frascos con polvos y aguas misteriosas sobre el mantel.

Terminadas sus preparaciones se retiró a las sombras. La luna bañaba el patio de luz verde. Las llamas agitaban las telas de luz con luces y sombras movedizas. Las rosas negras llenaban el aire con una aroma intoxicante. De las sombras empezó a oírse el tun tun lento y rítmico de un tambor primitivo. Era como si el tiempo se hubiera detenido, como si hubiera una expectativa, como si ese ambiente estuviera listo para producir un milagro.

De pronto se presenta Amena. Alta, esbelta, vestida de tul blanco. Hecha estatua de mármol vivo. Se dirige al altar. Sus pasos son lentos, pausados, como una diosa, una diosa hipnotizada.

Como gesticulando, como en estado de trance, enciende el incienso, le salpica agua a las rosas negras, le echa unos polvos a la lumbre. Las llamas ondulan voluptuosas y toman un tinte verduzco. El incienso despide un humo verde lleno de insinuaciones sensuales. Las rosas se desabrochan sus blusas negras. En el fondo el rumor afanoso del tambor. Amena se postra al pie del altar. El cuerpo recto. Los brazos extendidos, una rosa negra en cada mano. Los pies descalzos. Parece estar crucificada boca abajo en una cruz invisible.

Repentina, bruscamente, se incorpora. Se pone de puntillas. Alza la cara y los brazos a la luna. El tambor se agita. Suspira, solloza. Le suben ondas trémulas desde los talones desnudos hasta la nuca desnuda. Exhaltación extática. Hipnosis. Las llamas saltan locas. La luz, los olores y colores flotan mágicos.

El tambor acelera sus golpes rítmicos. Se pone febril y violento. Se desata la estatua de mármol. Baila. Baila como un ángel, como un espíritu, como una ilusión. Parece flotar, ondular, su manto de tul blanco se agita como alas de transparente niebla, alrededor del altar de fuego e incienso, altar de dioses ignotos.

Se calla el tambor. Amena se para. Alza los ojos a los ojos de la luna risueña. Alza la voz hasta el mismo regazo de la luna dueña. Su canto sonoro de palabras mágicas nunca oídas sube tembloroso a posarse herido a los pies de la luna amena. A veces susurra. Un momento canta, otro, llora. Otro, calla. De alegre rebeldía pasa a sumisa tristeza, y otra vez.

De pronto, nada. Permanece paralizada un largo rato. Lentamente, baja la cabeza, la deja caer sobre su pecho. Sus brazos laxos a su lado. El cuerpo tenso queda suelto. La arrogante diosa de mármol se convierte en humilde muñeca de trapo. Muy despacito se pierde en las sombras.

Petronilo había contemplado todo desde el balcón en un estado de tremenda agitación sin saber ni entender lo que veía. Era una escena fuera del tiempo, fuera de este mundo. El milagro, la magia y el misterio de todo aquello estaban más allá del alcance de su entendimiento. Parecía que él no era él y ella no era ella.

Al terminarse todo, Petronilo se quedó largo rato en el balcón. Luego se paseó mucho más por la arboleda. Los rayos de la luna se filtraban por los encajes aterciopelados de los árboles dibujando luminosas manchas verdes en el suelo. No le podía hallar entrada al misterio. La mujer que había visto no era su esposa, y nunca lo sería. Era un espíritu— libre e indomable. Un espíritu que retaba a los hombres y a los dioses. ¡Qué pequeño e insignificante se sentía!

Le venían vagas nociones que lo que había visto era una ceremonia primitiva y prehistórica. Acaso era un rito pagano de fertilidad. Una oración a los dioses. Una oferta ritual. ¿Era aquello adoración divina o demoníaca? Había, estaba seguro, algo más, algo totalmente en la sombra, y por eso mucho más espantoso. Podría ser un capricho infantil propio de su carácter volátil y violento. O acaso un resabio, una nostalgia, de su vida teatral, de su temperamento artístico.

No lo resolvió. Volvió a casa en una maraña mental total. Volvió con miedo. No sabía cómo se iba él a enfrentar a Amena. No sabía si Amena lo iba a rechazar.

Entró en su alcoba silencioso y deprimido. Amena ya estaba de pijama en la cama, como si nada.

—Te has tardado tanto que ya iba a buscarte. Ven, acuéstate.

Petronilo se acostó en silencio. Amena lo recibió con los brazos abiertos y con todo cariño. Fue tan amorosa, tan tierna y tan generosa con él que casi lo hizo olvidar lo que había visto. Después, ella se durmió tranquila, y él se desveló inquieto.

La vida siguió buena y rica. Petronilo callaba sus inquietudes y angustias. Amena le brindaba harto consuelo con su amor. En verdad, él no tenía por qué quejarse. El siguiente día de plenilunio se negó a presenciar el acto ritual de su mujer; se fue de viaje.

Aunque todo marchara bien, se notaba en Amena, y también en Dátil, que una sensación de urgencia les apremiaba. Estaban agitadamente ocupadas como dos hormigas en una obra que sólo ellas conocían.

Amena hizo construir una grande habitación en un sitio reservado para ella. Los constructores hicieron sólo el cascarón del salón. Insistió en que ella y Dátil harían toda la decoración interior. Las protestas de Petronilo fueron a menos. Amena estaba fervorosamente aferrada a que ella haría toda esa labor con sus propias manos.

Pronto se puso patente el propósito del aposento. Era un estudio de pintor. Tenía unos tremendos ventanales que daban al horizonte poniente que inundaban el cuarto de luz y color. Cortinajes corredizos lo llenaban de misterio y soledad. Tenía una pizarra y un caballete prestos para utilizar. En un rincón una chimenea nuevomexicana. Una butaca y un diván de cuero marroquín. Una selecta biblioteca de libros de dibujo y técnica, de ilustraciones de las pinturas más famosas del mundo. Todo lo necesario para un pintor, que aún no había nacido.

Amena escribía mucho. Tenía tres cuadernos. Uno para su hijo para cuando aprendiera a leer. Uno para su marido para cuando quisiera leer. Uno para Dátil que tenía que leer. Toda esta lectura estaba proyectada para un futuro indeciso. Ponía en estos cuadernos sólo lo que se podía poner en palabras. Ella tenía otras maneras de comunicar lo inefable. Algo dañino les pasa a los conceptos y a las ilusiones cuando se ponen en palabras.

Salen dañados, distorsionados e incompletos.

A mitad de su labor empezó a notarse que las dos mujeres estaban encinta. Se notó entonces que las dos trabajaban desesperadamente para terminar su obra, como si aquello fuera de extremada importancia. Trabajaban y hablaban sin cesar. Hablaban en su lengua extraña.

A Amena le entró por enyesar las paredes con tierra blanca ella misma, con sus tiernas manos. La tarea era áspera y difícil, y ella se dedicó a ella como si su vida dependiera de ello. Dedicada, cariñosamente, como si el roce de sus dedos sobre la losa fuera caricia, convirtió las paredes en lienzos con dibujos de quién sabe qué, en manuscritos que decían yo no sé qué. La huella de sus dedos sobre la losa dibujó extraños diseños, raros arabescos. Hizo lo mismo con la madera de las puertas y ventanas. Allí grabó místicas escrituras con un cuchillo afilado y obediente. Era como si allí dejara dicho lo que no pudo decir en los cuadernos, lo inefable.

Por fin el estudio quedó terminado. Las dos mujeres agotadas, pero felices. Amena llevaba una expresión de supremo contento en la cara. Se le oía tarareando por la casa, a veces cantando en voz baja. Se pasaba todos los momentos posibles con Petronilo. Ella misma preparaba sus platos favoritos. Lo mimaba de la manera más desvergonzada. El momento se iba acercando.

Todo esto, el desnudo y sensual contento, su exagerado cariño, el cansancio que no podía esconder, traían a Petronilo bastante inquieto. Algo estaba fuera de quicio. El no acertaba en qué. Cuando le preguntaba, cuando quería hablar de ello, Amena se reía y le decíaque perdiera cuidado.

Llegó el día. Las dos mujeres dieron a luz el mismo día. El hijo de Dátil nació muerto. El hijo de Amena nació vivo. Amena murió en el parto. Murieron una madre y un hijo. Vivieron un hijo y una madre. De cuatro quedaron dos, dos que se correspondían. Tanta coincidencia invita la especulación, pide un comentario. Era como si todo esto fuera anticipado, como si todo esto estuviera programado. ¿Quién sabe?

La muerte de Amena fue un golpe fatal para Petronilo. Quedó deshecho. No se recuperaría nunca. Amena había sido una ilusión, una bendición para él; lo había elevado a alturas de felicidad desconocidas. Su vida con ella había sido una fantasía. Recordaba y revivía cada momento compartido entre gozos y sollozos. Andaba por la casa como un sonámbulo. Vagaba por las huertas como alma perdida. No se conformaba a vivir sin ella. No quería consolación.

El niño, bautizado Damián, era una joya, una sonrisa de Dios. Desde un principio era alegre y bonachón. Dátil estaba clueca con él. Lo arrullaba, lo mecía, lo bailaba, le cantaba. El pequeñito respondía con gorgoritos y sonrisas, más tarde con risotadas. Damián fue para Dátil su propio hijo, el hijo ganado después de haberlo perdido. Petronilo dijo e hizo lo indicado de un nuevo padre, pero sin exagerado entusiasmo. Estaba cargado de tristeza. El niño no se parecía mucho a él ni a Amena. No tenía los ojos verdes.

Damián fue creciendo en su gran salón de pintor con sus grandes ventanales que revelaban los preciosos atardeceres de Albuquerque. Rodeado de bellas pinturas. Oyendo la voz de su madre en los bellos cantos que la habían hecho famosa en los discos que Dátil le tocaba. La alegre chimenea y el olor del piñón y del cedro lo fascinaban. Pero más le fascinaba el amor de Dátil. Toda esta belleza le decía cosas hermosas al niño Damián que él no entendía pero que absorbía noche y día.

Damián le cobró un apego a su aposento que sólo allí se sentía a gusto, sólo allí se sentía seguro. Cuando lo sacaban a la casa o al jardín, se entretenía un rato, luego lloraba. Dátil ya sabía y le devolvía a su nido consentido. Las lágrimas desaparecían, y volvían las risas. Cuando empezaba a hablar, un día a la mesa Damián empezó a llorar y gritar "¡Mi almohada!" Dátil fue corriendo y le trajo una almohada. El niño la rechazó y siguió gritando, "¡Mi Almohada!" Dátil se vio obligada a llevarle a su cuarto. Al acercarse a su puerta el niño dejó de llorar y decía con tanto sentimiento, con tanto contento, "¡Mi almohada, mi almohada!" que todos supieron que "mi almohada" quería decir "mi cuarto". De allí en adelante ese apartamento llevó ese nombre. ¿Quién va a saber por qué los niños le dan los nombres que le dan a las cosas?

Petronilo era cariñoso pero un tanto distante. Los dos se querían, pero no se buscaban mucho. Cuando Damián llegó a los seis años, el padre procuró acercarse más. Charlaban, iban de campo y de pesca, hacían deportes. Alguna vez miraban un partido de fútbol en la televisión y lo comentaban. El papá llevaba al niño a visitar a sus parientes nuevomexicanos. Allí lo trataban como príncipe. El chico era un encanto. Declamaba, recitaba, cantaba, bailaba. Y lo hacía bien. Para entonces los dibujos y las acuarelas de Damián empezaban a llamar la atención. Estaba visto que el chico tenía talento. El se encargaba de llevarles un original a cada uno de sus tíos. El padre y el hijo eran amigos a pesar de no comprenderse muy bien.

Damián tuvo una niñez normal y una adolescencia también normal, en lo que esa palabra pueda significar. Fue normal en que fue a la escuela como todos los chicos, y fue uno de ellos. Participó con ellos en deportes, fiestas y escapadas. Fue muy popular con las chicas, y en el momento justo perdió su inocencia—con honores y sin sinsabores.

Hasta aquí lo normal. Pero había en Damián un algo que lo diferenciaba de los demás. Llevaba en sí sustancias y esencias misteriosas que él mismo no acertaba en comprender y que le embargaban el pensamiento y la atención. Sustancias y esencias que a menudo determinaban su conducta o desataban su fantasía. Hacía cosas sin saber por qué, que siempre le salían bien. Era como si una voz interior le marcara el camino a seguir. Era buen chico, buen estudiante, buen amigo. Esto todos lo podían ver. Lo que también podían ver todos es que era diferente de una manera indefinible.

Su manera de ser le imponía la soledad. La buscaba con ahinco, a veces, desesperadamente. Desaparecía inesperadamente de una fiesta. No aparecía en otra. Se iba a solas por el campo o por la calle.

Su refugio predilecto, claro, era "mi almohada" La querencia que de niño antes tuviera por el departamento que su madre le había construido no había disminuido, más bien había crecido. Allí se pasaba largas horas y hasta días enteros.

Se pasaba el tiempo pintando, leyendo, escribiendo o contemplando los gloriosos crepúsculos de su poniente abierto. Allí leía y releía las hojas sueltas del manuscrito que su madre misma no pudo decir pero que supo comunicar a su hijo a su manera. Lo que sí sabemos es que Damián fue cambiando. Dejó de ser el chico campechano y alegre que antes era y se fue volviendo serio y formal.

Cuando entró en la universidad ya era un joven aparte, más solitario que nunca, más que un poco melancólico. Diríase que era ya un tipo romántico—de otro tiempo, de otra parte. Siempre amable y caballero cuando era necesario, por lo demás esquivo y silencioso. Ahora pintaba con locura: pinturas nocturnas, cosas raras y bizarras, figuras oscuras, laberintos encendidos. Sus liensos empezaron a aparecer en las buenas galerías. La voz de La Karanova en el fondo, denso incienso en el aire.

Un día leyó en una de las cartas de su madre: "Quiero que hagas mi retrato. Quiero que lo vea el padre Nasario". Esa noche Damián no durmió. Las imágenes de su madre le centelleaban por la cabeza, una tras otra, en un desfile vertiginoso. Cada imagen distinta, en viva representación de una mujer llena de vida, compleja y misteriosa, una mujer de muchos caprichos, muchas facetas, muchos talentos.

Por allá por la madrugada, cuando la leña de la chimenea se había hecho cenizas, el desfile rápido empezó a detenerse. Las mil imágenes se fueron sobreponiendo, fundiéndo. Quedó sólo una, con los elementos de todas. Estática y extática. Cesó la agitación de Damián. Se quedó, como lelo, contemplando la imagen, que él había convocado de un pasado que no era suyo, en una adoración total y sumisa. Así se quedó dormido porque estaba vencido. Se durmió murmurando suavemente, "Amena mía".

El siguiente día le anunció a la familia que iba a hacer el retrato de su madre. Que no quería que nadie entrara en "Mi Almohada" hasta que estuviera terminado. Dátil quiso proporcionarle fotografías de Amena de artista, de novia, de casada. Damián le dijo que no le hacían falta. A Petronilo le pareció esto bien raro ya que Damián nunca había conocido a Amena, pero no dijo nada. A Dátil no le pareció esto nada raro, y no dijo nada tampoco.

Damián se puso a pintar con indescriptible furia. Furia dominada como una feroz pantera que obedece silvestre los mandamientos del maestro que lleva la cadena y el látigo. La pantera que mataría si se soltara.

Fue curioso pero empezó por los ojos. Pronto empezaron a lucir y a hervir las verdes aguas de aquellos hondos mares peligrosos. Empezaron a arder los flecos de oro. Los ojos quedaron perfectos, pero la mirada se le escapaba, la mirada lanza, la mirada espada, la que mataba. ¡Qué difícil es pintar lo invisible! Damián se ponía loco, se desesperaba. En estos momentos de rabia se parecía a su reina madre cuando cantaba una Valkyria o cuando bailaba alrededor de su altar. El no sabía, claro.

No pudiendo vencer este obstáculo, por ahora, pasó a pintar la cara. Todo iba bien. La tez de fino alabastro, como encendido por dentro, con su sutil, casi invisible fondo verde. La nariz exquisita, afilada con un yo no sé qué de aristocracia. La boca perfecta, pero la sonrisa se le escapaba. Como con la mirada, tuvo que dejarla incompleta. La elegante y arrogante barbilla no le causó problemas. La negra cabellera tampoco. Supo, quién sabe cómo, darle los elusivos destellos verdes que la iluminaban. Manos de reina. Sortijas de emperatriz. La vistió de sedas y encajes negros. La vistió de princesa oriental. ¿Judía, húngara, gitana, árabe, rusa? Yo no sé. Gesto de actriz o de diosa. Tampoco sé.

Todo esto duró mucho tiempo. Damián trabajaba como poseído. Casi no comía. Casi no dormía. A veces caía rendido en la butaca de cuero marroquín y se quedaba contemplando su obra hasta por horas como hipnotizado. De pronto le cogía un arrebato, un impulso, una corazonada, y saltaba y le ponía un pequeño toque, un punto, un deje, acaso un suspiro o un sollozo, que cambiaba en total el aspecto. En estos momentos parecíaque una mano invisible guiaba la suya.

La mirada y la sonrisa lo tenían fuera de quicio. Algunas miradas y sonrisas tienen un poco de ángel o un poco de diablo. ¿Y quién puede con ellos? El cuadro estaba terminado excepto por estos dos imponderables.

Damián estaba agotado. Barbudo, flaco y sucio. Se quedó dormido en la butaca porque ya no podía más. Soñó que había salido a rezar al altar de su madre, que iba vestido de blanco, que Dátil le había preparado el altar y que ahora le estaba tocando el tambor. Se vio pasar, paso por paso, por la antigua ceremonia de su madre. Sintió el fuego de su pasión.

Se despertó tranquilo. Se desperezó. Luego, serenamente, tomó el pincel y le hizo algo al retrato. No sé qué. Quizás un beso, quizás un suspiro o un sollozo. Pero de pronto se desató la mirada—hecha luz y sombra, vida y muerte, amor y odio. Se encendió la sonrisa con vislumbres de ironía, de malicia, de caricia. La obra de amor estaba terminada.

Al día siguiente entró la familia y el padre Nasario a ver el cuadro. Todos estremecidos y curiosos. Nadie estaba preparado para ver lo que vio. ¡Allí estaba Amena! Lo que antes fue, y que ahora seguía siendo. La mujer suprema, la mujer entera. Con toda su vida, con todo su misterio. Lo único que le faltaba era cantar, reír o bailar. Todos hablaban en susurros, acometidos de una extraña reverencia, o respeto, o superstición.

Todos se preguntaban, cómo pudo Damián, sin haberla conocido nunca, captar la personalidad volátil, la realidad enigmática, el profundo misterio, el carácter indomable de su madre. Era como si la vieran por vez primera—como verdaderamente era. El padre Nasario lo puso en palabras:—Los ojos del espíritu ven más allá de los ojos de la carne.

Algunas veces los ojos de un retrato parecen seguir al espectador de una parte u otra. Los de Amena no. Estaban fijos en una visión desconocida. Con una excepción. Seguían a Damián con intención a todas partes. A Damián no le pareció esto extraordinario; le pareció natural. Los demás no se dieron cuenta. Excepto Dátil. Ella sí lo notó, pero no dijo nada.

Petronilo había entrado en "Mi Almohada" profundamente emocionado. Se quedó atrás y contempló a Amena a distancia. Era como si hubiera resucitado. Cayó en un mesmerismo total. En silencio, lentamente, le salieron gruesas lágrimas, corriendo solas e inadvertidas. Cuando al fin cayó en sí, tuvo la presencia para resistir una fuerte inclinación a arrodillarse ante la imagen de Amena como si fuera una santa. Salió del aposento, sin que nadie lo notara, sacudido de sollozos.

—Damián, hijo mío—dijo el padre Nasario,—voy a pedirte un favor. Ya tú sabes lo buena y generosa que fue tu madre con la gente de la parroquia, especialmente con los pobres. La gente la quiso mucho siempre. Permíteme que cuelgue su retrato en la iglesia para que todos tengan la oportunidad de verlo.

—Cómo no, don Nasario. A mí también me gustaría. Lléveselo ahora mismo.

Pronto corrió la voz de que el retrato de doña Amena estaba en la iglesia. Antes Amena había tenido fama por su caridad, cariño y cortesía. Toda la gente pasó a verla. Amena volvió a ganárselos como antes lo hiciera. La hermosa imagen de la dama, el magnetismo y pasión del artista dejaba a todos impresionados. En el sentimiento religioso de la gente sencilla hay algo supersticioso. La bondad de Amena era bien conocida. La belleza del cuadro hablaba por sí misma. El cuadro estaba en la iglesia. Llegó el momento en que todo esto fue fundiéndose en un solo concepto: doña Amena era una santa, motivo de conversación primero, acto de fe después. Llegó a ser que no era nada extraordinario ver a alguna viejita de rodillas ante Santa Amena. El padre Nasario empezó a recibir noticias, y empezó a sonarse por el mundo, que la santa había producido este o aquel milagro. El buen cura pensándolo largo, concluyó que si Amena les traía algún consuelo a la gente, valíala pena dejar el retrato donde estaba.

Al terminar su obra, Damián se sentía vacío física y espiritualmente. Decidió irse a la montaña a caballo con uno de carga de diestro. Allí cocinaba, comíay dormía al aire libre. Daba largas caminatas, iba de pesca, leía a la sombra o al sol. A veces se sorprendía silbando o tarareando alguna melodíade La Karanova. El aire puro, el agua fresca, el mucho andar, el buen comer y dormir pronto restituyeron al joven pintor. Volvió a casa fuerte y lozano y listo para encontrarse famoso. Museos y galerías y otros querían comprar su cuadro, querían comisionarle obras.

Dátil le entregó una nueva carta de su madre. A través de los años le había venido entregando estas cartas en los momentos apropiados de su vida, según las instrucciones de Amena. Así es que ella le había marcado la senda que le había traído hasta este momento a través de todas la peripecias de su vida.

Siempre se emocionaba cuando leía estas cartas, pero esta vez sintió una agitación extraordinaria al recibir las hojas sueltas. Anticipó, quién sabe cómo, que había algo portentoso en esta carta. Le temblaban las manos al leer lo siguiente:

Hijo de mi alma,

> *Ha llegado la hora de que salgas al mundo. Es necesario ya que te abras camino, que busques y sigas tu estrella, que cumplas tu destino y el mío.*
> *Quiero que vayas a Europa en viaje extendido. Adjunto te dejo los nombres de queridos amigos y de viejos hoteles que yo he conocido. Diles a ambos que eres hijo de La Kara nova. Te recibirán con cariño.*
> *Hay en Europa en estos días una cantante famosa de ópera. Se llama Amina Karavelha. El 15 de agosto dará una representa-*

ción de una obra de Wágner en el Parque del Retiro de Madrid. Quiero que asistas a esa presentación. Despúes, quiero que hagas el retrato de Amina.

Ese retrato te hará famoso en Europa. Te abrirá carrera. Vé, pues, y pórtate como hijo mío. ¡Adelante, ánimo! Te espera la fama, la felicidad y la fortuna .

Mi amor y protección te acompañarán de noche y día.

Tu madre que te adora,

Amena

Damián se quedó pensativo, extrañamente tranquilo, examinando las nuevas perspectivas que se le abrían. Lo que acababa de leer le pareció perfectamente lógico, normal y natural. No se preguntó, por ejemplo, cómo pudo saber su madre veinticinco años antes que iba a haber una cantante famosa con el nombre de Amina Karavelha ahora y que ésta iba a dar un presentación el 15 de agosto de este año. La coincidencia en los nombres no le causó extrañeza tampoco. El hecho de que Dátil no comentara sobre esto, ya que ella también había leído la carta, también lo dejó sin cuidado. Todo esto nos hace sospechar que Damián sabía mucho más de lo que decía, que ya sabía descifrar y leer los dibujos y escrituras que su madre le dejara en "Mi Almohada".

Se hicieron las preparaciones para el viaje. A Petronilo no se le dijo nada de la carta de Amena ni de los particulares de la aventura. Damián iba a Europa a estudiar arte, y esto era todo.

Dátil había sido partícipe de todos los acontecimientos, y aun de los pensamientos y sentimientos que constituían la historia de Damián. Sin embargo, ella, que lo sabía todo, se sacudió y se emocionó toda cuando vio la fotografía del pasaporte de Damián. La cara y el gesto de este Damián eran la cara y el gesto de otro Damián de otro tiempo.

El 15 de agosto vemos a Damián paseando por El Parque del Retiro en Madrid. Es una tarde preciosa. Esta noche seráde plenitud. Anda agitado. Sus pensamientos revolotean, cual mariposas, y no aciertan a posarse en una sola cosa, en ninguna rosa. En las manos temblorosas lleva un ramo de negras rosas. Esta noche va a asistir a una ópera de Wágner.

Noche de luna llena. Olor de jazmín en el aire. La orquesta batía ritmos bélicos. Los artistas gesticulan y cantan en el tablado. Damián desatento, a la expectativa. De pronto la música se calla. Aparece La Karavelha en la escena. Alta, arrogante y majestuosa. Una explosión de aplausos. Damián se encontró repitiendo una y otra vez las palabras que su padre un día dijera:—Esta tiene que ser la mujer más hermosa del mundo entero.

Empezó a cantar. La orquesta con ella. Era una voz mágica que un momento subía violenta, y otro bajaba tierna. Amina blandía su lanza y la voz retaba, la bajaba y la voz acariciaba. A ratos se alzaba temblorosa, con gorgoritos rebeldes o sumisos, hasta la ventana abierta de la luna atenta. Descendíalenta y suave, a posarse tierna en el regazo colectivo del gentío. Terminó su actuación con un feroz alarido, un grito de guerra, un radiante desafío que estremeció la tierra y le sacó lágrimas a la luna. Y se quedó inmóvil, como una victoriosa diosa de mármol.

El público absorto, estupefacto, hipnotizado hasta ahora, estalló en olas sobre olas de amiración y adoración. Damián gritaba como un loco, junto con los demás:—¡*Otra*! ¡*Otra*!—Amina salió del telón a recibir ese mar de adulación. ¡Qué pequeña, qué exquisita, qué delicada parecía ahora! Recibió ramos y ramos de flores. Entre ellos había uno de rosas negras. Amina les pasó los ramos a los ujieres, pero se quedó con el ramo negro.

Damián había enviado su tarjeta con las flores. En el dorso había escrito:

Bella dama:

> *Soy pintor y quisiera hacer su retrato. Permítame, por favor, hablar con usted.*

Con todo respeto,

Damián Karanova

El mismo no supo porqué había firmado así. Nunca lo había hecho antes. Le vino de no sé donde. Tal vez por el color de las flores, o por la lengua del recado, o acaso por el nombre. Amina, que nunca recibía a un hombre en su camarín, decidió recibirlo. Envió a su secretaria, Mandarina, a buscarlo. No tuvo que ir lejos. El estaba esperando afuera. Se saludaron en su lengua natal.

—Bella dama, le agradezco la amabilidad. He venido a rendirle homenaje y a ofrecerle mis servicios.

—Pase a sentarse, caballero. Mi instinto me dice que usted trae consigo un cierto misterio. Dígame, ¿quién es usted?

—Soy un no-muy-humilde pintor de muy lejos de aquí.

—Cuál es su tierra?

—Nuevo Mexico.

—¿No fue allí donde murió la gran Karanova.

—Sí, allí murió. Es mi madre.—El tiempo presente del verbo pareció pasar sin apercebir.

—¡Ah! Eso explica las flores negras, la lengua de mi tierra, el nombre. Tú y yo somos compatriotas.

—Espero que te guste. A mí me complace sobremanera.—La transición del "usted" al "tú" fue tan normal y natural que ninguno de ellos se percató.

"Quiero que sepas que en el mundo de la ópera tu madre sigue siendo una diosa. Sus triunfos artísticos son modelo e ideal para todos los que tenemos ilusiones teatrales. Yo tengo todos sus discos, y no me da vergüenza admitir que trato de imitarla.

—Amina, tu triunfo de esta noche tiene que estar al nivel del más alto de La Karanova. Quiero que tú sepas que en mi tierra mi madre también es leyenda.

—Damián, quisiera que me contaras de ella. Siempre he adorado su voz y su persona.

—Con todo gusto. Cuando tú quieras.

—Y ¿eres buen pintor?

—Creo que sí. En Nuevo México creen que lo soy.

—¿No tienes alguna muestra?"

—No, pero te lo pruebo.

—¿Cómo?

—Asume un gesto dramático y toma una postura de *prima donna* y te lo demuestro."

Damián se levantó y cogió un cartel de La Karavelha. Lo contempló por un momento con sumo aprecio y evidente contento. Luego lo volvió al dorso. Se sacó una tiza negra del bolsillo, y se puso a esperar. Una chispa le bailaba en los ojos; una sonrisa le jugaba en los labios. Amina se rió, intrigada, y tomó una postura teatral. Una mano en lo alto como si tuviera en ella una estrella que acababa de arrancar. La otra mano extendida a su lado, como una ala agitada al azar. El pie izquierdo levantado atrás, como si hubiera despegado del suelo y volara por el cielo.

Damián dibujó veloz y enérgico. El ceño fruncido, los labios apretados, los ojos casi cerrados. Todo intensidad y pasión. Amina lo miraba de reojo, y quedó impresionada con lo que vio. En unos momentos terminó y le presentó el dibujo al objeto de su obsesión.

—¡Damián, lo que has hecho es increíble! Soy yo, es decir la que fuí en ese momento. Pero hay más. Has puesto en este dibujo algo que no puedes y no debes saber.

—¿Te ha gustado, eh? Entonces, lo que yo quiero saber es si me vas a permitir pintarte.

—¡Desde luego! Eres un pintor genial. Sabes pintar secretos.

—Ya que es así, y que has sido tan bondadosa conmigo, me atrevo a invitarte a comer a un pequeño café de nuestra tierra que mi madre me recomendó. Necesito hablar contigo, para el retrato, claro.

—¿El Korovil? Yo también he oído de él pero no lo conozco.

—Sí, ése. ¿Vamos?

—Vamos.

Mandarina los vio salir con un hondo y extraño contento. Eran una pareja ideal. Ella era el sol que iluminaba, calentaba y fertilizaba. El era la tierra fértil que ese sol encendía y fecundaba.

La comida en el Korovil fue una verdadera celebración. Todo celeste. Vinos buenos, platos sabrosos, música suave. Armonía alrededor, alegría a la mesa. Esos dos parecían hechos uno para el otro. Se entendieron y se quisieron. La conversación apasionada y sin interrupción. Casi se podría decir que habían crecido juntos, que tenían los mismos recuerdos. Una y otra vez él sabía lo que ella iba a decir antes de que lo dijera; ella lo mismo. Parecía que tenían mucho que decirse después de una larga y dolorosa separación.

Quedaron en que él se presentaría en la suite de ella la mañana siguiente listo para trabajar. Así fue. Cuando Mandarina abrió la puerta allí estaba Damián cargando con un caballete, rollos de lienzo y una caja de tarros de "leos, brochas y pinceles. Parecía un verdadero obrero del arte y hacía una figura más que un poco ridícula. Cuando Amena lo vio, se rio. Después, Mandarina también. Más tarde, y a las fuerzas, se rio Damián. La risa de Amina le lastimó un tanto, pero la perdonó enseguida.

Se estableció al lado de la ventana que daba al parque donde la luz era óptima. La posó a ella en el fondo de la sala, lejos de la luz. El sabía lo que hacía. Quería que la iluminación de su cuadro emanara de Amina y no de la ventana. Quería inventar la luz y el aire que la rodearan. Esto puede ser egoísmo o compromiso, tal vez ambos.

Antes de empezar:

—¿Quieres café?"

—No. Yo té quiero.—Los dos rieron el juego de palabras.

—Yo también te quiero.

Cuando viene Mandarina con el té, Amina le pasa a Damián su taza y le dice:

—Té tuyo.

—No sólo me tulles, tus ojos me paralizan.—Se rieron otra vez.

—Té dime, té diré.

Con dimes y diretes siguió la animada charla un buen rato. De pronto:

—¿Qué quieres que me ponga?

—¿Para qué?

—Para el retrato, tonto.

—Nada.

—No me dijiste que iba a ser un desnudo.

—Perdona, Amina, lo que quiero decir es que la ropa es lo último que se pone.—El "tonto" y el "nada" le rebotaban en la cabeza. Se sintió idiota.

—¿Es que me vas a pintar desnuda, y luego me vas a vestir? ¡Qué antojo!—Amina estaba gozando el desconcierto del joven.

—No, tonta, primero te voy a pintar la cara y la cabeza. Después viene el cuerpo, inmaculada y virtuosamente vestido. ¿Me entiendes?

Ya eran "tonto" y "tonta". El equilibrio ota vez establecido. Se rieron los dos con todo gusto y se pusieron a trabajar. A trabajar y a hablar. Parecía que hablaban solamente de La Karanova. Ella no se cansaba de oír pormenores de su vida y de Nuevo México. El no se cansaba de oír pormenores de su vida antes de Damián, A.D. Se rieron, un poco inquietos cuando acataron que A.D. quería decir lo contrario en inglés, *after* Damián.

A veces Amina se cansaba o se aburríade mantener la misma postura por largos ratos. Entonces Damián la reñía con:—No te muevas. Abre los ojos. Se te cayó la cara. No te muerdas el labio. Sonríete.— Algunas veces se atufaba ella. Le soltaba un—¡Come chapulines!—que al parecer era una expresión bien fuerte en su tierra. Y se iba. Cuando volvía, encontraba a Damián laboriosamente comprometido. Tomaba su pose con una pregunta inocua:—¿Tenía muchas joyas tu madre?—Y seguía la fiesta.

De vez en cuando ensayaba sus arias con Mandarina al piano. Cuando esto ocurría, Damián conseguía sus mayores aciertos. Quizás el canto era la vida de Amina. En él volcaba toda su pasión y ternura mientras cantaba. La voz y la música se iban metiendo en el lienzo, vestidas de regios colores y de los voluptuosos olores de rosas negras.

La amistad del pintor y la diva era genuina e íntima como de viejos amigos o de queridos hermanos. El quería llevarla más allá. Ella también. El se enamoró desde el primer momento. Ella después. Se encontraron ambos con una barrera inexplicable entre ellos que no permitía relaciones amorosas. El no era esquivo y no le faltaba agresividad. Ella era igual. No obstante, ninguno de ellos podía dar el primer paso, por mucho que lo quisiera. Un cierto respeto, miedo o recelo los detenía. No sabían por qué. Nació en ellos una cierta inquietud, una incomodidad que rayaba en rabia. Su impotencia era una constante irritación. Se la sacudían y seguían con su trabajo y su cariñosa conversación, sólo para volver a ella.

Estando Damián y Amina ocupados como de costumbre, entró Mandarina;

—Señora, el conde Barnizkoff insiste en verla.

—Despídelo. No quiero verlo.

En ese momento interrumpió el mentado conde en la sala. Era una especie de petimetre, elegantemente trajado y peinado, y con una rayita de bigotito que parecía pintada. Tenía aspecto de niño mimado demasiado grande y gordo para su edad. Estaba rabiando o balbuceando, no se sabía cuál.

—¡Karavelha, mi amorí

—Karavelha soy. Amor tuyo no.—El gesto y el tono no podían ser más sarcásticos.

—Necesito hablar contigo.

—Yo no siento tal necesidad.—Su irritación iba creciendo.

—¿Por qué me devuelves todas mis cartas, mis flores, mis regalos?

—Porque tú las has tocado, y lo que tú tocas tiene que podrirse.

—Es que te adoro, cariño.

—Yo me guardo el placer de escoger mis amigos y mis amantes. Tú no vales para amigo, mucho menos para amante, ¡vete!

En ese momento Barnizkoff quiso tocarla, quizás abrazarla. Amina se alzó como una diosa vengativa y lanzó la mirada mortífera, la mirada de fuegos verdes y chispas de oro. "¡Fuera!" La mirada lanza y el grito atómico fulminaron al conde. Lo dejaron aniquilado. Fue como si Amina le hubiera arrancado la bata y lo hubiera dejado desnudo, con todos sus desperfectos al descubierto. No le dejó un solo velo de dignidad. Deshecho, humillado, desvaronizado, Barnizkoff reculó hacia la puerta, jorobado, cubriéndose sus impotentes partes, como si de veras estuviera sin calzones. Se perdió en la nada de donde vino.

Amina permaneció tiesa como una Diana por un instante, todavía apuntando hacia la puerta con el dedo regio.

Damián, que había contemplado toda la escena fascinado, saltó de su banquillo preso de una desenfrenada emoción. Loco, la tomó en sus brazos, gritando,—¡Al fin, al fin, Amina, al fin me dejas verte! ¡Al fin me dejas conocerte!—Amina, cogida de sorpresa, se mantuvo tirante por un instante. Luego lo abrazó, lo apretó, sollozando, "¡Damián, Damián!" Se besaron en santa comunión. Así empezaron los amores que deslumbraron a dos hemisferios por mucho tiempo y que aún se recuerdan con cariño.

El día siguiente Damián se acercó a su cuadro tranquilo y sereno como un díalo había hecho frente al retrato de su madre. Aquella vez había encontrado la llave del secreto en un sueño de fuego religioso. Esta vez la encontró en una ilusión de encantado amor. Se acercó y le hizo algo al retrato. Yo no sé qué. Quizás fue un beso, un susurro o un sollozo. De pronto apareció Amina viva y entera dentro del marco del cuadro.

La vistió con un traje negro de lujo que su madre había usado en una fiesta de gala en la Casa Blanca donde había cantado y triunfado. Damián lo había visto en una fotografía. El traje había pasado de moda hacía muchos años, pero como frecuentemente ocurre, el estilo era la gran cosa otra vez. Quizás por el vestido, o tal vez por un prejuicio subconsciente del pintor, el retrato de esta mujer teníaun sorprendente parecido con el de otra mujer que ahora colgaba en una iglesia de Nuevo México.

Por ser Amina quien era, se colgó el cuadro en la mejor galería de París en una ceremonia donde aparecieron todos los grupos artísticos, la alta sociedad, los grupos intelectuales, todos los arrimados a la sombra del arte. El cuadro tuvo un éxito estruendoso. Damián se hizo personaje, figura instantánea, conocido y elogiado en todas partes.

A partir de este díala pintaba todos los días. Sus cuadros aparecían en muchos museos y galerías. Aunque recibía muchos pedidos, él se negaba a aceptarlos. Parecía que su misión en la vida era glorificar a Amina. A la fama que ella se ganaba se sumaba la que él le daba.

En una fiesta una famosa y vanidosa estrella de cine insistía en que Damián le hiciera su retrato. El se resistía y se disculpaba, ella porfiaba. Por fin, para deshacerse de ella, y en broma, le dijo:—Bueno, le hago el retrato. Se lo hago en quince minutos, ni un minuto más. Si le gusta, se queda con él y me paga diez mil dólares. Si no le gusta, lo rompo, y no me debe nada.—Así quedo la cosa.

Un periodista habíaoído este intercambio y lo publicó y sugirió que se hiciera el retrato en la televisión. Esto desencadenó una curiosidad y una publicidad increíbles. El teléfono no dejaba de sonar: las estaciones de televisión ofreciendo sus servicios, la prensa y un sin fin de curiosos. La actriz vino en persona a retarlo (para ella esta publicidad no se podía comprar). Damián aceptó. Se fijó la fecha.

Como se trataba de tres figuras célebres: Amina, Damián y Virgie Joy, la expectativa para el acontecimiento creció y creció. La propaganda que se hizo era imponderable. A tal punto que se decidió proyectar el acto por satélite al mundo entero, tanto era el interés. Damián cobró un capital.

Damián se presentó en el estudio con Amina a su lado. Virgie Joy ya estaba allí. Andaba extraordinariamente sereno y dueño de sí mismo. La posibilidad del fracaso ni siquiera le entraba en la mente. Por su cabeza resonaban las palabras de la carta de su madre: "El retrato de la Karavelha te hará famoso en Europa". Y éstas le dibujaban una sonrisa de otro tiempo y de otro espacio en la cara.

El lienzo y la Joy estaban frente a las cámaras y al público. En el fondo un tremendo reloj. Sonó una campana. Un silencio total. Damián se movía deliberadamente, sus pinceladas rápidas pero controladas. Dibujó los contornos del cuerpo y de la cara primero, luego fue llenando los huecos. Todo con precisión, sin vacilación. Casi podría decirse que había traído consigo el cuadro ya hecho, y que sólo lo estaba copiando. Cuando la mano minutera estaba a punto de marcar el plazo, Damián le dio la cara al público, alzó su pincel alto como si fuera una antorcha y se dobló de la cintura con un gesto caballeresco. *Fait accompli.*

La cámara llenó la pantalla con la imagen artística de la famosa y vanidosa actriz. El público estalló en resonantes aplausos. La crítica fue universal en sus halagos y elogios. Su madre había tenido razón. El retrato de la Karavelha le había traído fama, felicidad, y fortuna.

Pues bien, era la primavera. La luna de miel de los recién casados fue un homenaje doble, uno a la luna, otro a la miel. Fue una danza y una canción al Amor. Risueños, atrevidos y tra-viesos, pasaron por célebres hoteles, soleadas playas, prescritos casinos, selectos museos, insignes jardines, yates de 24 quilates y teatros bailando y cantando al son y compás de la flauta del amor. Los dioses, desde sus alturas, contemplaban la fiesta, complacidos, y les alfombraban el camino con pétalos de rosa. Damián y Amina le dieron al mundo algo que celebrar. La televisión y la prensa registraron el milagro de esta odisea amorosa para el regocijo de los amantes de todas partes.

Luego volvieron a su casa encantada de su tierra del encanto. Llegaron al atardecer. Amina estaba abrumada y fascinada por la violencia de la luz, la altura de los cielos, la distancia de los horizontes, como antes lo estuviera Amena.

Dátil y Petronilo estaban esperando afuera, impacientes y agitados. Al acercarse el coche, parecía que hasta la luz temblaba. Se enfrentaron la nueva Karanova y la misma Dátil, las dos vibraron de emoción.

—¡Señora!

—Dátilí—Se abrazaron, las lágrimas corriéndoles a las dos. Petronilo no podía hablar. Al fin se le soltó la lengua.

—Bienvenida, Amina, a tu casa que te espera con todo cariño.

—Petronilo, tenía tantos deseos de conocerte. Tengo tanto que agradecerte.

Hubo muchas más expresiones de cariño. La alegría parecía flotar en el aire y llenar todos los huecos de la heredad. De pronto Amina se dirigió a Damián y le dijo,—Quiero ver 'Mi Almohada.'—El nunca le había dado el nombre de su departamento, quizás porque le pareció infantil. Pero no pareció extrañarle el que lo supiera.

Al entrar en el aposento, el sol poniente lo había encendido de color y fuego a través de los grandes ventanales. Parecía un sitio de fantasía. Amina se acercó a la blanca pared iluminada hipnotizada. Se quedó absorta contemplándola un largo trecho. Luego, pasó la punta de sus dedos por la huella de los de Amena en la losa, deliberada, lenta y afectuosamente. Miraba a Damián con ojos de infinita ternura.

Dátil preparó una comida rica de olores y sabores y finos licores de su tierra. La casa se calentó, se alegró, se sonrió. Volvió a vivir. Volvió a soñar. La casa es el cuerpo, así que el cuerpo nuestro es el alma de la casa. Cuando nuestro cuerpo está ausente, la casa se muere.

La charla animada. La buena fe infinita. Había tanto que decir, mucho que compartir. Petronilo sentía una felicidad y un orgullo más alláde las palabras. Dátil estaba en su gloria. Los recién llegados se sentían como dos pájaros amorosos que lo habían visto todo, gozando de la suprema libertad juntos y que han vuelto a ocupar y disfrutar su nido nupcial.

Petronilo queríaoír a Amina cantar. Con Dátil al piano como antes lo hiciera con Amena, Amina cantó como nunca. Petronilo encantado, con lágrimas de sumo gozo en los ojos.

Damián vio a Amina salir, y no la siguió. Subió al balcón de su dormitorio que daba al jardín y a los patios.

La noche estaba llena de luna. El mundo inundado de luz verde. El aire denso del aroma negro de las rosas. Frente al altar de Amena estaba Amina, silenciosa y pensativa. Damián esperó a su esposa, también silencioso y pensativo.

The Man Who Didn't Eat

Nobody knew where Helmut Heinz came from. He had come many years ago at the age of twenty-eight and had settled in the woods some twenty-five kilometers from the village of Santa Flor.

He built a big house there, dedicating most of it to the most modern and complete scientific laboratory imaginable. Machines, motors, instruments, glass and copper tubing, ovens, stoves, wiring. Things never seen around there before. When the construction was finished and the technicians gone, nobody ever saw the inside of the laboratory again. What went on there was a mystery nobody ever figured out. He lived there alone and worked incessantly with an intensity and dedication that have to be characterized as feverish.

Helmut was a charmer. He won the affection of all the villagers from the very beginning. He came into town once a week to buy groceries and pick up his mail; he received letters and many packages from all over the world. The children always gathered around him because his pockets were always full of candy for them. Everybody started calling him Don Elmo. He chatted and laughed with everybody and then disappeared.

Helmut planted experimental orchards and gardens all around his house. He began to produce fruits and vegetables as had never been seen before: big, juicy and tasty, and in addition, rich in vitamins and minerals. He brought in groups of farmers and instructed them in agricultural matters: how and when to plant and water, how to take care of their crops, how to put barren lands into production. He gave them seeds, sprouts, fertilizers and pesticides.

Santa Flor soon acquired a reputation for its products. Its cows produced more milk and more meat than any others. Its chickens laid more and bigger eggs. Its land gave larger harvests, better fruits, grains and vegetables. The people prospered and improved in health and fortune. Don Elmo became a legend.

The people called Don Elmo's house, "The Miracle House." In truth, it was. It produced its own electricity, its own heating system, its own drinking and running water, its own food and a thousand benefits for the people.

Helmut brought a handsome foreign car with him when he first came. The years went by and the car remained as shiny and new as ever. The same can be said about the owner. He was getting older, and it seemed he became better looking and stronger with the years.

From time to time the sparkling car with its handsome driver was seen going by on its way to the city. Helmut ran off now and then. Of course he had banking matters to take care of. But there was more. He had had a relationship with the same woman from the very beginning: a lovely, fine lady from his native country. He never took her to "The Miracle House," as he never took any woman there. He did not want distractions and interruptions in his painstaking labors. The aroma of a woman in the house in itself would have distracted him too much.

The Helmut Heinz we have seen up to this point is the image he showed the world. The projects and research that produced scientific and technical discoveries were there for all to see. They justified his existence for everyone. With them and with his life he had earned the affection and the respect of all who knew him.

But his mission, his passion, was something else. There was an obsession that dominated his life and which no one ever knew. He wanted to produce the scientific miracle of all time. He wanted to make, to create, a man in his laboratory: A man with life, intelligence and criteria of his own! Furthermore, he wanted to create this creature with his own intellect and with organic materials, instead of known procedures and human materials. It would be something like producing a new plant, a new species. That is, Helmut wanted to be a god.

For this reason he devoured scientific texts on vegetable matter and the presumed intelligence of plants. He carried on thousands of experiments. He racked his brains. He drew designs on the blackboard and erased them. Formula upon formula.

He started out with a vegetable embryo, some sort of a tuber. He fed it with organic serums. As the embryo grew, he modified it with changes of nutrition and injections of different types. Many of the embryos died, and others acquired unwanted characteristics and had to be destroyed. Frustration. Despair.

He would start again with increased dedication. He finally succeeded in getting an embryo to develop according to his accelerated plan. The electrical, chemical and organic injections began to give the desired results. As the embryo grew he would cut it open and implant in it strange elements created by him in the laboratory, that is, organ transplants. This was the most delicate surgery. Then came the long wait for the organism to accept the transplant. Helmut watched over his creature with the emotion and devotion of a real father.

These new organs were producing a rhythm, a beat that set the molecules into the harmonious movement programmed by Helmut; he put the cells in relation and communication with one another. All together they nourished the sprouting and growing intelligence of the tuber. Slowly,

56

the bones, the skeleton, began to grow. Its nature was that of the pits of fruits.

The cutting, dividing and sewing came in due time. This was a case of separating and forming the different parts of the body: head, torso, arms and legs. Each one was then placed inside a mold so that the tuber would grow within it and acquire the desired contours and proportions.

When this process ended, the molds disappeared. Then came a special injection so that the organism would stop growing. There it was, the most complete and most perfect body you could ever imagine. What attracted the attention the most were its sexual organs. They were the most richly endowed, the most liberal, the most generous organs that had ever been seen. They would be the envy of all men and the blessing of some women. Who knows why Helmut did this. Perhaps it was the affection he had for his creation. Maybe it was an old fantasy. Or, possibly, it was only a joke. But, it must be said, the creature was a potato, certainly the most extraordinary potato of all time, but, still, a potato.

All through the long process, many times painful, Helmut never stopped talking to his creature. He told it his worries and hopes. What he said to it about its sexual powers I won't repeat here for the sake of prudence, but there was a great deal of amusement in it and just as much mischief. It is possible that the vegetable did not understand what was said, but maybe it absorbed and saved it.

The body needed a nervous system. For this purpose Helmut installed in it a network of organic fibers that reached all areas. The network was connected to an all-organic electric motor which he placed in it's head. This surgery was difficult and delicate, and it took a very long time. Helmut's patience was infinite.

The body had a grotesque growth on one leg. Now it became evident what it was for. It had to do with making the face with all its features, that is, by means of plastic surgery. The scientist cut the growth off and with it he fashioned the forehead, the sockets for the eyes, the nose, the cheeks, the ears and the chin.

In the meantime the spheres, the clouds and the chimeras kept on rotation. Time was going by and life was ebbing away. Helmut was getting old. His hair was gray, and sometimes his hands shook. But the light that shone in his eyes never went out, and the silent song of life that rose from within was as vital and healthy as it was in his early days. Now he contemplates his immaculate creation with indescribable pride and infinite affection. He was the master and manager of the imponderable. The impossible was already within his reach. For a long time now he had given his creature the name of Elmo, the affectionate nickname the villagers had given

Helmut.

As was to be expected, Elmo did not have any hair. Helmut began to rub the top of the head, the face, the armpits and the pubic area with an oil full of seeds, cells and fertilizers. With time a fuzz began to appear in those areas that soon became golden hair. You could truthfully say that Elmo was blonde from head to foot, over and under, and in between. The hair was shiny, soft, silky and oily, something like cornsilk.

The most difficult and most dangerous part still remained. Helmut had obtained a pair of human eyes from a hospital. He had grafted onto a tube, and with many difficulties had made them adapt. It was now time to graft them onto Elmo. He did it, carefully, and connected them to the electric motor that controlled the nervous system. He did the same thing with the teeth.

The critical moment had arrived. The moment of implanting the brain he had been developing for years. Its components were all organic. The brain had been grafted to a tuber for years, from which it received the vital juices that kept it alive. It was programmed like a computer with an endless number of facts, recorded there by its creator.

The operation was long and dangerous. Finally, all the delicate connections were made, all the incisions sewed. Helmut was trembling with anticipation. For a long time nothing happened. Suddenly, Elmo's eyes lit up with intelligence. They looked around and registered what they saw. The face took on a human expression. It was obvious that Helmut had produced the miracle he had proposed for himself twenty-eight years ago. The creator was insane with joy and bursting with pride.

Elmo's intelligence had to be put to the test:

"What is your name?"

"My name is Elmo Delo."

"Who are you?"

"I am Dr. Helmut Heinz' nephew."

"Where were you born?"

"I was born in Vienna."

"What are you doing here?"

"I've come to help my uncle with his scientific research."

"Who am I?"

"You are my uncle."

"That's enough for now. Close your eyes and sleep. We'll talk tomorrow."

Elmo did not have to learn to talk. He already knew how to talk, but until now he had had neither voice nor organs of speech. What happened was that his brain received impulses, interpreted them, selected the appropriate response and turned on the motor of the nervous system which carried out the necessary action. Elmo's speech came out awkwardly due to lack of practice, but it was completely intelligible. It would improve.

Helmut's work was nearly over. Elmo had a working brain and a working body. He knew a great deal, and would keep on learning. His body had all the necessary organs: lungs to take in oxygen, mouth, trachea, stomach to take in water and liquids. He received his nutrition by injections: a serum, prepared in the laboratory, which flowed through his body like sap flows through a tree and distributes nutrients throughout all areas. But, he had no heart and no blood. He now was an intelligent and cultured potato with human capabilities.

Six months of intense and dedicated indoctrination followed. We know that Elmo knew a lot. It is relatively easy to transmit ideas from one being to another. It is not at all easy, often impossible, to transmit feelings and sensations. Elmo had to learn, under the tutelage of his divine master, to react and respond to spiritual and sentimental stimuli: love, happiness, sadness, fear, surprise, and all the rest. He had to learn how to react to the stimuli of cold, heat, touch, sound and sexual attraction. He had to learn how to dissemble and pretend responses when he did not feel the stimulation. He had to learn to function like a normal human being in order not to provoke doubts and suspicions.

Having succeeded in all of this, one would think that Helmut would want to publish his great scientific advance. The opposite happened. He never wanted, before or after, anyone to know his secret. His triumph was pride, never vanity. To reach the impossible was his only satisfaction, his only monument. To pass Elmo off as his nephew would be a goal of indescribable joy.

The time came to bring Elmo out into the light of day. The two of them went into the village. Helmut introduced his nephew to everybody and told them that Elmo had come from Vienna to help him in the laboratory because he was getting old and could no longer handle the work.

Everybody was astonished, shocked. Elmo Delo was the living portrait of the Helmut Heinz who had come to Santa Flor twenty-eight years ago. The same face, the same body, the same hair. The same sonorous voice, the same Germanic accent. The elegance of his person and clothes was also the same.

People's amazement was boundless. They said that it seemed that Helmut had been born again, that perhaps Elmo was Helmut's son and not his nephew, that just as people said that priests did not have children, only nephews, in the same manner, scientists had nephews. Elmo's courtesy and elegance enchanted and impressed the whole community.

He did not make any mistakes the first time out. Elmo made a good impression. It was a matter of introductions only. The pitfalls would come later. Elmo had no experience or practice in the give and take of social intercourse. So Helmut prepared Elmo with excuses: because he did not know the language very well, he had not understood; he had not heard; being a stranger, he did not know the customs; he had to pretend to be shy or ignorant.

Helmut, who had never wanted to play the social game, now sallied forth,in the company of nephew into society. He started out with a big reception in honor of Dr. Elmo Delo where all the people of the village came. He accepted invitations for the first time. The two of them went to cafes, restaurants and nightclubs in the city, always putting Elmo into social interactions. What a delight it was to see Elmo operate, try his new skills, deceive the whole world! Helmut was always there to pull him out of tight spots. And Elmo learned a lot every day. The idea about the intelligence of plants is not a lie and it is not a fantasy. Elmo took care of himself exactly as his creator dreamed he would.

Elmo's success with the women was phenomenal, not only because he was handsome, courteous and gallant. There was something about him that had them all fascinated. There was a fragrance of fields and flowers, of fruits and roasting nuts about him. Something clean and decent, primitive and natural. Even the old women sighed when they saw him go by.

Unlike Helmut, Elmo sought the company of lovely ladies. He ravished them with his wicked eyes. His smooth courtesy and his suggestive voice always seduced them.

He went from love affair to love affair with tact and style. The new affair did not cancel the old one. He kept adding them, stringing them along in a luminous necklace of joy. They let him make love to them with unexpected understanding. None of them wanted to let him go. It seemed that there was in him an inexhaustible fountain of love, tenderness and energy that sufficed and overflowed for all of them. There might have been something more.

Since he did not eat, his breath was clean and fresh. Since he did not have any pores and did not perspire, his body was always aromatic and fresh. His lovers loved to run their fingers through his rich and silky hair that seemed to have a life of its own. They liked to stroke his face and body, as fine and smooth as porcelain or an apple. His kisses were as juicy and tasty as ripe fruit. I say nothing about his other charms.

As it happens with all mortal creatures, Helmut's time came. He gave Elmo detailed instructions and advice. He gave him all his possessions. Helmut died happy and satisfied, conscious of having lived a full and rich life, and of having left living testimony of it. His burial was an apotheosis of affection and feeling on behalf of all the people.

It so happened that at that time a devastating plague descended on Santa Flor and the surrounding area. It spread rapidly through the countryside. People were coming down with it everywhere. There were deaths every day. Doctors came from the city only to find that the sickness was so contagious that any contact with the victim could be fatal. As a result the doctors ceased administering the medications.

Elmo came forward. He entered the field of battle without any fear. It was he who administered the antidotes and other medications. It was he who consoled and encouraged the sick and their families. All by himself he put an end to the plague and restored the health and happiness of Santa Flor.

Everyone was amazed at Elmo's heroism and love for the people. Of course nobody knew that, being a vegetable, he was immune to the plague and was in no danger.

His task lasted several days in which he worked like a madman day and night. So dedicated to his work had he been that he missed the day of his nutritional injection. He forgot. When he finally was able to leave his patients, he was already quite weak.

He was reeling when he got home, and his eyes were blurred. He went directly to the cell where he administered his injections. Shock! During his absence there had been an explosion in the laboratory and the jars that held his nutritional liquids had been shattered.

Elmo knew immediately that he had to die. There was not time to mix and cultivate the serum he had to have in order to live. Knowing this did not cause Elmo any sorrow. There was nothing traumatic nor dramatic in the moment. Elmo, being what he was, did not carry that load of feelings that we human beings carry and which complicate our lives so very often.

He gave himself a water transfusion to refresh himself and to prolong his life long enough to do what he had to do. He sat down to write in peace. He wrote his will in which he left the laboratory, the house and all his possessions to the municipality of Santa Flor and gave instructions as to their disposition. A scientist, whose qualifications he wrote down, had to be hired to carry on the research and experimentation that he, and Helmut before him, had been conducting. The benefits and earnings would go to the community. Then he addressed the following letter to the mayor:

My Dear Mayor:

Melchor and Apolonia will deliver this letter and some documents to you. They are deeds for all my possessions made out to the municipality of Santa Flor with instructions for their administration.

My time with you has ended. I go where my destiny calls. I do not say goodbye to all of you personally because it would be too painful for me. It hurts me very much to have to leave.

I give you all my undying gratitude for the affection and support you gave me and my uncle Helmut. You will be with me always wherever I go.

Sincerely,

Elmo Delo

He then called Melchor and Apolonia, the beloved servants who had served him and his uncle for years, and asked them to witness his signature on the documents and to sign as witnesses. He put everything in the appropriate envelopes and told them to deliver them to the mayor the following day. He told them goodbye affectionately and gave each one an amount in cash that would provide for them for the rest of their lives.

He went through the house and the laboratory and gathered all the notes and formulas that had to do with the creation of Elmo Delo and burned them. Not a single trace of the procedures and experiments that had produced the scientific discovery of all time was left.

Finally, he took off his clothes and injected himself in the leg with a certain acid. He put the needle away carefully. He lay down on the bed. The acid soon spread throughout his body. No hysteria. No laments. He had fulfilled the destiny given him.

He began to dry up. He began to burn up, until he disappeared. Not even dust or ashes were left. The only thing left was the impression of his body on the bed.

Elmo Delo had been an idea, a dream, an illusion. He had now returned to the pure kingdom, transparent and atmospheric, of ideas from whence he had come. Up there, in the air, he still exists. Perhaps someday another genius like Helmut will appear to capture that idea again and make it visible and viable once again.

No one ever knew, neither in the lay world nor in the scientific world, that a living miracle had lived among us. We do not know how to recognize the miracles that surround us.

El hombre que no comía

Nadie sabía de donde había venido don Helmut Heinz. Había venido hacía muchos años cuando tenía veintiocho años, y se había establecido en el bosque a unos veinticinco kilómetros de la aldea de Santaflor.

Allí hizo construir una casa grande, dedicando la mayor parte de ella al laboratorio científico más moderno y más completo imaginable. Máquinas, motores, instrumentos, tuberías de vidrio y de cobre, hornos, estufas, alambrados. Eran cosas nunca vistas por allí. Una vez acabada la construcción e idos los técnicos, nadie volvió a ver el interior del laboratorio. Lo que allí pasaba fue un misterio que nadie descifró. Allí vivía solo y trabajaba sin cesar con una intensidad y dedicación que tienen que calificarse de febriles.

Helmut tenía don de gentes. Desde un principio se ganó el cariño de todos los aldeanos. Bajaba al pueblo una vez por semana a comprar comestibles y a recoger su correo. Recibía cartas de todo el mundo y muchos paquetes. Siempre se le rodeaban los niños porque tenía para ellos los bolsillos llenos de caramelos. Todos empezaron a llamarle don Elmo. Charlaba y reía con todos, y luego desaparecía.

Alrededor de su casa Helmut sembró arboledas y huertas experimentales. Empezó a producir frutas y verduars como nunca se habían visto: grandes, suculentas y sabrosas y, además, ricas en vitaminas y minerales. Invitó a grupos de campesinos y les instruyó en cosas agrícolas: cómo y cuándo sembrar y regar, cómo atender las siembras, cómo poner en producción tierras baldías. Les regaló semillas, retoños, abonos y pesticidas.

Santa Flor pronto se hizo célebre por sus productos. Sus vacas producían más leche y más carne que ningunas. Sus gallinas ponían más huevos y eran más grandeas y carnudas. Sus tierras daban mayores cosechas, mejores frutas, granos y legumbres. La gente prosperó y mejoró en fortuna y salud. Don Elmo se convirtió en leyenda.

La gente le dio el nombre de "La casa milagro" a la casa de don Elmo. En verdad lo era. Producía su propia electricidad, su propia calefacción, su propia agua potable y corriente, su propia comida y mil beneficios para los habitantes.

Cuando Helmut primero vino, trajo consigo un coche extranjero elegantísimo. Pasaron los años, y el coche se mantenía reluciente y flamante como siempre, igual que el dueño. Iba entrando en años y parecía que se ponía más guapo y más fuerte con el tiempo.

63

De vez en cuando se veía pasar el brillante coche con su hermoso conductor camino a la ciudad. Helmut se daba sus escapadas. Tenía, claro, asuntos bancarios que resolver. Pero había má s. Desde el principio tenía relaciones con la misma mujer, una bella y fina dama de su tierra natal. Nunca la llevó a la "casa milagro" como no llevó a ninguna otra mujer. No quería distracciones ni interrupciones en su afanosa labor. Sólo el perfume de una mujer an la casa le habría distraído demasiado.

El Helmut Heinz que hemos visto hasta ahora es la fachada que él le presentaba al mundo. Los proyectos y estudios que producían descubrimientos científicos y técnicos que él ponía al servicio de la humanidad estaban allí para que todos los vieran. Justificaban su existencia para los demás. Con ellos y con su vida se había ganado el afecto y el respeto de todos los que lo conocían.

Pero su misión, su pasión, era otra. Era una obsesión que dominaba su vida y que nadie conoció. Quería producir el milagro científico de todos los tiempos. ¡Quería hacer, producir, crear un hombre en su laboratorio! Un hombre con vida, inteligencia, criterio, propios. Además, quería crear esta criatura a través de su propio intelecto y con materiales orgánicos, no a través de procedimientos conocidos y materiales humanos. Era algo así como producir una planta nueva, una nueva raza. Es decir, Helmut quería ser un Dios.

Con este motivo devoraba textos científicos sobre la vida vegetal y la presunta inteligencia de las plantas. Hacía mil experimentos. Se despotricaba los sesos. Hacía y borraba dibujos en la pizarra. Fórmulas y más fórmulas.

Empezó con un embrión vegetal, una especie de tubérculo. Lo alimentaba con sueros orgánicos. A medida que el embrión crecía le iba introduciendo modificaciones con cambios de alimentos e inyecciones de diferentes tipos. Muchos de los embriones se le murieron, y otros adquirían características indeseables y tenía que destruirlos. Frustración. Desesperación.

Empezaba de nuevo, con mayor dedicación. Con cada fracaso aprendía algo nuevo. Por fin consiguió que un embrión evolucionara según su plan acelerado. Las inyecciones eléctricas, químicas y orgánicas empezaron a dar los resultados deseados. Según iba creciendo el embrión lo abría y le introducía elementos extraños por él creados en el laboratorio, es decir, trasplantes de órganos. Esta cirugía era la más delicada y exquisita. Venía después la debida espera para que el organismo aceptara el trasplante. Helmut velaba sobre su criatura con la emoción y devoción de un verdadero padre.

Estos nuevos órganos estaban produciendo un ritmo, un latido, que ponía a las moléculas en el movimiento armónico programado por Helmut. Congregaban los átomos en un orden prescrito. Ponían las células en relación y comunicación unas con otras. En total, nutrían la naciente y creciente inteligencia del tubérculo. Poco a poco fue naciendo la osamenta, el esqueleto. Su naturaleza era la de los huesos de las frutas.

A su debido tiempo vino el cortar, dividir y coser. Era cosa de aislar y formar los distintos miembros del cuerpo: cabeza, torso, brazos y piernas. Cada uno de ellos encasillado en un molde para que el tubérculo creciera dentro y tomara los contornos y proporciones indicados.

Cuando este proceso terminó, desaparecieron los moldes. Vino entonces una inyección especial para que el organismo dejara de crecer. Allí estaba el cuerpo más completo y más perfecto que se puede imaginar. Lo que más llamaba la atencion eran sus órganos sexuales. Eran los órganos más dotados, más liberales y más generosos que jamás se habían visto. Serían la envidia de todos los hombres y la bendición de algunas mujeres. Quién sabe por qué Helmut hizo eso. Quizás por el amor que le tenía a su criatura. Tal vez por una vieja fantasía. O acaso fuera sólo guasa del autor. Pero forzoso es decirlo, la criatura era una patata, por cierto, la patata más extraordinaria de toda la historia, pero, al fin, patata.

A través del largo proceso, muchas veces penoso, Helmut no dejaba de hablarle a su criatura. Le contaba sus cuitas y esperanzas. Lo que le decía sobre sus facultades sexuales no lo apunto aquí por delicadeza, pero tenía mucho de gracia y otro tanto de malicia. Es posible que el vegetal no le entendiera, pero tal vez lo absorbía y lo guardaba.

El cuerpo necesitaba un sistema nervioso. Con este motivo Helmut le implantó una red de fibras orgánicas que llegaban a cada parte. La red estaba conectada a un motor eléctrico, todo orgánico, que situó en la cabeza. Esta cirugía fue difícil y delicada, y tomó muchísimo tiempo. La paciencia de Helmut era infinita.

El cuerpo tenía un apéndice grotesco en una pierna. Ahora se hizo patente para qué era. Se trataba de hacer la cara con todas sus facciones, es decir, por medio de cirugía plástica. El científico cortó este crecimiento y con él fue formando la frente, los huecos para los ojos, la nariz, las mejillas, las orejas y la barba.

Entretanto, rodaban las esferas, las nubes y las quimeras. Pasaba el tiempo y se iba la vida. Helmut se iba haciendo viejo. Ya tenía el cabello gris, y la silenciosa canción de vida que brotaba de sus entrañas era tan vital y sana como en su juventud temprana. Ahora contemplaba su creación inmaculada con indescriptible orgullo y con infinito cariño. Era maestro y dueño del imponderable. El imposible estaba ya a su alcance. Desde hacía mucho tiempo le había dado a su criatura el nombre de Elmo, el apodo cariñoso que los aldeanos le habían dado a él.

Como era de esperarse, Elmo no tenía cabello. Helmut empezó a frotarle el caletre, la cara, las axilas y la zona púbica con un aceite repleto de células, o semillas o fertilizantes. Con el tiempo empezó a aparecer en esas partes un vello que pronto se fue convirtiendo en cabello color de oro. Se podía decir con certeza que Elmo era rubio de pies a cabeza, arriba y abajo, y entre medio. El cabello era luminoso, suave, sedoso y oleaginoso, algo así como el cabello de una mazorca de maíz.

Lo más difícil y lo más peligroso quedaba por hacer. Hacía mucho tiempo Helmut había conseguido un par de ojos humanos de un hospital. Los había injertado en un tubérculo, y con muchas dificultades, había logrado que se adaptaran. Era ahora tiempo de injertárselos a Elmo. Lo hizo, con mucho cuidado, y los conectó al motor eléctrico que controlaba el sistema nervioso. Hizo lo mismo con la dentadura.

Había llegado el momento crítico. El momento de injertar el cerebro que había venido desarrollando por años. Sus componentes eran todos orgánicos. Había estado injertado a un tubérculo por años de donde recibía los jugos vitales que lo mantenían vivo. Estaba programado, como una computadora, de un sin fin de conocimientos, grabados allí por su creador.

La operación fue larga y peligrosa. Por fin quedaron terminadas todas las conexiones delicadas, cosidas las incisiones. Helmut temblaba de anticipación. Por largo rato no pasó nada. De pronto, se le encendieron los ojos de inteligencia a Elmo. Miraron a su alrededor y registraron lo que vieron. La cara tomó expresión humana. Estaba ya visto que Helmut había conseguido el milagro que se había propuesto hacía veintiocho años. El creador estaba loco de alegría y rebosando de orgullo.

Había que poner a prueba la inteligencia de Elmo:

—¿Cómo te llamas?

—Me llamo Elmo Delo.

—¿Quién ere?

—Soy el sobrino del Dr. Helmut Heinz.

—¿Dónde naciste?

—Nací en Viena.

—¿Qué haces aquí?

—He venido a ayudarle a mi tío en sus investigaciones científicas.

—¿Quién soy yo?

—Usted es mi tío.

—Basta por ahora. Cierra los ojos y duerme. Mañana hablaremos.

Elmo no tuvo que aprender como un niño. Ya sabía hablar, pero hasta ahora no había tenido ni voz, ni órganos de articulación. Lo que ocurrió es que el cerebro recibía impulsos, los interpretaba, seleccionaba la reacción indicada y disparaba el motor del sistema nervioso que ejecutaba la acción adecuada. El habla de Elmo resultó un poco torpe por falta de práctica, pero totalmente inteligible. Ya mejoraría.

La obra estaba casi terminada. Elmo tenía cerebro y cuerpo operante. Sabía mucho y estaba en condiciones para seguir aprendiendo. Su cuerpo tenía los órganos indispensables: pulmones para recibir oxígeno, boca, tráquea, estómago para recibir agua y líquidos. Recibía su alimentación por inyección: un líquido, preparado en el laboratorio, que fluía por su cuerpo como fluye la savia por el árbol y distribuía los nutritivos a todas partes. Así es que no tenía corazón ni sangre. Ahora era una patata inteligente y culta con capacidades humanas.

Siguieron seis meses de intensa y devota adoctrinación. Ya se sabe que Elmo tenía muchos conocimientos. Es relativamente fácil transmitir ideas de un ser a otro. No es nada fácil, a veces imposible, transmitir sentimientos y sensaciones. Elmo tuvo que aprender, bajo la tutela de su divino maestro, a reaccionar y responder a los impulsos anímicos: el amor, la alegría, la tristeza, el miedo, la sorpresa y lo demás. Tuvo que aprender a reaccionar a los impulsos del frío, el calor, el tacto, el sonido y la atracción sexual. Tuvo que aprender a disimular o fingir responsos cuando no sentía la estimulación. Tuvo que aprender a funcionar como un ser humano normal para no promover dudas y sospechas.

Al conseguir todo esto, se creería que Helmut quisiera hacer público su gran adelanto científico. Resultó lo contrario. No quiso nunca, ni antes ni después, que nadie supiera su secreto. Su triunfo fue orgullo, nunca vanidad. Conseguir el imposible fue su única satisfacción, su único monumento. Hacer a Elmo pasar como su sobrino sería motivo de indecible regocijo.

Llegó el momento de sacar a Elmo a la luz del día. Salieron los dos a la aldea. Helmut les presentó su sobrino a todos y les dijo que había venido de Viena a ayudarle en el laboratorio, ya que él se estaba poniendo viejo y ya no podía con el trabajo.

Todos se quedaron plantados, atónitos. Elmo Delo era el vivo retrato del Helmut Heinz que había venido a Santaflor hacía veintiocho años. La misma cara, el mismo cuerpo, el mismo cabello, la misma voz sonora, el mismo acento germánico. La pulcritud de su persona y su ropa también eran iguales.

La gente no acababa de maravillarse. Decían que parecía que Helmut había vuelto a nacer. Que acaso Elmo fuera hijo de Helmut y no sobrino. Que así como decían los curas que no tenían hijos, tenían sobrinos, así mismo sería con los científicos. La cortesía y la elegancia de

Elmo encantó e impresionó a toda la comunidad.

No hubo fallos en esta primera salida. Elmo se lució. Se trataba solamente de presentaciones. Los fallos vendrían después. Elmo no tenía experiencia y práctica en el dime y te diré del intercambio social. De modo que Helmut preparó a Elmo con disculpas: como no conocía la lengua muy bien, no había entendido; no había oído; como era extranjero no conocía las costumbres; hacerse el esquivo o el desentendido.

Helmut, que nunca había querido hacer vida social, ahora se lanzó, junto con su sobrino, a vivir en sociedad. Empezó con una gran recepción en honor del Dr. Elmo Delo donde vino toda la gente del pueblo. Aceptó invitaciones por primera vez. Los dos Visitaron cafés, restaurantes y clubes nocturnos, siempre poniendo a Elmo en interacción social. ¡Qué deleite era para él ver a Elmo jugar sus fierros, probar sus nuevas destrezas, engañar al mundo entero! El, siempre presente para sacarlo de trances difíciles. Y Elmo aprendía mucho cada día. Lo de la inteligencia de las plantas no es mentira y no es quimera. Elmo se defendía tal como su creador había soñado un día.

El éxito de Elmo con las mujeres fue estupendo, no sólo porque era buen mozo, elegante, cortés y galán. Había un algo en él que las traía a todas fascinadas. Sabían, sin saber cómo, que éste no era como los demás hombres. Había en él un aroma de campos y de flores, de frutas y nueces. Había algo limpio e inocente, primitivo y natural. Hasta las viejas suspiraban cuando lo veían pasar.

Al contrario de Helmut, Elmo procuraba la compañía de bellas damas. Las embaucaba con sus ojos picarescos y les echaba múltiples piropos. Su suave cortesía y su voz sugestiva siempre las seducía.

Iba de amorío en amorío con tacto y estilo. El nuevo no cancelaba al viejo. Los iba añadiendo, ensartándolos en un luminoso collar de alegría. Ellas se lo permitían con inesperada simpatía. Ninguna de ellas quería soltarlo. Parecía que en él había una fuente inagotable de amor, ternura y energía que bastaba y sobraba para todas. Acaso habría algo más.

Como no comía, su aliento era limpio y fresco. Como no tenía poros y no sudaba, el olor de su cuerpo era siempre aromático y nuevo. A sus amantes les excitaba pasar sus dedos por su rico y sedoso cabello que parecía tener vida propia. Les gustaba pasar sus manos sobre la tez de su cara y la piel de su cuerpo, tan fino y liso como una porcelana o como una manzana. Sus besos eran jugosos y sabrosos como frutas maduras. De sus demás encantos no digo nada.

Como le pasa a toda criatura, a Helmut se le llegó su hora. Le dio a Elmo detalladas instrucciones y consejos. Le traspasó todos sus bienes. Se murió contento y satisfecho, consciente de haber vivido una vida llena y rica, y de que había dejado vivo testimonio de ella. Su entierro fue una apoteosis de cariño y sentimiento por parte de todo el pueblo.

Acaeció por entonces que descendió sobre Santaflor y los alrededores una plaga devastadora. Se extendió por la comarca vertiginosamente. La gente estaba cayendo enferma por todas partes. Había muertos todos los días. Acudieron médicos de la ciudad a descubrir que la enfermedad era tan contagiosa que el menor contacto con un enfermo podía ser fatal. Así es que los médicos se negaron a administrar las medicaciones.

Entonces fue cuando se adelantó Elmo. Entró en el campo de batalla sin temor alguno. Fue él el que administró los antídotos y los demás medicamentos. El fue el que consoló y animó a los enfermos y a sus familiares. El solo acabó con la plaga y restauró la salud y la felicidad de Santaflor.

Todo el mundo se quedó maravillado con su heroísmo y con su amor al pueblo. Claro que nadie sabía que siendo vegetal él era inmune a la plaga y que no corría ningún peligro.

Su faena duró varios días en que trabajó como un loco de día y noche. Tan dedicado a su labor estuvo que se le pasó el día de su inyección alimenticia. Se le olvidó. Cuando por fin pudo desprenderse de sus enfermos, ya andaba bastante débil.

Llegó a su casa trastabillando y con la vista turbia. Se dirigió a la celda donde se administraba sus inyecciones. ¡Asombro! Durante su ausencia había habido una explosión en el laboratorio y se habían roto los envases de sus líquidos nutritivos.

En ese momento Elmo supo que tenía que morir. No había tiempo para condimentar y elaborar el suero alimenticio que necesitaba para vivir. Este conocimiento no le causó ninguna pena a Elmo. El momento no tuvo nada de traumático ni de dramático. Elmo, por ser lo que era, no llevaba esa carga de sentimientos que llevamos los seres humanos que nos complica la vida tantas veces.

Se inyectó agua para refrescarse un tanto y para prolongarse la vida lo suficiente para hacer lo que tenía que hacer. Se puso a escribir tranquilamente. Traspasó el laboratorio, la casa y todos sus haberes al municipio de Santaflor y dio instrucciones para su disposición. Había que contratar un científico, cuyas calificaciones dejó escritas, para que continuara las investigaciones y los experimentos que él, y Helmut antes de él, habían venido llevando a cabo. Los beneficios y ganancias serían de la comunidad. Luego dirigió la siguiente carta al alcalde:

Mi querido señor alcalde:

Melchor y Apolonia le entregarán esta carta y unos documentos. Estos son traspasos de todos mis bienes al municipio de Santaflor con instrucciones para su administración.

Mi tiempo con ustedes ha terminado. Me voy a donde me llama mi destino. No me despido de ustedes personalmente porque la despedida sería demasiado dolorosa para mí. Me duele mucho tener que irme.

Les doy a todos infinitas gracias por el cariño y consuelo que nos dieron a mí y a mi tío Helmut. Siempre les tendré presentes en dondequiera que yo esté.

Todo mi cariño,

Elmo Delo.

Luego llamó a Melchor y a Apolonia, los queridos sirvientes que le habían servido a él y a su tío por años, y les pidió que presenciaran su firma de los documentos y que firmaran como testigos. Puso todo en sus debidos sobres y les encargó que se los entregaran al alcalde el siguiente día. Se despidió de ellos cariñosamente y les dio a cada uno una cantidad en efectivo que les duraría por toda la vida.

Pasó por la casa y el laboratorio y recogió todos los apuntes y fórmulas que tenían que ver con la creación de Elmo Delo y los quemó. No quedó traza ninguna de los procedimientos y experimentos que habían producido el descubrimiento científico de todos los tiempos.

Finalmente se desnudó y se inyectó cierto ácido en la pierna. Guardó la aguja cuidadosamente. Se echó sobre la cama. El ácido pronto se le distribuyó por todo el cuerpo. Nada de histeria. Nada de lamentos. Había cumplido el destino que Helmut le había dado.

Se fue secando. Se fue quemando, hasta que desapareció. No quedó ni siquiera polvo ni ceniza. Sólo quedó la impresión de su cuerpo en la cama.

Elmo Delo había sido idea, sueño, ilusión. Ahora había regresado al reino puro, transparente y atmosférico de las ideas de donde había venido. Allí, en el aire, existe todavía. Tal vez algún día venga otro genio como Helmut y capte esa idea otra vez y la haga visible y viable.

Nadie supo nunca, ni en el mundo humano ni en el mundo científico, que anduvo entre nosotros un milagro andante. Es que no sabemos reconocer los milagros que nos rodean.

Amarti and Amarta

They were sisters. Twin sisters. Pretty, cheerful and playful. They were full laughter and mischief. They were brimming with intelligence. Their greatest charm, the best of all, was that they were witches. Delightful and enchanting witches.

Their names were Amarti and Amarta. One would think that their names came from *amare* in Latin, but it wasn't so. The names came from the dark, cryptialistic language of the world of witches. They certainly were symbols of something beyond our comprehension.

Marti and Marta (as they were called since childhood) spent four years of intensive and festive merriment at a top university. They graduated with honors. There's nothing like intelligence, beauty and witchery to triumph in the academic world without having to burn the midnight oil. The sisters studied business administration.

Marti and Marta enjoyed themselves immensely. Being twins, intelligent and mischievous was enough to derail anyone. If you add witchcraft to this, it is enough to disorient, confuse and enchant anyone.

They drove the boys insane. First, a fellow never knew if he was with Marti or with Marta, never knew if he had said this or that, to this one or the other. The girls deliberately confused the issue. They played and danced with all the boys and charmed all of them. All of this with laughter and joking. When some young man became too amorous, something always happened to him, a trick, an accident. He'd get a fit of coughing. He'd start crying. He'd have to run to the bathroom. He'd start stammering. He'd lose his voice. Witchcraft, naturally. Marti or Marta would then attend to him with utmost affection to the amusement of everybody as the young man's ardor cooled off.

It wasn't that the twins were against love. The truth is that they were madly in love. Both of them loved Amaro, their classmate. He loved them passionately. Nobody ever mentioned marriage. It isn't easy to know why. Perhaps it was because he was a witch too. It could have been because neither Marti nor Marta was going to let the other have him. Or maybe it was because he didn't want to marry one and lose the other. The fact is that they shared him openly and honestly. Sometimes he went out with one, sometimes with the other, sometimes with both. All of this in a spirit of affectionate sharing. The three of them were happy. It seems that jealousy doesn't happen among witches.

As I have said Marti and Marta were pleasant and friendly. Enchanting in every way. They were good witches. Their witcheries were delightful antics. They didn't hurt anyone. They only clobbered somebody when it was necessary. Life bubbled around them with laughter, wit and good cheer.

After four years of the good life, both of them graduated with honors, nothing less than *summa cum laude*. They were now experts in business administration. They returned home and opened an emporium of lady's apparel. The store attracted attention because of its luxury, elegance and the good taste of its decor, the quality and variety of its merchandise, and above all, the friendliness of the owners. Naturally, all of this cost a fortune, but evidently, witches don't have economic problems.

They brought cloth, colors and models never seen before. They treated their customers with respect and courtesy, making every woman think she was queen and mistress of the hemisphere. Every man who came in looking for something for his wife or lover left bewitched and loaded with the very best. One would think that this was enough, but it wasn't so.

The emporium became famous all around, because of the satisfaction of its customers. It seemed that the twins touched every item they sold with a magic wand. It was as if every dress, every suit, every skirt and every blouse were custom made, as if every piece were made for the person who bought it. It wasn't only a matter of a perfect fit. The color, cut and style matched the shape, size, coloring and personality of the buyer perfectly. There were some who said that these triumphs looked like magic. One can see how so much dedication and attention to the business was flooding their treasure chest.

Soon after the opening of the business Amaro appeared. He took charge of the paper work and the boring part of the business, thus freeing Marti and Marta from the tedium of life. The three shared life as before. A loving and sensible triumvirate.

From time to time Marti and Marta went off on buying trips to the international markets of feminine attire in the different capitals of the world. Amaro stayed home with the store. What nobody knew was that these trips coincided with the international conventions of world witchery. There they caught up with the latest advances of world policy in witchery. They attended lectures, participated in seminars and elected the Grand Witch who would rule for a year. One of their most important duties was to see that their Social Security was in good shape. No one like the witches to look after and protect their own. Retired witches lived like sultans. I wish we were as generous with our own.

When the time came, Marti and Marta married. They married two brothers. Non-witches. They were two honest, normal citizens. Who knows why they didn't choose witch husbands. Perhaps because too much witchery can be dangerous. The sisters' marriage did not mean that Amaro was forgotten. With regular frequency, one or the other sister appeared in Amaro's apartment to sweeten his life. Of course he was taken into the bosom of the extended family as a participating member.

Along with their successful business activities, Marti and Marta kept on producing their mini-miracles. Almost always for someone's benefit. Hardly ever to hurt anyone. They had a chant which they sang in a low voice when they wanted to produce an enchantment:

Metén pe pe
chícara, mícara,
yeté, tecú,
Abrín, biz
ópera, lópera
cetá, taté.

They had learned this song from their witch mother when they were babies. It came from the dark culture of the witches. It had magic powers and could be used for everything. The results, good or bad, depended on the intention of the witch and the alteration of the stresses and the rhythm of the syllables.

Doña Encarnación was a little lady who suffered from arthritis. She walked very slowly, with a cane, every step a torture. In spite of her suffering the noble lady did not give in to her illness and did not lose her charm and good humor. She won the affection and the compassion of the sisters. One day they invited her to a cup of tea. While one of them chatted with her, the other was singing the "Metén pe pe." The old lady went home with the accustomed pain, but the following morning she woke up cured. Pedro Polo was an alcoholic of the first, second and third class who lived at the very edge of self-destruction. When he was sober, when he didn't have money to buy liquor, he would stop by the store. Since Pedro was good-natured and grateful, the sisters gave him things to do: sweep, run errands, pile up boxes. One day they invited him for a drink. As he drank the "Metén pe pe" was heard in the background. He went away very happy with the nearly full bottle under his arm. He woke up next morning completely cured.

Braulio Barro was a policeman. The most obnoxious and shameless policeman imaginable. He had gotten it into his head that he was going to seduce one of the sisters. With this in mind he hung around all the time. There was no way of getting rid of him with cold courtesy. Later with icy insults. Nothing. One day Marti appeared somewhat flirtatious and offered him a cigarette. Marta sang him a song that began with "Metén pe pe."

He left delighted, with a promise that offered a lot. That night his teeth fell out. Since these miracles happened far from the witches, nobody attributed them to them.

As was to be expected, Marti and Marta became mothers. Marti's baby was called Odioli and Marta's baby, Odiola, names taken from the witch bible. The baby girls received all the attention, affection and care due them from their parents. No one indulged them like Amaro. He let them have their way in all their whims and fancies. He knocked himself out to please and amuse them. The girls adored him. It was as if he were their father. When they learned to talk they called him "Muqui Amaro" (Uncle Amaro in their language.)

Just as the mothers had always been lovable, the daughters were always hateful. They were truculent, petulant and quarrelsome since childhood. Sulkiness here, fits there. Their parents could not handle them. Amaro was the only one who could. They only obeyed him. They only paid attention to him. They were inseparable. Who knows why. They couldn't be together and they couldn't be away from each other. They spent their life fighting and insulting each other. That is the way they grew up.

When the girls grew up and had become unbearable, their mothers disappeared, never to return. On a dark night, when their house was at peace, they took off. Since nobody saw them leave, no one knows if they flew away on a broom in the ancient and traditional way. What is most likely, given the modern times and their technical advances, is that they flew away on jet-propelled vacuum cleaners.

Nobody knew why they left. It could have been that they returned to the world of the witches to fulfill their witchcraft obligations at the demand of the Grand Witch. Maybe it was nostalgia that took them back to the land of their origin. It could also have been a spiritual need. Or maybe they simply got bored with their normal husbands and they got tired of their unruly daughters.

Amaro was the only one who knew everything. He took charge of the education and upbringing of Odioli and Odiola. They drove their *muqui* crazy. The messes they got into in high school. The conflicts, the fights, and above all, the damage and destruction they caused. Where their mothers used the "Metén pe pe" for the good of others, they used it to hurt others. Amaro was always there to pay the bills, repair the damage and calm the angry. No father could have been more attentive and more understanding. He forgave them everything and put up with all sorts of mischief. They adored him. Every so often Amaro disappeared. We can suppose that he went to visit Marti and Marta wherever they were.

Life is either perverse or reckless in the world of witches, as it is in ours. We never can tell which. Life trips us up so casually. That is what happened to the junior witches. They both fell in love at the same time. Odioli fell in love with Andrés. Odiola fell in love with Julián. Here is where the perversity and the recklessness of life comes in. Andrés loved Odiola, and Julián loved Odioli.

Jealousy, fury, hatred. The best solution would have been for them to exchange lovers. But no. Odioli wanted revenge against Andrés for rejecting her. Odiola wanted revenge against Julián for the same reason. There was a great deal of the attitude of "If I can't have him, you can't have him."

So, each one on her own and in secret decided to eliminate the man who had rejected her. The instrument of their vengeance was going to be the "Metén pe pe" they had inherited from their mothers. They polished it and they sharpened it. Accidentally they coincided on the time and the place for the crime. Two innocent lovers were going to die.

The two couples, Odioli-Andrés and Odiola-Julián, went to a dance. The two cousins sparkled in their beauty and in their evening gowns. They laughed and chatted as if that night was a piece of paradise. But the careful observer would have noticed that there was a terrible purpose in their eyes, a frightful intensity in their clenched fists.

They were dancing a sentimental waltz, Odioli with Andrés, Odiola with Julián. Accidentally, as often happens, because it wasn't planned, the two witches fired their "Metén pe pe" at their designated target simultaneously.

The guardian angel or the devil intervened, and everything came out backwards. The shot fired at Andrés hit Odioli. The shot fired at Julián hit Odiola. The witches' aim was bad, or their target moved. The impact was fatal. There was something like a silent flash, and the two young witches became smoke, air and nothing. They went poof like a soap bubble! Andrés and Julián were left holding two empty dresses in their arms, their mouths wide open and their eyes glazed.

So much self-indulgence, so much selfishness, so much egotism culminated in self-destruction. Their ill-advised and evil shot backfired.

Within a few days Amaro disappeared too. Surely he went to join Marti and Marta.

Amarti y Amarta

Eran hermanas. Hermanas gemelas. Guapas, alegres y trav iesas. Tenían el cuerpo lleno de risa y malicia. La cabeza llena de inteligencia. Su encanto mayor, de todos el mejor, es que las dos eran brujas.

Se llamaban Amarti y Amarta. Se creería que los nombres venían de *amare* del latín, pero no era así. Los nombres salían del lenguaje oscuro, críptico y cabalístico de la brujería. De seguro eran símbolos de algo más allá de nuestra comprensión.

Marti y Marta (así se les dijo desde niñas) se pasaron cuatro años de intensa y festiva alegría en una universidad de cate goría. Se graduaron con honores. No hay como la inteligencia, la brujería y la belleza para triunfar en el mundo académico sin necesidad de quemarse las pestañas. Estudiaron administración de negocios.

Se divirtieron a lo grande. El ser gemelas, inteligentes y de espíritu travieso era para descarrilar a cualquiera. Si se añade la brujería, era para desorientar, confundir y encantar al mundo entero.

Traían a los chicos locos. Primero, nunca sabían si estaban con Marti o con Marta, si antes le habían dicho esto o aquello a ésta o a aquélla. Ellas adrede les revolvían el agua. Jugaban con todos, y a todos enamoraban. Todo entre risas y burlas. Cuando algún joven se ponía excesivamente amoroso, siempre le pasaba algo, un chasco, un accidente. Le daba un ataque feroz de tos. Se ponía a llorar. Tenía que correr al escusado. Empezaba a tartamudear. Perdía la voz. Brujerías, claro. Marti o Marta entonces le atendía con el mayor cariño, para la diversión de todos y para el enfriamiento de la pasión del apasionado.

No es que las gemelas fueran negativas al amor. La verdad es que las dos estaban locamente enamoradas. Las dos querían a Amaro, su compañero de clase. El las quería a ellas apasionada mente, a las dos. No se habló nunca de matrimonio. No es fácil saber porqué. Quizás fuera porque él también era brujo. Pudo ser por que ni Marti ni Marta iba a permitir que la otra se que dara con él. O tal vez fuera que él no quisiera casarse con una y perder a la otra. El hecho es que las dos se lo compartían abierta y honestamente. A veces salía con una, a veces con la otra, a veces con las dos juntas. Todo esto en un espíritu de cariñosa convivencia. Los tres felices. Al parecer, los celos no rigen entre los brujos.

Como he dicho Marti y Marta eran risueñas y amables. Encantadoras en todo sentido. Eran buenas brujas. Sus brujerías eran alegres travesuras. No le hacían daño a nadie. Sólo daban palos cuando era necesario. En su torno la vida bullía de risa, inge nio y alegría.

Después de cuatro años de buena vida, las dos se graduaron con honores, nada menos que *suma cum laude*. Eran ya peritas en la administración de negocios. Volvieron a casa y abrieron un emporio de ropa de mujer. La tienda llamó la atención por el lujo, elegancia y buen gusto de su decorado, por la calidad y variedad de su mercancía, y sobretodo, por la amabilidad de sus dueñas. Claro que todo esto costó un capital, pero al parecer, los brujos no tienen problemas ecómicos.

Trajeron telas, colores y modelos nunca vistos. Trataron a sus clientes con decoro y cortesía, haciendo a cada mujer creerse reina y dueña del hemisferio. Cada señor que allí entraba en busca de algo para su señora o amante salía hechizado y cargado de lo mejor que había. Se diría que esto era bastante, pero no era así.

El emporio cobró fama por todos los alrededores, y hasta más allá , por la satisfacción de sus clientes. Parecía que las gemelas tocaban cada prenda que vendían con una varita mágica. Era como si cada vestido, traje, falda o blusa estuviera hecha a la medida, como si en todo sentido la pieza fuera hecha para la persona que la compró. No se trataba sólo de la medida perfecta. El color, corte y estilo correspondían a las mil maravillas al talle, tamaño, pigmentación y personalidad de la compradora. Hubo muchos que dijeron que estos aciertos parecían mágicos. Se puede ver que tanta dedicación y atención al negocio estaba lle nando la caja fuerte a borbotones.

Poco después de lanzarse la empresa apareció Amaro. El se encargó de la papelería y de la parte aburrida del negocio, dejando a Marti y Marta libres del tedio de la vida. Los tres convivieron como antes. Un triunvirato amoroso y sensato.

De vez en cuando Marti y Marta se iban de compras a los mer cados internacionales de vestimenta femenina en las diferentes capitales del mundo. Amaro se quedaba a cargo de la tienda. Lo que nadie sabía era que estos viajes coincidían con los congresos mundiales de la brujería mundial. Allí se ponían al tanto con los últimos adelantos y la política mundial del mundo de los bru jos. Asistían a conferencias, participaban en seminarios y elegían al Gran Brujo y a la Gran Bruja que reinarían por el siguiente año. Una de sus tareas más importantes era ver que el seguro social marchara bien. Nadie como los brujos para cuidar y proteger a los suyos. Los brujos retirados viven como sultanes. Ojalá que nosotros fuéramos tan generosos con los nuestros.

A su debido tiempo Marti y Marta se casaron. Se casaron con dos hermanos. No eran brujos. Eran dos honrados y normales ciu dadanos con todo lo que eso implica. Quién sabe por qué no escogen a maridos brujos. A lo mejor porque la brujería en exceso puede ser peligrosa.

El casamiento de las hermanas no quiere decir que Amaro quedara marginado y olvidado. Con frecuencia regular una o la otra aparecía en el apartamento de Amaro a endulzar la vida. El, claro, fue acogido al seno de la familia extendida como miembro integrante.

Junto con sus actividades exitosas en el comercio, Marti y Marta seguían produciendo sus mini-milagros. Casi siempre para el beneficio de alguien. Casi nunca para su maleficio. Tenían un canto que cantaban en voz baja cuando querían producir una encantación:

Metén pe pe,
chícara, mícara
yeté, tecú.
Abrín biz biz,
ópera, lópera
cetá , taté.

Este canto lo habían aprendido de su mamá bruja cuando eran niñas. Salía de la cultura oscura de las brujas. Tenía poderes mágicos y servía para todo. Los resultados, buenos o malos, dependían de la intención de la bruja y de la alteración de los acentos y el ritmo de las sílabas.

Ejemplos, entre muchos, de los beneficios y maleficios que realizaron son los que siguen. Doña Encarnación era una viejita que sufría de artritis. Andaba despacito, con una muleta, cada paso un martirio. A pesar del sufrimiento, la noble viejita no se rendía a la enfermedad ni perdía su gracia y buen humor. Se ganó el cariño y la compasión de las hermanas. Un día la invitaron a una taza de té. Mientras una de ellas conversaba con la buena mujer, la otra canturreaba el "Metén pe pe". La señora se fue a su casa con el sufrimiento de siempre, pero la mañana siguiente se despertó buena y sana.

Pedro Polo era un alcohólico de primera, segunda y tercera que vivía o desvivía a la misma orilla de la autodestrucción. Cuando estaba sobrio, cuando no tenía con qué comprar licor, pasaba por el almacén. Como Pedro era bonachón y agradecido, las hermanas le daban tareas que hacer: barrer, entregar recados, alzar cajas. Un día lo invitaron a un trago. Mientras tomaba se oyó el "Metén pe pe" en el fondo. Se fue muy contento con la botella casi llena bajo el brazo. Amaneció curado la mañana siguiente.

Braulio Barro era policía. El policía más repugnante y sinvergüenza que se pueda imaginar. Se le había metido en la cabeza que iba a seducir a una de las dos hermanas. Por ese motivo lo tenían encima todo el tiempo. No había manera de deshacerse de su bochornosa y asquerosa presencia. Las dos mujeres quisieron retirarlo con fría cortesía. Después con helados insultos. Nada. Un día Marti se mostró un tanto coqueta y le ofreció un cigarro. Marta le cantó una canción que empezaba con "Metén pe pe." Se fue feliz con una promesa que prometía mucho. Esa noche se le cayeron los dientes.

Como estos milagros occurían lejos de las brujas nadie nunca se los abtribuyó a ellas.

Como era de esperar Marti y Marta se hicieron madres. La niña de Marti se llamó Odioli y la de Marta, Odiola, nombres sacados de la biblia de los brujos. Las niñas recibieron toda la atención, caricias y cuidado que les correspondía de sus mamás y papás. Nadie las mimó como Amaro. Les cumplía todos sus anto jos y caprichos. Se desvivía por congraciarlas y agasajarlas. Las niñas lo adoraban. Era como si él fuera su padre. Cuando aprendieron a hablar, las dos le decían, "Muqui Amaro" (tío Amaro en su lengua).

Así como las madres habían sido amables siempre, las hijas siempre fueron odiables. Desde pequeñitas fueron truculentas, petulantes y pendencieras. Berrinches por acá , pataletas por allá . Los papás no podían con ellas. El único que podía con trolarlas era Amaro. Sólo a él obedecían. Sólo a él le hacían caso. Eran inseparables. Quién sabe por qué. No podían estar juntas, y no podían estar apartes. Se pasaban la vida peleándose e insultándose. Así fueron creciendo.

Cuando las chicas estaban ya grandecitas e inaguantables, sus mamás desaparecieron para nunca volver. Una noche oscura, en silencio, estando ya su casa sosegada, desprendieron el vuelo. Como nadie las vio salir, no se sabe si montaron sendas escobas a la manera antigua y tradicional. Lo más probable, dados los tiempos modernos y adelantos técnicos, es que montaron en aspira doras a chorro.

Nadie supo por qué se fueron. Pudo ser que volvieron al mundo de las brujas a cumplir sus obligaciones brujeriles a la llamada del Gran Brujo. Tal vez fuera nostalgia la que las llevó a la tierra de sus orígenes. Necesidad espiritual. También puede ser posible que se aburrieran de sus maridos normales y se cansaran de sus hijas indómitas.

El único que lo sabía todo era Amaro. El se encargó de la educación y crianza de Odioli y Odiola. Estas le sacaron canas verdes a su muqui. Los conflictos, las riñas y, sobretodo, los daños y la destrucción que hacían. Donde sus madres utilizaban el "Metén pe pe" para el bien del prójimo, ellas lo usaban para el mal de todos. Siempre Amaro estaba allí para pagar las cuentas, reponer los daños y apaciguar los ánimos. Un padre no podría ser más atento y más clemente. Les perdonaba y les aguantaba todo. Ellas lo adoraban. De vez en cuando Amaro desaparecía. Podemos suponer que iba a visitar a Marti y Marta quién sabe dónde.

La vida es o perversa o traviesa en el mundo de las brujas como en el nuestro. Nunca podemos saber cuál. Nos mete cada zancadilla. Así pasó con las dos brujitas. Se enamoraron las dos a la vez. Odioli se enamoró de Andrés. Odiola se enamoró de Julián. Aquí es donde entra la perversidad o travesura. Andrés quería a Odiola, y Julián a Odioli.

Celos, rabias, rencores. Lo indicado hubiera sido trocar novios. Pero no. Odioli quiso vengarse de Andrés por haberla desairado. Odiola quiso vengarse de Julián por la misma razón. Había en esto mucho de "Si no ha de ser mío, no va a ser tuyo".

Así es que cada una por su cuenta, y en secreto, se decidió a eliminar al amante que la había rechazado. El instrumento de su venganza iba a ser el "Metén pe pe" que habían heredado de sus madres. Lo pulieron y lo afilaron. Por casualidad coincidieron en el momento y el sitio del crimen. Dos inocentes amantes iban a morir.

Las dos parejas, Odioli-Andrés, Odiola-Julián, asistieron a un baile. Las dos primas eran un encanto, luciendo su belleza y sus trajes de gala. Reían y charlaban como si aquella noche fuera un pedazo del paraíso. El buen observador habría notado que había en sus ojos una terrible intención, en sus puños apre tados una temible intensidad.

Andaban bailando, Odioli con Andrés, Odiola con Julián, un vals sentimental. Por un accidente de esos que ocurren, porque no estaba programado, las dos brujas dispararon su "Metén pe pe" a su determinada víctima simultáneamente.

Intervino el ángel de la guarda o el diablo de la guarda y todo salió atravesado. El disparo dirigido a Andrés le pegó a Odioli. El disparo dirigido a Juliá n le dio a Odiola. Las bru jas apuntaron mal o se les movió el blanco. El impacto fue fatal. Hubo un como rayo silencioso, y las dos brujitas se volvieron humo, aire y nada. Se fueron puf como una burbuja de jabón! Andrés y Julián se quedaron con sendos vestidos vacíos en los brazos, la boca abierta y los ojos estupefactos. Tanta auto-indulgencia, tanto capricho y tanto egoismo culminaron en su propia destrucción. El maléfico tiro se les salió por la culata.

Dentro de unos días desapareció Amaro. De seguro fue a reunirse con Marti y Marta.

Loripola

Some time ago archaeologists found an ancient Greek statue on an island of the Mediterranean. No one had ever heard of the goddess or priestess it represented, or of the artist that had it. It was obvious it belonged to the Greek classical period.

The statue was the figure of an adolescent maiden. She wore a tunic that outlined her shape with incredible delicacy, leaving one leg exposed. She had a covering on one side of her head which she held with one hand. On the covering rested a crown of diminutive butterflies. Around her neck she wore a medallion of a butterfly with open wings. She also wore an elegant ring on the big toe of the slight and naked foot. All over her shone a soft and gentle smile. LORIPOLA was carved at the foot of the statue.

The discovery of Loripola produced a deep emotion all over the world. Discussions, speculations, mystification everywhere. Loripola was, without a doubt, the most beautiful woman that had ever been seen. The experts all agreed that the statue was the finest known example of the noble and divine sculpture of the classical period of the Greeks.

A millionaire, who knows how, managed to buy Loripola, and like a good patron of the arts, he donated the work to the humble Museo de San Mateo in Old Town, New Mexico. Thus a beauty of another time, another place, another dimension, became the pride of the museum, the neighborhood and the state. The natives quickly established a personal, intimate and familiar relationship with the new resident and visited her frequently and with affection.

The museum had the good sense to dedicate a salon exclusively to her. The hall was unadorned. It was not necessary. There was a skylight over the solitary statue in the center that bathed her in sunlight or moonlight. She, in turn, illuminated the enclosure with her white marble and her vital smile.

At night, lit up by the light of the moon, in the solitude and the silence, she lived her eternity and her universality. During the day, bathed by the light of the sun, in the multitude and the noise, she kept her secrets and memories.

Loripola's fame was worldwide. People came from everywhere only to see her and do her honor. The natives went to see her over and over again. The crowd that surrounded her was always considerable. There was reverence, admiration and respect in every face. No one spoke out loud in her presence, as if she were a religious figure and as if this gathering were a ceremonial event.

Many said that she looked alive. There were those who insisted that they had seen her move, or blink or move a toe, or breathe. Such was the impression she gave.

Her most assiduous and loyal admirer was a young, melancholy poet and dreamer as silent and solitary as she. He could always be seen near the young goddess. Always fascinated. Always sad. No one knows what his fantasies and dreams were. The name of the young man was Amadeo Lucero.

One morning the news spread like wild fire. Robbers had broken into the museum and had stolen Loripola. Everyone was excited and furious. Search parties took off in every direction. A very large ransom was offered, because everyone assumed that it was a case of kidnapping and not of robbery.

When Amadeo found out, a cold fury took hold of him, a fury of hatred, vengeance and contained violence. He made his plans deliberately and set out to look for his lady of stone. It was as if they had kidnapped his sweetheart. It seemed as if his heart told him where to go, even after dark. He soon picked up the robbers' trail, as if someone had led him to it. He followed them with undaunted determination. His search took him to the highest part of the mountains.

In the early dawn he came upon the robbers' camp. There were seven of them and they were all asleep around a campfire that was still burning. Loripola was close by, also lying down, luminous in the light of the moon.

The frozen rage inside of him exploded. Amadeo fell upon the evil doers like an avenging angel. He shot six of them and stabbed the seventh. He did not come out untouched, however. He was seriously wounded. Crawling, dragging himself over the ground, he came to Loripola. He barely placed his arm over her body and then fainted.

The red blood of the dreamer bathed the white and cold skin of the goddess. It seemed to animate and warm her. Then, in the light of the moon, in the silence and solitude, without anyone seeing it, something incredible happened; it was a miracle never seen before.

It began with a soft, long sigh. The sigh came from Loripola's mouth! Tenuous and languid whispers followed. Then came a gentle tremor over her entire body. Then Loripola opened her eyes, yawned and stretched as if she were awakening from a deep sleep. After a spell of sweet surrender and sensual indolence, she sat up. The presence of Amadeo's inert body did not appear to surprise her, nor did the seven dead bodies. It looked as if she knew everything.

She took the unconscious head of Amadeo in her arms and pressed it to her breast with infinite tenderness. She whispered, murmured, tender things to him and rocked him on her lap like a baby. Only the moon, the stars and the pine trees witnessed this magic moment.

She stood up when she was all ready and gathered the limp body of Amadeo in her arms as if it did not weigh anything and started running with it through the woods. Her tunic and scarf of white tulle floated in the breeze, among the branches, like waves of winged mist.

Without any signs of weariness, and with her breathing normal, Loripola came to an opening in the forest with her beloved burden. In the center of the dale, near a pond, there was a rustic hut. It was rustic and humble on the outside, but a veritable (or incredible) love nest on the inside. Loripola deposited Amadeo on a bed of flowers with utter gentleness.

There she kissed him for the first time. A long and sensual kiss. His wound healed miraculously. His strength returned. With his strength came his desires. Love came with the desires. None of this surprised Amadeo. He seemed to know everything. He closed his eyes and let himself be loved.

That night was a dream, a glorification of life. I am not going to tell you what they did. There are things that are left unsaid. Just let me say that that night, in that place, burning youth and flaming love met and blended into a sea of sweetness to the greater glory of the divinity of men and the humanity of the gods.

The following morning was full of surprises and marvels for the young dreamer. Flowers, flowers and more flowers. There were vines laden with grapes. There were orange, apple, pear and chestnut trees heavy with fruits and nuts. All one had to do was reach out and pick tasty and juicy fruits. There were also butterflies by the thousands that seemed to float in rhythmic waves in an eternal poetry of movement and color, flocks of singing birds trilling a never-ending symphony and swans on the water. Everything blue above. Everything green below. This was something paradisiacal. Mother Nature's own corner of luxury.

Loripola dressed Amadeo in a white tunic like hers. He looked and felt like a god, and indeed, he was. Amid laughter, jokes and witticisms, she prepared breakfast for him, which he really needed. When he sat down at the table, Amadeo was amazed by what he saw.

"How did you know that this was my favorite food?"

"I didn't know any such thing. This is the food of the gods."

"Chile, beans and tortillas?"

"Yes, and tacos, tamales and tequila."

"But how . . .?"

"Zusto, the king of the gods, decreed thousands of years ago that this was to be the food of the gods."

"But how did this food end up in my country?"

"Amante, the god of lovers, was expelled from Mount Olympus for being mischievous, a woman chaser and disobedient. He went to live in the Hispanic world. He took our cuisine with him. The Hispanics learned a great deal from him. I believe he has many disciples among you."

This idyll lasted eight days. Eight days of delirious joy. Unchained happiness. Frolicking through the fields. Bathing in the pond. Lying in the shade of a tree. Playing, dancing, singing. She sang love songs to him in a divine voice, accompanied by her golden harp. He whispered verses and raptures to her in a lover's voice.

Between fascinations and rhapsodies, Loripola told her lover the story of her life. It seems that there are social classes in the world of the gods too; that is, there are gods of first, second or third class. Those of the upper class have nothing to do except amuse themselves, play pranks and take advantage of everything and everyone. The middle class is in charge of administration and organization. The lower class does the work, like here and everywhere.

Loripola's parents were of the third kind, that is, workers. He was a cook and she was his assistant. But in one of Zusto's banquets, the roast and the salad turned out to be extraordinarily fine. Zusto liked them so much that he named Loripola's father Cordero god of meats and her mother Lechuga goddess of salads, promoting them from third to second class.

Baby Loripola was so cute and gracious that she became Zusto's favorite from the very beginning. She was the only child he allowed to sit on his lap. Zusto could not stand children. And the celestial court was full of babies. Since the gods had so much leisure time, they dedicated themselves to the business of making babies. The place was overrun with runny-nosed kids, crying babies and spoiled brats. When Zusto could not stand it any more, he would fly into a rage and start screaming, breaking dishes and kicking kids out the doors and windows. When this happens up there, we have thunder, lightning and earthquakes down here.

But Zusto was kind and gentle with Loripola. Very soon he appointed her goddess of the butterflies. He himself arranged her baptism. Her godparents were Apollo, god of the chickens, who spent his life scratching, and Apenas, goddess of sorrow, who for some reason spent her life laughing. In the ceremony they put a gold medallion of a butterfly with open wings on the child.

Zusto wanted Loripola to marry Lobopolo, his son by Agatas, goddess of the cats. Although Loripola loved Zusto very much, she despised Lobopolo, god of the wolves. She found him vulgar, crude and ill-smelling. He sought her out and went out of his way to please her. She refused to look at him or speak to him.

As an adolescent, the mistress of all beauty, Loripola roamed the countryside. She was followed by bands, waves, garlands of many-colored butterflies. They frolicked, rested, flew in harmony in a symphony of eternal poetry, of unmatched music. They went to the fields flooded with flowers and to the waterfalls surrounded by forests. Loripola was the mistress and the goddess of an artistic order that was sensual and sentimental, and had never been seen before. Zusto was complacent and content. Agatas was jealous and envious. Lobopolo was resentful.

Amadeo, innocent and sincere, could not believe that there was so much corruption, cheating and intrigue in the world of the gods. He had imagined that everything was clean, honorable and pure, and he was discovering that everything was perverse, shameful and sinful in the heights. He felt a nostalgia for his Old Town where people were perverse, shameful and sinful too, but, at least, they were his own.

Lobopolo's and Agatas' hatred grew with each passing day. It hurt them that Loripola continued to be the most charming, the most beautiful and most popular personality in the world of the gods, and that she continued to reject and despise the son of Zusto and Agatas.

Loripola grew up in the gardens and in the fields as Zusto's protegé and favorite. She was the darling of the sun. She received the caresses of the dew and the breeze. The flowers gave her their smiles. She was a pure and free spirit throughout that world. She spent her days amusing herself, dancing and singing in the fields and the forests and always accompanied by thousands of butterflies of many colors, banners, waves of living and flying flowers. She orchestrated the rhythmic movements of that silent and visual symphony. She was the lovely queen of harmony and beauty. The gods gazed upon her complacently.

But Loripola did not have a lover. Many courted her. Many made up fantasies. She turned them all away, smiling politely but with deliberate courage. She found them all perverse and impure, unworthy of her love.

This was how matters were when Agatas, burning with hatred and rage, killed Loripola with a poisoned drink. She buried the body. And the goddess of the butterflies disappeared. You must have seen the agitated state of all butterflies. They fly here and there without resting long anywhere. They are desperately searching always and everywhere for their beloved Loripola.

Amante, out there on the eastern coast of Spain, heard about the crime. He cried bitter tears, recalling the beauty and the gentleness of the adolescent goddess. Passionately, he began to carve the statue that was to immortalize Loripola. He worked with so much affection and so much emotion that he managed to capture the spirit of the divine girl in white marble where it has lived until now, awaiting a loving hand to bring it back to life. No wonder the experts said that the statue was the best known example of the classic art of the Greeks. It is the only statue carved by divine hands.

The loving hand of the dying Amadeo was able to awaken the sleeping soul of the stone maiden. Loripola found in Amadeo the clean and pure love she could never find in the world of the gods.

Loripola ended the story of her life. Eight days had gone by. She was somber. A deep sadness could be noticed in her voice and in her face.

"Amadeo, my love, this enchanted moment of ours is about to end. By now Lobopolo must know that we are here. He will attack at any moment. We are in great danger."

"Do not be afraid, Loripola. I will protect you."

"I know you will, Amadeo. Besides, dying with you, dying for you, would be a happy fate for me."

"I want to die that way too. Come what may, we're together."

"That isn't all. The life you gave me is ebbing away. I already feel cold in my heart and in my blood. My bones are getting stiff."

Amadeo didn't answer because he could not. He had been suspecting it, but refused to believe it. He, too, felt cold in his heart and in his blood.

Silently she took off the gold medallion with the flying butterfly and placed it on Amadeo. He took off a gold medal his mother had given him, a cross inside the star of David, and placed it on her.

The following day, the ninth, they went out into the fields as usual. But things had already changed. Loripola was limping perceptively and hanging on to Amadeo's arm. She could not hide altogether the pain in her face. Amadeo carried a bow in his hand and a sheath with a hundred arrows on his back. The butterflies, the swans and the flowers were singing happily.

They were sitting under a tree. They were silent, saying eternal things, ineffable things, the ones without words. Suddenly a murmur was heard in the distance; it was approaching and growing. The air was filled with a sour, unpleasant stench. The lovers knew immediately what was happening. They got ready and waited.

Soon the terrible figure of Lobopolo appeared. Gigantic, bewhiskered and dressed in skins. He appeared on the top of a hill. He was surrounded by fierce black wolves. He let out a horrifying roar and shook his fists at the sky. He ordered the wolves to attack the two young people.

The wolves, charged violently. Howls, grunts, snarls. Open jaws. Flashing fangs. Filthy slobbering. The smell of carrion.

Amadeo planted his feet apart and solid on the ground, and began to play the string of his bow. Its music was fatal and its effect mortal. The arrows entered gaping mouths and emerged out of defenseless necks. The wolves attacked on all sides. Loripola plunged her knife over and over again into the ones that attacked from behind.

Finally the battle was over. The wolves covered the ground with their blood and their bodies. Some were dead, others dying. Amadeo, seriously wounded and covered with blood, dominated the field of battle. When Lobopolo saw this, afire with rage and hatred, he flung himself onto his enemy, roaring like a wild beast. The two bodies met. Amadeo, gathering what strength he had left, drove his knife into his antagonist's belly and fell to the ground almost senseless and without knowing if he had saved Loripola or not.

His strength run out, out of breath and out of his mind, he dragged himself, who knows how, to where Loripola was. He placed his bloody hand on her waist and fainted. He did not realize that Loripola was already white and hard and cold.

That is the way some hunters found him accidentally. They did not find any dead wolves. Instead they found a wounded young man, a statue and seven dead robbers.

There was great joy at the San Mateo Museum in Old Town and in the entire state. Loripola was back! Amadeo was treated like a hero and was given a large sum of money, the reward that had been offered.

When Amadeo woke up in the hospital, they told him how he had tracked the robbers down, how he had killed them and rescued the famous statue. He did not say a word about his experiences, perhaps because he knew that nobody would believe him. Maybe it was because that piece of his life was so sacred and so intimate that he did not want to share it with anyone. Or, and here lies the mystery, did he think he had dreamed it all? The truth is that when he was alone he would take out the medallion with the flying butterfly and gaze upon it, and a smile of illusion would invade his face and fill his eyes.

On the other hand, at the museum the discussions never ended. Some said that Loripola had come back different. Others said it was not so. That the look in her eyes and the smile she brought back were those of a woman happy with the child she was carrying when before they had been those of an innocent maiden. They also said that the cross and star medallion had been a medallion with a flying butterfly, and that she had a ring on her toe and now she did not. No one won the argument because no one was sure. Naturally, Loripola did not say anything to remove their doubts.

Loripola had been a woman of mystery before. Now the mystery had grown and was growing. Everyone was in agreement about one thing: the girl of stone gave signs of being alive. Fleeting, indefinite flashes. Perplexing shadows.

If Amadeo had wanted to, he could have told them. But he did not.

Loripola

En una isla del Mediterráneo hace poco los arqueólogos descubrieron una antigua estatua griega. Nadie tenía noticias de la diosa o sacerdotiza que representaba, ni del artista que la hiciera. Era obvio que la obra pertencía a la época de la Grecia clásica.

Era la figura de una doncella adolescente. Llevaba una túnica que ceñía sus formas con una delicadeza increíble, y le dejaba una pierna desnuda. Sobre la cabeza llevaba un manto que ella detenía con una mano y le cubría un lado de la cara. Sobre el manto, un tantico tanteada, posaba una corona de diminutas mariposas. Del cuello le colgaba un medallón con una mariposa de alas abiertas. En el dedo gordo del leve pie descalzo había una elegante sortija. Sobre toda ella había una suave y delicada sonrisa. Al pie de la estatua estaba grabado: LORIPOLA.

El descubrimiento de Loripola desató por todo el mundo una tremenda emoción. Discusiones, especulaciones, mistificaciones en todas partes. Loripola era, sin duda alguna, la mujer más bella que jamás se había visto. Los peritos estaban todos de acuerdo que la estatua era el ejemplo más puro conocido de la noble y divina escultura de la época clásica de los griegos.

Un millonario, no sé con qué ardid, logró comprar a Loripola. Por un capricho desconocido, y como buen mecenas, le regaló la obra al humilde Museo de San Mateo de la Plaza Vieja en Nuevo México. Así es que una belleza de otro tiempo, de otro lugar, de otra dimensión se convirtió en el orgullo del museo, del barrio y del estado. Los nativos pronto establecieron relaciones personales, íntimas y familiares con la nueva nuevomexicana y la visitaban con frecuencia y con cariño.

El museo tuvo el buen criterio de dedicarle su propio salón. El salón no tenía ninguna decoración. No hacía falta. Tenía un tragaluz sobre la estatua solitaria en el centro que la encendía con la luz del sol o luz de la luna. Ella, a su vez, iluminaba el recinto con su mármol y su sonrisa vital.

De noche, encendida con la luz de la luna, en la soledad y en el silencio, vivía su eternidad y su universalidad. De día, encendida con la luz del sol, en la multitud y el ruido, guardaba sus recuerdos y secretos.

La fama de Loripola era mundial. Venía gente de todas partes sólo para verla y rendirle homenaje. Los naturales iban a visitarla una y otra vez. Era de ver el coro que siempre la rodeaba. Había en sus caras y miradas reverencia, admiración y respeto. Nadie hablaba en voz alta en su presencia, como si ella fuera una figura religiosa y aquello un acto ceremonial.

Muchos decían que parecía estar viva. Hubo quienes insistieron que la habían visto estremecerse, o parpadear, o mover un dedo del pie, o respirar. Tal era la impresión que daba.

Su más asiduo y fiel admirador era un joven poeta, melancólico y soñador. Siempre se le veía cerca de la joven diosa. Tan solitario y silencioso como ella. Siempre absorto. Siempre triste. No se puede saber cuáles fueran sus fantasías, cuáles fueran sus sueños. El joven se llamaba Amadeo Lucero.

Una mañana corrió la noticia. Unos ladrones entraron en el museo y se habían robado a la Loripola. Todo el mundo agitado y furioso. Se lanzaron pesquisas por todas partes. Se ofreció un tremendo rescate porque se supuso que se trataba de un secuestro y no de un robo.

Cuando Amadeo supo, le entró una furia helada, hecha de odio, venganza y violencia controlada. Deliberadamente hizo sus planes y salió a buscar a su doncella de piedra. Era como si le hubieran secuestrado a su novia.

Parecía que el corazón le avisó por donde ir, aún cuando se hizo oscuro. Pronto dio con la pista de los ladrones. Los siguió con determinación implacable. Su busca lo llevó a lo más alto de la sierra.

A las altas horas de la madrugada dio con el campamento de los ladrones. Eran siete y estaban todos dormidos alrededor de una lumbre que todavía ardía. Allí cerca estaba Loripola, también acostada, luminosa a la luz de la luna.

Se desató la furia congelada que llevaba dentro. Amadeo descendió sobre los malhechores como un ángel vengador. Mató a seis con la pistola y al séptimo a cuchilladas. No salió ileso. El también quedó gravemente herido. A gatas, arrastrándose por el suelo, llegó a Loripola. Apenas pudo echarle el brazo sobre su cuerpo. Se desmayó.

La sangre roja del soñador bañó la fría y blanca piel de la diosa. Pareció animarla y calentarla. Luego, a la luz de la luna, en la soledad y el silencio, y sin que nadie lo viera, ocurrió algo increíble, un milagro nunca visto.

Empezó con un suave y largo suspiro. ¡El suspiro salió de la boca de Loripola! Siguieron unos tenues y lánguidos gemidos. Después vino un delicado estremecimiento por todo el cuerpo. Luego Loripola abrió los ojos, bostezó y se desperezó como si despertara de un profundo sueño.

Después de un rato de dulce languidez y sabrosa pereza, se sentó. No pareció sorprenderle la presencia del cuerpo inerte de Amadeo ni la de los siete muertos allí presentes. Parecía que todo lo sabía.

Tomó la cabeza insensible de Amadeo en sus brazos con infinita ternura y se la apretó a su pecho. Le susurró, le murmuró, cosas tiernas y lo meció en su regazo como a un bebé. Sólo la luna, las estrellas y los pinos fueron testigos de este momento mágico.

Cuando quiso, se puso de pie, recogió el cuerpo laxo de Amadeo en sus brazos como si no pesara nada, y se lanzó a correr con él por el bosque. Su túnica y su manto de tul blanco flotaban en la brisa entre la enramada como ondas de niebla alada.

Sin cansarse y con la respiración templada, Loripola llegó a un abra en el bosque con su querida carga. En el centro del abra, cerca de un estanque, había una choza rústica. Rústica y humilde por fuera, pero por dentro un verdadero (o increíble) nido de amor. Loripola depositó a Amadeo en un lecho de flores con todo cariño.

Allí lo besó por la primera vez. Un beso largo y sensual. Milagrosamente se le cerró la herida. Le volvieron las fuerzas. Con las fuerzas se despertaron los deseos. Con lo deseos vino el amor. Nada de esto sorprendió a Amadeo. Parecía saberlo todo. Cerró los ojos y se dejó querer.

Aquella noche fue un sueño, una glorificación de la vida. No he de decirles las cosas que se dijeron, las cosas que hicieron. Hay cosas que no se dicen. Basta decir que aquella noche en aquel sitio la juventud encendida y el amor inflamado se unieron y se fundieron en un mar de dulzura para la mayor gloria de la divinidad de los hombres y de la humanidad de los dioses.

La siguiente mañana estuvo llena de sorpresas y maravillas para el joven soñador. Flores, flores y más flores. Parrales cargados de racimos de uvas. Naranjos, manzanos, perales, castaños, cargados de frutas y nueces. Sólo había que extender la mano y coger sabrosas y jugosas frutas. Mariposas a miles que parecían flotar en oleadas rítmicas en una eterna poesía de movimiento y de color. Parvas de pájaros cantores trinando una sinfonía de nunca acabar. Cisnes en el agua. Todo azul arriba. Todo verde abajo. Esto era paradisíaco, el nicho de lujo de la misma madre Naturaleza.

Loripola vistió a Amadeo con una túnica blanca igual a la suya. Parecía y se sentía dios, y lo era. Entre risas y bromas y agudezas, ella le preparó el desayuno, que buena falta le hacía. Al sentarse a la mesa, Amadeo se quedó atónito con lo que vio.

—Cómo sabías que ésta era mi comida favorita?

—Yo no sabía tal cosa. Esta es la comida de los dioses.

—¿Chile, frijoles y tortillas?

—Sí, y tacos, tamales y tequila.

—¿Pero cómo . . .?

—Zusto, el rey de los dioses, decretó hace miles de años que ésta sería la comida oficial de la diosería.

—¿Pero cómo fue esta comida a dar a mi tierra?

—Amante, el dios de los enamorados, fue expulsado del Monte Olimpo por travieso, mujeriego y desobediente. Se fue a vivir al mundo hispano. Se llevó nuestra cocina consigo. Los hispanos aprendieron mucho de él. Creo que tiene muchos discípulos entre ustedes.

Por ocho días duró este idilio. Ocho días de dicha. De delirio. De felicidad desencadenada. Retozando por el prado. Bañándose en el lago. Tumbados a la sombra de un árbol. Jugando, bailando, cantando. Ella le cantaba con voz de diosa canciones amorosas acompañada de su arpa de oro. El le susurraba versos y embelesos con voz de enamorado.

Entre encantos y rapsodias Loripola le contó a su amante la historia de su vida. Al parecer, en el mundo de los dioses también hay clases sociales; es decir, hay dioses de primera, de segunda y de tercera clase. Los de la clase alta no hacen nada más que divertirse, hacer diabluras y aprovecharse de todo y de todos. Los de la clase media son los que se encargan de la organización y de la administración. Los de abajo hacen el trabajo, como aquí, como en todas partes.

Los padres de Loripola eran dioses de tercera categoría, es decir, obreros. El era cocinero y ella su ayudante. Pero, en un banquete de Zusto, el asado y la ensalada resultaron extraordinarios. A Zusto le gustaron tanto que hizo a Cordero dios de las carnes y a Lechuga diosa de las ensaladas, elevándolos de la tercera clase a la segunda.

La niña Loripola era tan linda y tan graciosa que desde un principio fue la consentida de Zusto. Era la única niña que permitía que se le acercara y se sentara en su regazo. Zusto no podía ver a los niños ni pintados. Y la corte celestial estaba llena de niños. Como los dioses tenían tanto tiempo de ocio, se dedicaban al negocio de fabricar bebés. El palacio pululaba de pequeños mocosos, llorones y malcriados. Cuando ya Zusto no podía más, le entraban las iras y empezaba a gritar, a romper trastos, a patear chicos y botarlos por puertas y ventanas. Cuando esto ocurre allá arriba, es cuando nosotros tenemos truenos, relámpagos y terremotos acá abajo.

Con Loripola Zusto era dulce y suave. Desde muy temprano la hizo diosa de las mariposas. El mismo arregló su bautizo. Sus padrinos fueron Apolo, el dios de las gallinas, que se pasaba la vida rascándose, y Apenas, la diosa de las penas, que se pasaba la vida riéndose. En la ceremonia le pusieron a la niña un medallón de oro con una mariposa de alas abiertas.

Era el plan de Zusto que Loripola se casara con Lobópolo, su hijo de Agatas, diosa de los gatos. Aunque Loripola quería a Zusto mucho, a

Lobópolo, dios de los lobos, lo despreciaba. Lo encontraba vulgar, torpe y maloliente. El la procuraba y se desvivía por complacerla; ella se negaba a darle la cara o la palabra. Agatas siempre andaba furiosa y brava. Al fin madre.

De chica adolescente, dueña de todos los primores, Loripola vagaba por los campos. La seguían tandas, olas, guirnaldas de mariposas de múltiples colores. Retozaban, reposaban, volaban en una armonía, una sinfonía de eterna poesía, de música sin igual. Iban a los prados regados de flores. A las cataratas rodeadas de bosque. Loripola era la dueña y diosa de un orden artístico, sensual y sentimental como nunca se ha visto. Zusto, complacido, contento. Agatas, celosa, envidiosa. Lobópolo, rencoroso.

Amadeo, inocente, sincero, no podía creer que en el mundo de los dioses hubiera tanta corrupción, tanta mentira, tanta intriga. El se había imaginado que en el mundo de los dioses todo era limpio, honrado y puro, y ahora estaba descubriendo que todo era perverso, vergonzoso y pecaminoso en las alturas. Sintió una nostalgia por su Plaza Vieja donde también eran perversos, vergonzosos y pecaminosos, pero, por lo menos, eran los suyos.

El odio de Lobópolo y Agatas crecía con cada día. Les hería que Loripola siguiera siendo la más simpática, la más bella y la más popular personalidad del mundo de la diosería, y que siguiera rechazando, despreciando al hijo de Zusto, al hijo de Agatas.

Loripola creció en los jardines y en los campos. Protegida y consentida de Zusto. La preferida del sol. Recibía las caricias del rocío y de las brisas. Las flores todas le daban sus sonrisas. Era un espíritu libre y puro en todo ese mundo. Se pasaba los días divirtiéndose, bailando y cantando por prados y bosques. Rodeada siempre de miles y miles de mariposas de muchos colores. Pabellones, ondas de vivas y volantes flores. Ella orquestaba los movimientos cadenciosos de aquella sinfonía visual y silenciosa. Era la bella reina y dueña de la armonía y la belleza. Los dioses la contemplaban complacidos.

Pero Loripola no tenía novio. Muchos la cortejaban, todos se hacían ilusiones. Ella los desviaba a todos con sonrisas y cortesía y suma valentía. Los encontraba a todos perversos e impuros, indignos de sus amores.

Así andaban las cosas cuando Agatas, consumida de odio y rabia, le dio muerte a Loripola con un trago envenenado. Enterró el cuerpo. Y desapareció la diosa de las mariposas. Ustedes habrán visto el estado agitado de toda mariposa. Vuelan y vuelan por todas partes sin posar largo en ninguna cosa. Andan desesperadas, buscando siempre y dondequiera a su querida Loripola.

Amante, allá en la costa levantina de España, supo del crimen. Lloró amargas lágrimas recordando la belleza y la dulzura de la adolescente diosa. Se puso apasionadamente a tallar la estatua que inmortalizaría a Loripola. Su labor fue hecha con tanto cariño y con tanta emoción que logró captar el espíritu de la divina joven en blanco mármol donde ha existido hasta ahora, esperando una mano amante que supiera despertarla. Con razón decían los peritos que la estatua era el mejor ejemplo conocido del arte clásico de los griegos. Es la única estatua tallada por manos divinas.

La mano amante del moribundo Amadeo supo despertar el alma dormida de la pétrea doncella. Así queda explicado el milagro que hemos contemplado. Loripola encontró en Amadeo el amante limpio y puro que nunca halló en el mundo de los dioses.

Loripola terminó la historia de su vida. Habían ya transcurrido ocho días. Andaba seria. En la voz y en la cara se notaba una honda tristeza.

—Amadeo, mi amor, este encanto nuestro está por terminar. Ya Lobópolo sabrá que estamos aquí. A cualquier momento va a atacar. Estamos en mucho peligro.

—No tengas miedo, Loripola, yo sabré protegerte.

—Yo sé que sí, Amadeo. Además, morir contigo, por ti y para ti sería para mí un dichoso destino.

—Yo también quiero morir así. Que venga lo que venga, estamos juntos.

—Eso no es todo. La vida que me diste se me está agotando. Ya siento el frío en el corazón y en la sangre. Los huesos se me van poniendo tiesos.

Amadeo no respondió porque no pudo. El venía adivinándolo sin querer creerlo. El también sintió frío en el corazón y en la sangre.

En silencio ella se quitó el medallón de oro de la mariposa abierta y se lo colgó a Amadeo. El se quitó una medalla de oro que su madre le había dado, una cruz dentro de una estrella de David, y se la puso a ella.

El siguiente día, el noveno, salieron al campo como de costumbre. Pero ya habían cambiado las cosas. Loripola cojeaba perceptiblemente y se apoyaba en el brazo de Amadeo. No podía disimular del todo el dolor que en la cara llevaba. Amadeo llevaba un arco en la mano y en la espalda cargaba un estuche con cien flechas. Las mariposas, los cisnes y las flores cantaban felices.

Estaban los dos sentados bajo un árbol. Estaban callados, estaban diciéndose cosas eternas, cosas inefables, las que no tienen palabras. De pronto se oyó a lo lejos un rumor que se acercaba e iba creciendo. Se llenó el aire de un tufo acre y despreciable. Los dos amantes supieron de inmediato qué pasaba. Se prepararon y esperaron.

Pronto apareció la temible figura de Lobópolo. Gigantesco, barbudo y vestido de pieles. Apareció en la punta de una loma. Venía rodeado de negros y fieros lobos. Lanzó un horripilante bramido y le sacudió los puños al cielo. Les echó los lobos a los dos jóvenes.

Los lobos atacaron violentos. Aullidos, gruñidos. Bocas abiertas. Blancos colmillos desnudos. Asquerosas babas. Olor a basofia.

Amadeo plantó los pies apartes y firmes sobre la tierra, y empezó a tocar la cuerda de su arco. Era su música fatal y su efecto mortal. Las flechas entraban por bocas abiertas y salían por nucas indefensas. Los lobos acometían por todos lados. Loripola hundía su cuchillo una y otra vez en los que atacaban por detrás.

Por fin se acabó la lucha. Los lobos regaban el suelo con su sangre y sus cuerpos. Unos muertos, otros muriéndose. Amadeo, seriamente herido y bañado en sangre, dominaba el campo de la batalla. Al ver esto Lobópolo, dominado por la rabia y el odio, se arrojó sobre su enemigo, bramando como una fiera. Se cruzaron los dos cuerpos. Amadeo, recogiendo las últimas fuerzas que le quedaban, le metió su cuchillo a su antagonista en el vientre. Cayó al suelo casi sin sentido, sin saber si había salvado a Loripola o no.

Sin fuerzas, sin alientos y sin conocimiento se arrastró, quién sabe cómo, a donde estaba Loripola. Le puso la mano sangrienta sobre la cintura y se desmayó. No supo que Loripola estaba ya blanca, y dura, y fría.

Así lo hallaron unos cazadores por casualidad. No hallaron lobos muertos. Lo que encontraron fue un joven herido, una estatua y siete ladrones muertos.

Hubo un gran regocijo en el Museo de San Mateo, en la Plaza Vieja y en todo el estado. ¡La Loripola había regresado! A Amadeo se le trató como a héroe y se le dio un dineral, el rescate que se había ofrecido.

Cuando Amadeo despertó en el hospital le contaron cómo él había rastreado a los ladrones, como les había dado muerte y había rescatado a la famosa estatua. El no dijo nada de sus experiencias. Quizá porque sabía que nadie le iba a creer. Tal vez porque ese pedazo de su vida era tan sagrado y tan íntimo que no lo quería compartir con nadie. O, y aquí está el misterio, quién sabe si él creería que lo había soñado. La verdad es que cuando estaba solo, sacaba el medallón de la mariposa abierta, lo contemplaba y una sonrisa de ensueño le invadía la cara y le llenaba los ojos.

Por otra parte, en el museo no terminaban las discusiones. Unos decían que la Loripola había vuelto cambiada. Otros decían que no. Que la mirada y la sonrisa de ahora eran las de una mujer contenta con el niño que lleva dentro cuando antes eran las de una inocente doncella. Que el medallón de cruz y estrella había sido un medallón de mariposa abierta. Que antes tenía una sortija en el pie y ahora no. Nadie ganaba el argumento porque nadie estaba cierto. Por supuesto Loripola no decía nada para sacarlos de su incertidumbre.

Antes Loripola había sido una mujer de misterio. Ahora el misterio estaba multiplicado y ascendiente. Todos estaban de acuerdo en una cosa: la muchacha de piedra daba visos de estar viva. Chispazos indefinidos. Sombras indecisas.

Si Amadeo hubiera querido, él les habría dicho. Pero no quiso y no dijo nada.

Three Marys

Feliberto Mirabal was a professor of economics at the state university. He had made a reputation in his profession. So he travelled frequently to Washington and other world capitals on special commissions and consultations. But where he really shone was in literature. His reputation as a novelist was growing more and more. His income from royalties was beginning to give him a margin of movement, a certain independence. Of course, the recognition and the applause were not entirely unacceptable either.

He had lost his wife some two years before. Her death was a great blow to him. His only son had married and gone away. He lived alone in the big house he had built with so much illusion one day. He lived with the memories that came into view from every corner of the house.

He became a widower sometime in the sixties. Precisely when the sexual revolution exploded. He found himself single and liberated at the same time. His fame as a writer and professor, his bank account and, naturally, his native charm as well as his personal endowments opened many doors for him. He had feminine companionship to spare. Always the most beautiful women, the most elegant, most intelligent and most pleasant. He knew how to choose them!

He strolled through all the landscapes of love. He savored the juiciest fruits, fruits until now forbidden, and perhaps tastier for that reason. He became an errant lover, a professional bachelor, a bed-hopper. So much and such varied fruits began to sicken him first, then to disgust him. He found out that love without love has no nourishment and no taste.

Fortunately and accidentally, among all the women he knew, he found two he loved dearly, each one for a different reason. He kept those two. Neither one knew of the existence of the other.

He had never brought any women into his house before. He did not now. He went to their houses, or anywhere else. It appears that his house was a temple; it was sacred. Perhaps because it was full of the memories of his wife. It could be that he did not want any woman's illusions of becoming a permanent guest or mistress. He had no intentions of either getting married or living with any of them. Either situation would deprive him of the freedom and independence he had learned to cherish more than anything. He made it clear to all of them, "Love me tonight. Let me love you tonight. I live for right now. There is no tomorrow or afterwards for me." This, or something like it, is what they all heard.

María Bela Montes was tall, slender, statuesque, refined, elegant, cultured and intelligent. She had something of arrogance, something of mystery. She had an air of another time, a certain whisper of the old world. Inside, and for whom she well knew, she was a force of nature. There was no man, rich, handsome or bold who would not want to place his name, his honor and his fortune at her feet. But the eyes of Maria Bela Montes and her treasures were all for Feliberto Mirabal. He was charmed and happy. She gave him a reason for being.

María Bía Flores was small and exquisite, a genuine flower: flashing, volatile, passionate, violent and sweet. Her mind was a blade with double edges. She had a great deal of pride and just as much mischief. She had an air of this time, and everything of the new world. Inside and out she was a volcano of passions, a storm in chains, a loaded gun. She was a force of nature. There was no macho who would not want to catch her in his lasso and put his brand on her. But the love of María Bía Flores was all for Feliberto Mirabal. He was fascinated and fervent. She gave him a reason for being so.

There was a third one that in some ways was first. She was María Bonina Ventura. She was not, and never had been, his lover. Bonina was his student first and his secretary later. He could be her father, and that is how he behaved with her always. Bonina had all the brightness and promise of a rosebud beginning to open. She was floating sweetness, a living tenderness. There was no man, young or old, single or married, who did not dream of making her his. But María Bonina's heart, who knows why, belonged to Feliberto Mirabal.

Each one of them, in her own way, filled a vacuum in Feliberto's soul. All three of them together made up the complete woman in his life. This may explain his rejection of marriage or cohabitation. To live with one of them would be to separate himself from the other two. He could not do that. He could not live without all three, because, it must be said, he was madly in love with all three, one by one, and altogether.

A certain night, after a slow and glowing dinner, after delightful and cheerful after dinner chatter, Feliberto and María Bela found themselves in bed at her home enjoying a juicy after whatever conversation. There was nothing but peace and harmony in the world. There was in them a contentment, a rejoicing, a voluptuous well-being.

Violence interrupts convulsively. Suddenly the door bursts open. There stands María Bía Flores. She is furious. She is fierce. She takes a stand at the foot of the bed. Her feet set apart. Her mouth a straight line. Her cheeks on fire. Her breasts, moved by a secret motor, rise and fall. When she speaks, her words fall like metal leaves cut by invisible scissors. She is holding a revolver in her right hand.

98

"Damn you! Traitor! Scum!"

Bela and Feliberto sat up stiffly on the bed. Their pale faces, their naked breasts, were an open bulls-eye for the idiot pistol. Rage and terror filled the room. The smell of the grave crept into the bed sheets.

"I always wanted to believe you. I never wanted to disbelieve you. When I first disbelieved you, I refused to believe it. When you weren't with me, you were never at home. I waited. Then I spied on you. I followed you. Now I know why you weren't home. Nobody plays with me. Say goodbye to this life!"

The shot sounded dull and hollow. A small hole appeared on Feliberto's left breast. Nobody moved. Nobody said anything. All three quiet and stiff, like a primitive altarpiece. In the stillness lazy tears began to flow down Bía's cheeks. In the stillness luminous red bubbles began to appear on Feliberto's breast, followed by spurts of red blood, so red it looked black. The corrosive laughter of death was heard in the silence.

The harsh noise of the gun as it hit the floor brought all three back to grim reality. Feliberto took command of the situation immediately and did not allow hysteria to take possession of the two women. He began to fire orders and instructions that kept the reins of reason in control and did not allow emotion in.

"Bela, bring me a towel and put your clothes on. Bía help me dress. It was an accident. Bía and I came to bring Bela a gun because there was a prowler lurking around. I was teaching her how to use it. I reached over to hand her the gun. The gun went off, nobody knows how. Bía bring me a knife to cut a hole in my shirt. Bela bring me paper and pen."

He wrote:

To the police:

It was an accident. I was teaching Bela Montes how to use the gun. The gun went off.

Feliberto Mirabal.

Feliberto did not stop talking. He had both women fully occupied, running back and forth endlessly. They made the bed. They went into the living room. They practiced the play they were going to tell the police. Feliberto handled the gun to leave his fingerprints on it.

In the meantime the towels were being soaked in blood. The wounded man was becoming very pale. He felt his strength and his will-power leaving him. His eyes were blurring. He had double vision. He sat down with a good glass of whiskey and a cigarette. His eyes would close. He would force them open. He had to think. He knew very well that he might die. As he spoke, his tongue twisted and blood was oozing from the sides of his mouth.

"Bía is not to blame. It is my fault. You did the right thing, Bía, what I would have done. It was an accident. Insist on it. The police are not going to believe it, but it doesn't matter, they have to depend on the evidence. If I make it, we'll talk. If I don't, we forgive, all of us. Thanks, both of you, for this and all the rest. Call the police. Tell Bonina."

His eyes closed. He dropped the cigarette and the whiskey. He fell asleep. The police found him that way, dying. Three women went with him to the hospital: Bela, Bía and Bonina. One, Montes, the other, Flores, and the third one, Ventura.

The waiting was long, much too long. The three women, dishevelled and pale, paced silently from one end of the waiting room to the other. Each one had her heart in her mouth and her soul in her feet. All three knew they loved him, but until now they did not know how much or why. If he died, he would take with him the poetry, the good cheer and the illusion of their lives. None of them wanted to or could think of living without him. The minutes were climbing over each other until they became hours. The hours became thick and heavy with the weight of the others. Time became flesh, the throbbing flesh of a woman, the flesh of a woman in love. The electric light, cold and naked, of the waiting room became a thousand needles that pricked and pierced the flowing heart of three suffering women.

Bela: We have to talk. First off, nobody cries here.

Bonina: He's not going to die, and you're not going to kill yourself.

Bela: He's not going to die. (She spoke with complete assurance.)

Bonina: Men like him do not let themselves die, do not let themselves be killed.

Bía: I belive it. I felt it here (and she pointed to her navel). Besides, he must not die. He owes all three of us a lot. He has to live to pay his debts.

Bela: His death is no problem. His life is. It is up to us now to give him what he needs to live. So let's put aside jealousy and hate until we bring him out into the light and the joy of life. Afterwards, we'll see.

All three: Agreed!

The conversation went on a long time in these terms, and others like them, for a long time. They agreed on a way of life for themselves and the patient. All three of them would watch over him night and day during his convalescence. When he recovered, they would talk again.

The operation was long and complicated. The bullet crossed his body and remained buried in his spinal column. It passed by the heart, cut

100

some blood vessels and perforated one lung. It had seriously impaired the three basic systems of man: the nervous, circulatory and pulmonary. The great loss of blood complicated matters even more. The situation was so serious that the doctors did not say a word as they methodically stitched the incision over the heart.

The three women came in to see him with their hearts in their throats, a lurking scream behind their belly buttons and their souls in their feet. Feliberto had death on his face and a cadaver in his body. All his laughter and all his mischief had run out a hole he had on his chest. His manly songs lay silent on the operating table. The bulls that low at dawn remained silent this early morn. A small and courageous woman said, "Nobody cries here," repeating something she had recently heard. One by one they approached the man of clay and brushed his white lips gently with their red lips. Not a tear was seen or heard. The three of them had locked them away in their strong box.

Slowly, very slowly, the color red returned to the skin and the lips of the wounded lover. Gradually his convulsive breathing began to settle down. His tortured heart began to calm down. His cold and loose body began to fill with warmth and obedient tension. His eyes were still closed, but now Feliberto seemed to be sleeping.

He slept a long time. Finally he tried to wake up. Evidently it was not easy. Contortions of the face. Convulsions of the body. Whimpers. Angry noises. It was as if he were swimming through zones of black water, striving desperately to reach the surface in order to breathe.

Suddenly the grimaces cease. His body relaxes. He opens his eyes slowly. He looks up. He does not know where he is. He lowers his eyes. He cannot focus. Confusion comes into his clear face. Then his eyes focus. At the foot of his bed there is a vision of beauty, joy and tenderness, three lovely ladies with their souls in their eyes.

The horizontal hidalgo tried to smile and almost made it. He tried to speak and could not. He tried to raise his thumb in a gesture of victory and failed to do so. He quickly went to sleep. This time for real. He fell asleep with three beauties at the foot of his life-bed. The three had tears for the first time. They were tears of happiness and sighs of relief that rose in waves from who knows where.

Dr. Barnacle, the surgeon who did Feliberto's internal craftsmanship was amazed at the resurrection of his client. He had given him up for lost. When he had washed his hands, it was symbolic. He wondered how it was possible. Certainly, the health, strength and will power of the man were not enough. He had to conclude that a man who could handle three, could handle anything. Or, that it was the enchantment and magnetism of those imponderable women which had pulled the dying man out of the other world.

The next time Feliberto could not talk either, but he stayed awake for a good while and with a smile from ear to ear. They looked at each other and caressed each other with their eyes. One of them would run her fingers through his hair. The other would stroke his brow. The third one would squeeze his hand gently. All of them were happy. They had much to be thankful for.

It turned out that he had one side paralyzed. That he had difficulty breathing. That his back was very sensitive. The pain was frightening, as a consequence. They had him on a complicated regime of multiple medications and serum. He slipped back and forth from consciousness to subconsciousness easily and frequently. Whenever he opened his eyes there was one of his princesses to console him and cheer him up.

When finally he could speak, he smiled rather mischievously and told his three nurses: "The first time I opened my eyes and saw you, it was a vision of glory for me. I didn't know yet whether I was dead or alive. I tried to tell you, and couldn't, 'If I am dead, I celebrate it. If I am alive, I am grateful.' With you around, it would be paradise, here or there."

The more his spirits, strength and assurance came back, the more irritated he became with the atmosphere of the hospital. He could not stand the system, the smell or the color. He told his three queens, "I want you to take me home. I'm going to die in this cemetery. Those people in white are embalming me, preparing me for the grave. Go to Dr. Barnacle and insist that he discharge me. If he doesn't, I'll leave anyhow. You brought me back to life. You will cure me."

They did not even protest. They were of the same mind. The three of them went to the afore-mentioned medic and asked for the discharge. He refused categorically to grant it. Bía said to him, "We're taking him out this very day, with or without your permission." When he said that in that case he washed his hands of Feliberto, Bela answered him, "You wash your hands after every operation. They must be very clean. We have a doctor that will take the responsibility."

Dr. Barnacle thought it over and promptly agreed to sign the discharge. He told them to stop by his office to pick up detailed instructions and prescriptions for Feliberto's treatment and that he would stop by the house at five to check him over. Barnacle was not stupid. This patient was his most glorious victory over death. Everybody had given him up for dead, and he had saved him. To give him up now would be ridiculous. Besides, deep inside, he knew he owed the three women a great deal. He even speculated on how wonderful it would be to be saved and treated by these three illustrious and beautiful ladies.

Once at home, far from the depressing atmosphere of the hospital, the skies cleared and destiny smiled. Optimism and joy prevailed. The three muses laughed, danced, sang—the way God wants it to be. Feliberto could not yet join in the happy chatter, but one could see the fullest happiness in his face and eyes.

No king of the Orient, not even Solomon, was ever attended to with the silky affection that this uncrowned ruler of an unknown kingdom received. He was fed with a spoon. He was bathed when it seemed appropriate. He was rubbed where it was needed. He was combed, whether he needed it or not. They shaved him. They even cut his nails.

Bela, Bía and Bonina moved in, as they had agreed in the hospital. They had also decided that one of them, alternately of course, would sleep with Feliberto every night. This was to keep him warm, since his circulation still was not normal. And also to keep him from moving because his back was still delicate, as well as to tend to him when he got coughing fits. The first night the uncrowned king was quite surprised but did not say anything. The second and third nights he was surprised again, and again said nothing. This makes us suspect that he was not entirely unhappy with the arrangement.

When Dr. Barnacle came and saw this adult kindergarten, he became terribly jealous. It was a case of a man who died and was resurrected in three days and went up into heaven. Feliberto was aware of the secret feelings of the surgeon and experienced a delightful pleasure. The queens of the kingdom knew it too and celebrated it royally.

The convalescence was long and slow. It took a long time for feeling and action to return to his left side. The exercises and therapy exhausted him. His pain was less, but it was still there. His breathing, though improved, was still difficult. The pile of pills and the load of drugs were crushing. He tired easily. The three Marys, one or all, led him around the pitfalls on the way to survival with gentle and caring tenderness, encouraging or scolding him, depending on the circumstances. He let himself be led with intense gratitude, or resisted with the necessary man noises, depending on the circumstances. A man should not stop being a man when he is forced to be a child. One should not stop being a boy when he has to be a man.

Sometimes he would fly into a rage when he stumbled or fell. Sometimes he laughed. He sang now and then. Then he would eat well. Now and then he felt depressed and fretful. Then he would not eat. The three Marys knew that. They also knew how to draw him out and bring him back to the land of laughter.

The day came when he could come to the table to eat, to go out into the garden, just to look, to smell, to learn to believe again. A new concern came to him then. He knew that the enchanted life he had known, the harem he had enjoyed, had to come to an end. His experience is not given to men in our time and in our place. Having the three women most nobly endowed in every way in our hemisphere before his eyes and within his reach, and everyone had to admit it, was a gift the jealous gods gave to very few. What was he going to do? He could not live without his three Marys.

They, likewise, had the same concern. They knew that as soon as Feliberto got well, he would put an end to the present arrangement. It had been difficult at the beginning, but they had learned to adapt themselves. Living together had turned out to be pleasant in every way. They had come to know, understand, and even like one another. Their lover's life had united them in an incredible way. None of them wanted to leave. None of them could live without him.

They discussed the problem long and deep. They did away with all the objections and reached an agreement. One night after dinner, when the four of them were sitting on the floor in the living room, sipping their cognac as they usually did, they took the initiative.

Bela: You're doing very well, Feliberto, and very soon you will be completely recovered.

Bía: We also know that you will not marry any one of us.

Bonina: You love all three of us. If you marry one, you'll have to get rid of two.

Bela: So we've decided that all three of us will live with you."

Feliberto: That's crazy. How am I going to be able to keep all three of you happy.

Bía: That's our problem, not yours. If anyone doesn't like it, she can leave.

Feliberto: How are you going to get along? This is going to be a battle-ground. I shall not tolerate such a thing.

Bonina: We've been together three months. The three of us sleep with you. Have you ever seen us fight?

Feliberto: It was because I was sick. You were taking care of me.

Bela: You *were* sick. All three of us know that for some time now you haven't been acting sick at all. Can't you see how happy we are?

Feliberto: All right. Let's try it. If you don't care what people say, I don't either. One thing I'll promise you is that the day you become difficult I'll throw you out.

Bía: We knew you were going to give in. You love us. We love you. Don't worry, the time for jealousy and conflict has passed. We passed the test. Now it is your turn.

Bela: There's more. We want a son.

Feliberto: The three of you! Three sons!

Bela: No, one.

Feliberto: Who?

Bía: Bonina.

Feliberto: Why Bonina?

Bía: Because she's the youngest and can give us the strongest and healthiest baby.

Bonina: There's a change. Instead of alternating every night we'll do it every week. That way each one of us, and you too, will have the illusion of being married.

Feliberto: This is incredible. If I put it in a novel, nobody would believe it. I am the happiest man and most blessed (among women), in our hemisphere. Pass the cognac.

They drank to and for one another. The four of them laughed and cried. The toasts were long, eloquent and tearful. The emotion and happiness of the resurrected one and his three Marys could not be described. That night, amid kisses and caresses, the most fabulous novel of our time began. It is not necessary to tell which of the three ladies was the first in line that night. After all, they were three for one, and one for three.

About that time Feliberto's novel, *Amena Karanova*, came out. It was a smashing success. It sold like hot cakes. Hollywood paid a fortune for the movie rights and hired Feliberto to write the script for the movie at a fabulous (as they say) salary. Press conferences, television interviews, banquets. Lectures everywhere. Mayor B. Kinney and his wife, Sue Kinney, honored him at a banquet where they presented him with a silver plaque. The four of them traveled together everywhere, which mystified one and all.

This green rain greened the fields of the life of the four rulers of the kingdom of Mirabal. It was the blessing the gods give to their favorite children, the bold ones, who without being gods, dare to live like them.

The fast life, the excitement, the adulation, the luxury tasted like heaven to the Mirabal clan. They satisfied the burning desires of their sinful and independent spirit. The four of them liked to show-off and shock and, of course, did what they pleased. What parties, celebrations when they were by themselves, after the public parties!

They moved to Santa Barbara during the summers where the movie studio provided them with a mansion on the beach. Feliberto told the studio he did not want servants or secretaries. He did not need them. Besides, they did not want anyone to spy on their labor of love. He dictated his things into a machine. They typed them. They then discussed and corrected them together. The sensitive and intelligent contributions of the three muses guaranteed the cinematographic or novelistic success of the text and improved on the original. They made quite a team.

They swam a lot in Santa Barbara. Not in the ocean. In their swimming pool. Because they skinnydipped. It was there that Feliberto noticed that Bonina's belly button was beginning to insist on attracting attention, evidently tired of being anonymous. But he did not say anything. He wanted her to reveal the secret she kept so tenderly. Bonina soon told him. They both cried happily, and not being able to contain themselves, they ran to tell the others.

They joy and pride of the three Marys was something to see. All three felt like mothers, and the new child would be each one's child, individually and collectively. No jealousy, no envy. The cognac appeared as on that first night. Laughter and tears danced crazily through the Casa Mirabal. Feliberto considered himself master of the hemisphere.

In spite of his economic affluence, Feliberto kept on giving his classes at the university as if nothing had changed. He could not help but notice, though, that people were looking at him out of the corner of their eyes with respect and admiration. Nobody knows where it started, with the faculty or the students, but people began calling him "Professor Miracle" or "Dr. Miracle." There is no way of knowing if it was for his literary success or for some other reason. Naturally, some people could not conceal their envy.

When one of the Mary's accompanied him, he introduced her as "Mrs. Mirabal." When it was with another, he did the same thing. They identified themselves in the same way. Of course, this was discussed and discussed. It was amusing when he appeared with all three and treated each one as his wife, the four of them perfectly at ease and everybody else perfectly ill at ease. They would laugh about it later.

They travelled a lot and well while they could. They all liked strange and foreign shores, the smells, accents and flavors of far away lands. They played in many nations, always sharing the warmest affection and the deepest respect.

They never stopped working. Feliberto dictated to the machine. The women transcribed. Later they discussed and improved the text. They were now far into a new novel, *The Professor and His Wife*, that promised to be even more successful than the previous one. It was quite a mischievous satire of a woman who marries a professor and of the man who marries her. The possibilities for humor were infinite, as Feliberto knew very well. The knowledge and perceptions of three women of tremendous talent for humor about the psychology of women gave quality to the work. There already were movie offers, but the author was holding back at the suggestion of the three Marys who were more practical.

They had to stay home. Bonina was approaching the moment of truth. Casa Mirabal took on a lullaby atmosphere, swinging softly and smoothly. The house became a nest of love. The sacred act of procreation of the race was about to take place. The presence of the miracle could already be felt. Never had a mother received the care and the comfort received by María Bonina, a rosebud shortly before, and now a full-blown rose. Three loving Mirabals waited reverently on one Mirabal who was about to give them a fifth Mirabal who might turn out to be the best of them all.

There were passionate discussions on the living room floor in front of the fireplace.

"We'll teach him Spanish only."

"I'll teach him to read and write."

"I'll teach him to sing and dance."

"Feliberto, you'll have to teach him poetry and how to become a poet."

"I'll teach him to be a man, to go camping, fishing, hunting."

"He should learn to make man noises."

This sort of thing went on and on. Three mothers and one father dedicated to the future of one child.

The baby was born like all babies, with a scream. He was born the same way all are, resisting. He was born when all of them are, in the wee hours of the morning. That is, he announced in his way that he preferred being where he had been and that he had no desire to meet his family.

The three mothers were beside themselves with joy. The father did not know what to do. Women know how to handle babies. Men do not know what to do. Joy, fun and mischief, permanent residents of Casa Mirabal, now took possession of it. Without anyone planning it that way, Feliberto found himself somewhat marginalized. He had become accustomed to being the king of the harem, and now his son was king, a king who did not write novels or poems or anything. He only bubbled and puckered. He made peepee in the most frequent and shameless way.

We find Feliberto alone. The three queens of his heart are out somewhere with their beloved son. He set his pen aside and pondered on the chimera that was his life. The first thing to consider was that he was a most fortunate man. He was the complete master of the total love of three proud, elegant, intelligent and happy women. They filled his life with illusion and fantasy. They forgave his imperfections and applauded his successes. They made him a better person than he really was. His literary and professional triumphs were at their peek. He had a new son with the most promising future possible with three talented mothers who adored him: Mamá Bela, Mamá Bía, Mamá Bonina. Anyone who receives so much should pay back. He felt humble and somewhat ashamed at his shameless egoism.

He made a decision. As soon as his three muses came back he would tell them of his plan. They would discuss it and later arrive at an agreement. It was a matter of helping those people that destiny had ignored and pushed aside, smothering their promise, crushing their talent. His three women would know how to identify these individuals and how to help them. As usual, he placed his faith and trust in them.

They found him smiling and happy. They knew immediately that a new adventure awaited them. They felt excited, and waited. The man who rose from the dead had truly risen into heaven. Perhaps it's better to die first in order to live later. Perhaps living first in order to die later is not so good.

> See three,
> Three b's,
> Bo, Be, Bi.

Tres Marías

Feliberto Mirabal era profesor de economía en la universidad estatal. Se había ganado renombre en su profesión. De modo que viajaba con frecuencia a Washington y a otras capitales mundiales en comisiones y consultas especiales. Pero donde más lucía era en el ascenso. Sus ingresos por regalías empezaban ya a darle un margen de movimiento, una cierta independencia. Claro que, el reconocimiento y los aplausos no eran del todo despreciados.

Había perdido a su mujer hacía un par de años. Su muerte fue para él un golpe fuerte. Su único hijo se había casado y se había ido. El vivía solo en el caserón que un día construyó con tanta ilusión. Vivía con sus recuerdos que le saltaban a la vista de cada rincón. Leía y escribía mucho. Esa vida le resultaba en todo sentido grata. Su matrimonio había sido bueno y las memorias eran buenas.

Quedó viudo por allí en los años sesenta. Precisamente cuando estalló la revolucion sexual. Se encontró soltero y liberado dos veces. Su fama como profesor y escritor, su cuenta en el banco, y, por supuesto, su don de gentes y sus dotes personales, le abrían muchas puertas y no le cerraban ninguna. Compañía femenina no le hacía falta. Siempre las mujeres más hermosas, más elegantes, inteligentes y graciosas. ¡Sabía y podía escogerlas!

Se paseó por todos los paisajes del amor. Disfrutó sus más jugosas frutas. Frutas hasta ahora prohibidas, y quizás por eso sabrosas. Se convirtió en amante andante, en soltero profesional, en salta-camas. Tanta y tan variada fruta llegó a empalagarle. Descrubrió que los amores sin amor carecen de sustento y sabor.

Por suerte y accidente, entre todas las que conoció halló dos que quiso de corazón, cada una por distinta razón. Se quedó con las dos. La una no sabía de la existencia de la otra.

Antes no trajo a ninguna mujer a su casa. Ahora tampoco. El iba a las casas de ellas o a cualquier otra parte. Al parecer su casa era un templo, era sagrada. Quizás la casa estaba llena de las memorias de su mujer. Puede ser que no quería darle a ninguna ilusiones de hacerse huésped o dueña permanente. El no tenía ningunas intenciones ni de casarse ni de amancebarse. Ambas condiciones le robarían la libertad e independencia que había llegado a querer más que nada. A todas se lo hacía patente. "Quiéreme esta noche. Déjame quererte esta noche. Yo vivo para ahora mismo. Para mí no hay mañana ni después." Esto o algo parecido fue lo que todas oyeron.

María Bela Montes era alta, esbelta, escultural, refinada, elegante, culta e inteligente. Tenía un algo de arrogancia y otro tanto de misterio, un aire de otro tiempo, un no sé qué del viejo mundo. Por dentro y para quien ella bien se sabía, era un mar de amores, un mundo de ternuras, un cielo de deseos. Era una fuerza de la naturaleza. No había rico, ni guapo, ni bravo que no quisiera poner su nombre, su honra y su fortuna a sus pies. Pero los ojos de María Bela Montes, y sus tesoros, eran todos para Feliberto Mirabal. El, encantado y feliz. Ella le daba razón de ser.

María Bía Flores era pequeña, exquisita, una verdadera flor. Era chispeante, volátil, apasionada, violenta y suave. Su inteligencia era un cuchillo de dos filos. Tenía mucho orgullo y otro tanto de malicia. Tenía un aire de este tiempo, un todo del nuevo mundo. Por dentro y por fuera era un volcán de pasiones, una tormenta atada, un arma armada. Era una fuerza de la naturaleza. No había valentón que no quisiera echarle su pial y ponerle su hierro. Pero los amores de María Bía Flores eran todos para Feliberto Mirabal. El fascinado y febril. Ella era su razón de ser.

Había una tercera, que en algunas maneras, era la primera. Era María Bonina Ventura. No era, ni había sido, su amante nunca. Bonina fue su estudiante primero, su secretaria luego. El podría haber sido su padre, y así se comportó con ella siempre. Bonina tenía todo el fulgor y promesa de un capullo de rosa que se empieza a abrir. Era la dulzura andante, la ternura viva. Andaba y hablaba con gracia y delicadeza. No había joven o viejo, casado o soltero, que no hiciera fantasías de hacerla suya. Pero el corazón de María Bonina, por quién sabe qué razón, era de Feliberto Maribal.

Cada una, a su manera llenaba un hueco en el alma de Feliberto. Las tres juntas constituían la mujer total de su vida. Eso tal vez pueda explicar su negación al matrimonio o al concubinato. Vivir con una de ellas sería apartarse de las otras dos. Eso no podía hacer. No podría vivir sin ninguna de las tres. Porque, hay que admitirlo, él estaba perdidamente enamorado de las tres, una por una y en conjunto.

Una noche, después de una cena lenta y amena, con su sabrosa y alegre charla de sobremesa, Bela y Feliberto estaban en cama en la casa de ella gozando de una animada charla de sobrecama. Todo era paz y armonía en el mundo. Había en ellos un contento, un regocijo, un voluptuoso bienestar.

La violencia interviene arrebatadamente. De pronto la puerta revienta. Allí está María Bía Flores, hecha una furia, hecha una fiera. Se planta al pie de la cama. Los pies bien aparte. Los ojos echando rayos. La boca una raya. Las mejillas encendidas. Los senos, animados por una máquina escondida, suben y bajan. Cuando habla, sus palabras caen como hojas de metal cortadas por tijeras invisibles. En la mano derecha tiene una pistola.

—¡Desgraciado! ¡Traicionero! ¡Aprovechado!

Bela y Feliberto se sentaron rígidos en la cama. Sus caras pálidas, sus pechos desnudos eran blanco franco a la pistola idiota. La rabia y el terror poblaron la habitación. El olor sepulcral se metió en las sábanas.

—Quise siempre creerte. Nunca quise descreerte. Cuando primero te descreí, no quise creerlo. Cuando no estabas conmigo nunca estabas en casa. Sospeché. Me aguanté. Te vigilé. Te seguí. Ahora sé por qué no estabas en casa. Conmigo no juega nadie. Ahora, despídete de esa pluma, desgraciado. ¡Despídete de esta vida!

El disparo sonó sordo y hueco. En el pecho izquierdo de Feliberto apareció un pequeño agujero. Nadie se movió. Nadie dijo nada. Los tres quietos y tiesos como un retablo primitivo. En el silencio empezaron a salirle lágrimas perezosas a Bía. En el silencio empezaron a aparecer luminosas burbujas rojas en el pecho de Feliberto, seguidas de borbotones de sangre tan roja que parecía negra. En el silencio se oyó la risa corrosiva de la muerte.

El golpe rudo de la pistola al caer al suelo trajo a los tres a la cruel realidad. Feliberto dominó la situación de inmediato y no permitió que la histeria se apoderara de las dos mujeres. Empezó a disparar órdenes e instrucciones que mantuvieron las riendas de la razón en control y no le permitieron entrada a la emoción.

—Bela, tráeme una toalla y vístete. Bía, ayúdame a vestirme. Fue un accidente. Bía y yo venimos a traerle una pistola a Bela porque había un vago rondando su casa. Yo estaba enseñándole como usarla. Me extendí a pasarle el arma. Se disparó quién sabe cómo. Bía tráeme un cuchillo para hacerle un agujero a mi camisa. Bela tráeme un papel y una pluma. Escribió:

A la policía:
Fue un accidente. Yo estaba enseñándole a Bela Montes a usar la pistola. Se me fue el tiro.

Firmado:

Feliberto Mirabal

Feliberto no dejaba de hablar. Tenía a las mujeres en un brete, correteando sin parar. Hicieron la cama. Pasaron a la sala. Ensayaron la comedia que iban a contar a la policía. Feliberto cogió la pistola para dejar sus marcas digitales en ella.

Entretanto, las toallas se empapaban de sangre. El herido se ponía cada vez más pálido. Sentía que las fuerzas y la voluntad se le iban. Su vista se le iba poniendo borrosa, que ya tenía visión doble. Se sentó con un buen vaso de whiskey y un cigarro. Se le cerraban los ojos. El los abría a la fuerza. Tenía que pensar. Sabía muy bien que tal vez moriría. Al hablar se le trababa la lengua y le chorreaba sangre por los lados de la boca.

—Bía no tiene la culpa. La culpa la tengo yo. Hiciste bien, Bía, lo que habría hecho yo. Fue un accidente. Insistan. Los policías no lo van a creer, pero no importa, tienen que atenerse a los hechos. Si salgo de esto, hablamos. Si no, nos perdonamos, todos. Gracias, las dos, por esto y por todo aquello. Llamen a la policía. Avísenle a Bonina.

Se le cerraron los párpados. Se le cayó el cigarro y el whískey. Se quedó dormido. Así lo halló la policía, ya moribundo. Lo acompañaron al hospital tres mujeres: Bela, Bía y Bonina. Una Montes, otra Flores, y la tercera, Ventura.

Larga, muy larga, fue la espera. Las tres mujeres, desmelenadas y pálidas, se paseaban silenciosas de un extremo de la sala de espera al otro. Cada una con el corazón en la boca, el alma en los pies. Las tres sabían que lo querían, pero hasta ahora no habían sabido cuánto ni por qué. Si él moría se llevaría consigo la poesía, la alegría y la fantasía de su vida. Ninguna de ellas quería o podía pensar en su ausencia eterna. Los minutos iban trepando uno sobre otro hasta hacerse horas. Las horas se hicieron gruesas y gordas con el peso de las otras. El tiempo se hizo carne, carne de mujer palpitante, de mujer amante. La luz eléctrica, fría y desnuda, de la sala de espera, se hizo mil agujas que picaban y penetraban el corazón ardiente de tres mujeres dolientes.

Bela: Tenemos que hablar. Primero, aquí no llora nadie.

Bía: Si se muere, me mato.

Bonina: No se muere él, ni te matas tú.

Bela: No se va a morir. (Habló con suma confianza).

Bonina: Hombres como Feliberto no se dejan morir, ni se dejan matar.

Bía: Lo creo. Lo siento aquí (y se señaló el ombligo). Además, no debe morirse. Nos debe mucho a las tres. Tiene que vivir para que pague sus cuentas.

Bonina: ¿Y lo que yo le debo, lo que ustedes le deben?

Bela: Su muerte no es problema. Su vida es. A nosotros nos toca ahora darle lo que haga falta para que viva. De modo que vamos a hacer a un lado los celos y el odio hasta sacarlo a la luz y a la alegría de la vida.

Después, veremos.

Las tres:¡Eso es!

Bía: Feliberto tiene colchones, y cuando se acuesta, duerme sobre ellos.

En estas y otras consideraciones parecidas siguió la conversación larga. Formularon un plan de vida para ellas tres y el enfermo. Las tres lo cuidarían de noche y día durante su convalescencia. Una vez recuperado, hablarían otra vez.

La operación fue larga y delicada. La bala le traspasó el cuerpo y se le quedó clavada en la espina dorsal. Pasó cerca del corazón, le cortó algunas columnas de sangre y le perforó un pulmón. Tenía los tres sistemas básicos del hombre (el nervioso, el circulatorio y el pulmonar) seriamente dañados. El haber perdido tanta sangre complicaba las cosas aún más. Su situación era tan grave que los médicos no se dijeron palabra al coserle deliberadamente la incisión sobre el corazón.

Entraron las tres a verlo con el corazón en la garganta, un grito escondido detrás del ombligo y el alma en los pies. Feliberto tenía cara de muerto y un cadáver en el cuerpo. Toda la risa y toda su malicia se le habían salido por un agujero que tenía en el pecho. Su canción varonil se hab¡ía quedado apagada en la mesa de operaciones. Los toros que braman al amanecer se quedaron callados esta madrugada. Una pequeña y brava mujer dijo pausadamente, "Aquí no llora nadie", repitiendo algo que recién había oído. Una por una se acercaron al hombre de barro y le rozaron suavemente los labios blancos con los rojos suyos. No se vio una sola lágrima. Las tres las habían guardado en su caja fuerte.

Poco a poco volvió el rojo a la piel y a los labios del herido amante. Lentamente se fue apaciguando su agitada respiración. Empezó a calmarse su loco corazón. Su cuerpo frío y suelto se fue llenando de calor y de obediente tensión. Sus ojos permanecían cerrados, pero ahora Feliberto parecía dormido.

Durmió mucho. Por fin quiso despertar. Al parecer no le fue fácil. Contorsiones de la cara. Convulsiones del cuerpo. Gemidos. Irritados ruidos. Era como si estuviera nadando por capas sobre capas de agua prieta, anhelando desesperadamente llegar a la superficie para poder respirar.

De pronto desaparecen la muecas. Se afloja el cuerpo. Muy despacito abre los ojos. Mira hacia arriba. No enfoca. Se dibuja la duda en su cara limpia. Luego sus ojos aciertan. Al pie de su cama estáuna visión de belleza, alegría y ternura. Tres hermosas damas con el alma en los ojos. El caballero horizontal quiso sonreír y casi, casi lo consiguió. Quiso hablar y no pudo. Quiso alzar el pulgar en signo de triunfo y no lo logró.

Pronto se durmió. Esta vez de veras. Se durmió con tres bellas al pie de su lecho de vida. Las tres con lágrimas por la primera vez. Lágrimas de alegría y suspiros de alivio que les subían en ondas de quién sabe dónde.

El Dr. Barnacle, el cirujano que hizo la artesanía interna de Feliberto, quedó maravillado con la resurrección de su cliente. El lo había dado por perdido. Cuando se lavó las manos, el acto fue simbólico. Se preguntaba cómo era posible. De seguro, la salud, la fortaleza y la voluntad del hombre no eran bastantes. Tuvo que concluir que un hombre que podía con tres, podía con todo. O fue el encanto y el imán de esas mujeres imponderables lo que sacó al moribundo del otro mundo.

La siguiente vez Feliberto no pudo hablar tampoco, pero se mantuvo despierto un buen rato. Esta vez con una sonrisa abierta de mejilla a mejilla. Se miraban y se hacían caricias con los ojos. Una le pasaba los dedos por el cabello. Otra le frotaba la frente. La tercera le apretaba la mano tiernamente. Todas felices. Tenían mucho que agradecer.

Resultó que Feliberto tenía un lado paralizado y tenía dificultad con la respiración. Tenía la espalda muy delicada y los dolores eran espantosos. Por consecuencia, lo tenían en un régimen de medicamentos y sueros múltiples y complejos. El pasaba de la conciencia a la inconciencia, y el inverso, con facilidad y frecuencia. Siempre que abría los ojos allí estaba una de sus princesas para consolarle y alegrarle.

Cuando por fin pudo hablar, se sonrió con cierta malicia y les dijo a sus tres enfermeras:—La primera vez que abrí los ojos y las vi a ustedes tres fue una visión de gloria para mí. Aun no sabía si estaba vivo o estaba muerto. Quise decirles, y no pude, "Si estoy muerto, lo celebro. Si estoy vivo, lo festejoó. Es que stando ustedes, sería un paraíso, acáo allá.

Según iba cobrando ánimo, fuerzas y confianza, más se irritaba con el ambiente del hospital. No podía con el sistema, el olor y el color. Les dijo a sus tres reinas:—Quiero que me lleven a casa. En este cementerio me voy a morir. Esa gente vestida de blanco me estáembalsamando, preparándome para el sepulcro. Vayan al Dr. Barnacle e insistan que me dscargue. Si no, me voy de todos modos. Ustedes me resucitaron. Ustedes me curarán.

Ellas no protestaron. Eran de la misma opinión. Se presentaron las tres ante el mentado médico y le pidieron el descargo. El Dr. Barnacle se negó rotundamente a otorgarlo. Le dijo Bía,—Hoy mismo lo sacamos con o sin su vistobueno.—Al decir Bernacle que en ese caso él se lavaba las manos de Feliberto, Bela le contestó,—Usted se lava las manos después de cada operación. Debe tenerlas muy limpias. Nosotros tenemos un médico que se haráresponsable.

El Dr. Barnacle reflexionó y pronto accedió a firmar el descargo.

Les dijo a las tres que pasaran por su despacho a recoger detalladas instrucciones y recetas para el tratamiento de Feliberto, y que esa tarde a las cinco pasaría por la casa a atenderlo. No era nada tonto. Este paciente era su más gloriosa victoria sobre la muerte. Todos lo habían dado por muerto, y él lo había salvado. Perderle ahora sería una estupidez. Además, alládentro sabía que les debía mucho a las tres mujeres. Hasta especuló en lo hermoso que sería dejarse salvar y curar por estas tres ilustres y bellas damas.

Una vez en la casa, lejos de la atmósfera del hospital, se despejaron los cielos y se sonrió el destino. El optimismo y la alegría gobernaban. Las tres musas reían, bailaban, cantaban—como Dios manda. Feliberto no podía entrar todavía en la alegre charla, pero se le veía en la cara y en los ojos la más plena felicidad.

Ningún rey de oriente, ni Salomón siquiera, fue nunca atendido con el sedoso cariño que recibió este incoronado rey de ignoto reino. Se le daba de comer con la cuchara. Se le bañaba cuando era apropiado. Se le frotaba donde hacía falta. Se le peinaba, hiciera falta o no. Le hacían la barba. Hasta le cortaban las uñas.

Bela, Bía y Bonina se instalaron en la casa, como habían decidido ya en el hospital. Habían decidido también que una de ellas, alternadas, claro, dormiría con Feliberto todas las noches. Esto era para calentarlo porque a él le daba frio, ya que su circulación todavía dejaba mucho que desear. Y también para cuidar que no se moviera porque su espina dorsal seguía muy delicada, como también para atenderlo cuando le venían unos terribles ahogos.

La primera noche el rey incoronado se sorprendió mucho, pero no dijo nada. La segunda se volvió a sorprender, pero se volvió a quedar callado. Esto nos hace sospechar que el arreglo no le pareció del todo mal.

Cuando el Dr. Barnacle venía y contemplaba este jardín de mayores, le entraba una verdadera envidia. Se trataba de un muerto que resucitó después de tres días y subió al cielo. Feliberto se percataba de los callados sentimientos del cirujano y sentía un delicioso placer. A las reinas del reino no se les escapaba tampoco y lo celebraban soberanamente.

La convalecencia fue larga y lenta. Pasó mucho tiempo para que le volvieran la sensación y la función a su lado izquierdo. Los ejercicios y la terapia lo dejaban agotado. Los dolores menguaban pero continuaban. La respiración, aunque mejorara, seguía forzada. La pila de píldoras y la carga de drogas que llevaba lo abatían. Se cansaba pronto. Dormía mucho. Por todas las peripecias del sobrevivir las tres Marías, una o todas, le llevaban de la mano con sencilla y ardiente ternura, animándolo o riñéndolo, según el caso. El se dejaba llevar con intensa gratitud o se resistía con los debidos gruñidos, según el caso. No hay que dejar de ser hombre cuando uno estáobligado a ser niño. No hay que dejar de ser niño cuando tiene que ser hombre.

A veces le entraban iras cuando tropezaba y se caía. A veces le entraban risas. Cantaba a ratos. Entonces comía bien. Se ponía cabizbajo y mohino a ratos. Entonces no comía. Ya las tres Marías sabían. Sabían también sonsacarlo y devolverlo al reino de la sonrisa.

Llegó el día en que ya pudo venir a la mesa a comer, a salir al jardín, solamente a ver, a oler, y volver a creer otra vez. Le vino entonces una nueva preocupación. Sabía que el idilio que había conocido, el harén que había gozado, tenía que terminar. Lo que el había experimentado no es dado a los hombres en nuestro tiempo y en nuestro lugar. Tener ante sus ojos y a su alcance a las mujeres más noblemente dotadas en todo sentido en el hemisferio nuestro, y todos tenían que reconocerlo, era una dicha que los dioses dan a muy pocos. ¿Qué iba a hacer? No podía vivir sin sus tres Marías.

Ellas, por su parte, tenían una preocupación semejante. Sabían que en cuanto sanara Feliberto él le pondría fin al presente arreglo. Al principio había sido difícíl, pero habían aprendido a acomodarse. La convivencia había resultado placentera en todo sentido. Las tres habían llegado a conocerse, a comprenderse y hasta quererse. La vida de su amante las había unido de una manera increíble. Ninguna de ellas quería salirse de la casa. Ninguna podía vivir sin él.

Discutieron el problema largo y a fondo. Allanaron todos los peros y se pusieron de acuerdo. Una noche después de la comida, estando los cuatro sentados en el suelo en la sala tomando su coñac como acostumbraban, tomaron la iniciativa.

Bela: Ya estás muy bien, Feliberto, y pronto estarás totalmente recuperado. Sabemos también que nos harás ir.

Bía: Sabemos también que no te casarás con ninguna de nosotras.

Bonina: Nos quieres a las tres. Si te casas con una tendrás que deshacerte de las otras dos.

Bela: Así! es que hemos decidido que viviremos las tres contigo.

Feliberto: Eso es una locura. ¿Cómo voy a poder yo tenerlas contentas a las tres?

Bía: Ese es problema nuestro, no tuyo. Si a alguna no le gusta, que se vaya.

Feliberto: ¿Cómo se van a llevar ustedes? Esto va a ser un campo de batalla. Yo no voy a tolerar tal cosa.

Bonina: Ya llevamos tres meses juntas. Las tres dormimos contigo.

116

¿Nos has visto pelear alguna vez?

Feliberto: Era porque yo estaba enfermo. Me estaban curando.

Bela: *Estabas* enfermo. Las tres sabemos que ya hace mucho tiempo no te portas *nada* enfermo. ¿No ves qué contentas nos tienes?

Feliberto: Bueno. Haremos la prueba. Si a ustedes no les importa lo que diga la gente, a mí tampoco. Una cosa sí les digo, que el día que se pongan molestas las boto de aquí.

Bía: Ya sabíamos que ibas a acceder. Tú nos quieres a las tres. Las tres te queremos a ti. Pierde cuidado, el tiempo de celos y conflictos ya pasó. Las tres hemos pasado la prueba. Ahora te toca a ti.

Bela: Hay más. Queremos un hijo.

Feliberto: ¡Las tres! ¡Tres hijos!

Bela: No, uno.

Feliberto: ¿Quién?

Bía: Bonina.

Feliberto: ¿Por qué Bonina?

Bía: Porque es la más joven, y puede darnos el hijo más fuerte y saludable.

Bonina: Hay un cambio. En vez de alterarnos todas las noches, lo haremos todas las semanas. Así cada una de nosotras, y tú también, tendremos la ilusión de estar casados.

Feliberto: Esto parece mentira. Si yo lo pusiera en una novela, nadie lo creería. Soy el hombre más feliz y más bendito (entre todas las mujeres) en nuestro hemisferio. Pásenme la botella de coñac.

Brindaron los cuatro, rieron y lloraron los cuatro. Los brindis fueron largos, elocuentes y lacrimosos. No se puede describir la emoción y la felicidad del resucitado y sus tres Marías. Esa noche, entre besos y ternuras, empezó la novela más fabulosa de nuestro tiempo. No hace falta decir quién fue la damisela de turno esa noche. Al fin y al cabo eran tres para uno, y uno para tres.

Por ese entonces salió su novela *Amena Karanova*. Fue un rotundo éxito. Se vendió como pan caliente. Hollywood pagó un capital por los derechos cinematográficos y contrató a Feliberto para hacer el guión de la película a un salario fabuloso (como dicen ellos). Ruedas de prensa, entrevistas por la televisión, banquetes, conferencias en todas partes. A todas partes viajaban los cuatro juntos, lo que mistificó a más de cuatro. El alcalde B. Kinney y su esposa, Sue Kinney, le hicieron un gran homenaje público donde le presentaron una placa de plata.

Esta lluvia verde enverdeció todos los campos de la vida de los cuatro dueños del reino Mirabal. Fue la bendición que los dioses dan a sus hijos favoritos, a los atrevidos, que sin ser dioses, se atreven a vivir como

117

ellos.

La vida agitada, el ajetreo, la adulación, el lujo y, forzoso es decirlo, el escándalo, les sabían a gloria a Maribal y a sus tres Mirabalas. Satisfacían los deseos ardientes de su espíritu pecaminoso e independiente. A los cuatro les gustaba lucir, acaso escandalizar y, desde luego, hacer lo que les daba la gana. ¡Las fiestas, las celebraciones que tenían cuando estaban solos, después de las fiestas públicas!

Los veranos se trasladaban a Santa Bárbara donde el estudio cinematográfico les proporcionaba un palacete en la playa. Feliberto le informó al estudio que no quería ni criadas ni secretarias. No le hacían falta. Además, no querían testigos a su santa labor. El dictaba sus cosas a una grabadora. Ellas las pasaban a máquina. Luego las discutían y corregían juntos. Las contribuciones sensitivas e inteligentes de las tres musas garantizaban el éxito cinematrográfico o novelesco del texto y mejoraban el original. Eran un gran equipo.

En Santa Bárbara nadaban mucho. No en el mar. En su piscina. Porque nadaban en nadakini. Fue allí donde Feliberto notó que el ombligo de Bonina empezaba a insistir en llamar la atención, al parecer cansado del anonimato. Pero no dijo nada. Quiso que ella le revelara el secreto que guardaba con tanta ternura. Bonina no tardó en decírselo. Los dos lloraron de alegría, y no pudiendo contenerse corrieron a avisarle a las otras.

El gozo y el orgullo de las tres Marías parecía mentira. Se sentían madres las tres y que el hijo venidero sería hijo de cada una, individualmente y en conunto. Nada de celos ni de envidia. Apareció el coñac como en aquella primera noche. La risa y las lágrimas bailaban locas por la casa Mirabal. Feliberto se sentía dueño del hemisferio.

A pesar de su afluencia económica Feliberto siguió dando sus clases en la universidad como si nada. No podía escapársele que en todas partes se le miraba de reojo, con respeto y admiración. Quién sabe dónde empezaron, con los profesores o con los estudiantes, a llamarle "el profesor Milagro" o "el doctor Milagro". Tampoco esto se le escapó. Pero no pareció importarle. No se puede saber si fue por su éxito literario o por otra cosa. Naturalmente, algunos no podían esconder su envidia.

Cuando una de las Marí!as lo acompañaba, la presentaba como "la Sra. Mirabal". Cuando lo acompañaba otra, hacía lo mismo. Ellas se identificaban de la misma manera. Claro que esto se comentó y se comentó. Lo divertido era cuando aparecía con las tres. Tratando a cada una de esposa. Los cuatro perfectamente naturales, todos los demás desorientados. Ellos lo celebraban después.

Viajaron mucho y bien mientras pudieron. A todos les gustaban las playas ajenas y extrañas, los olores, acentos y sabores de otras tierras. Se entretuvieron, pues, en muchas naciones, compartiendo siempre el más cálido afecto y el más profundo respeto.

Nunca dejaban de trabajar. Feliberto dictaba a la máquina. Ellas transcribían. Después comentaban y mejoraban lo escrito. Andaban ya muy adentro en una nueva novela, *La esposa del profesor*, que prometía aún mayor fortuna que la anterior. Se trataba de una sátira bien traviesa tanto de la mujer que se casa con un profesor, como del hombre que se casa con ella. Las posibilidades humorísticas eran infinitas. Como Feliberto bien sabía, los conocimientos y percepciones de tres mujeres, de tremendo talento humorístico, sobre la sicología de la mujer le daban categoría a la obra. Ya había ofertas de pasarla al cine, pero el autor se resistía, a instancias de las tres Marías, que eran más prácticas.

Se tuvieron que recluir. Bonina ya andaba cerca del momento de la verdad. La casa Mirabal tomó un aire de arrullo, de suave columpio. La casa se hizo nido de amor. El acto sagrado de la procreación de la raza, la rosa y la risa, estaba por efectuarse. Ya se podía sentir la presencia del milagro. Jamás una madre había recibido el cuidado y el cariño que recibió María Bonina, antes capullo y ahora flor. Tres amorosos Mirabales atendían reverentes a una Mirabal que estaba para darles un quinto Mirabal que tal vez sería de todos el mejor.

Hubo apasionadas discusiones, en el suelo de la sala, frente a la chimenea.

—Le enseñamos solamente español.

—Yo le enseñaré a leer y a escribir.

—Yo le enseñaré a cantar y bailar.

—Feliberto, tú tienes que enseñarle poesía y a ser poeta.

—Yo le enseñaré a ser hombre, a ir de campo, de pesca, de caza.

—Que sepa hacer ruidos de hombre. Esta retahila seguía sin fin. Tres madres y un padre dedicados al porvenir de un niño. Toda ilusión, fe y esperanza.

El niño nació como nacen todos los niños, con un gran grito. Nació por donde nacen todos, resistiéndose. Nació cuando nacen los demás, a las altas horas de la madrugada. Es decir, anunció a su manera que él estaba mejor donde estaba y que no tenía ningunas ganas de conocer a su familia.

Las tres madres, cluecas. El padre, clueco. Las mujeres pueden con los chicos. Los hombres no saben qué hacer. La alegría, el barullo y la travesura que eran residentes permanentes de la casa Mirabal ahora tomaron posesión de ella. Sin que nadie lo quisiera, Feliberto quedó un tanto marginado. Se había acostumbrado a ser el rey del harén, y el rey ahora era el vástago. Era un rey que no hacía novelas, ni poesía, ni nada.

Hacía solamente gorgoritos y pucheros. Hacía pis de la manera más frecuente y desvergonzada.

Encontramos a Feliberto solo. Las tres dueñas de su corazón andaban en alguna parte con el querido crío. Puso la pluma a un lado y se puso a divagar sobre la quimera que era su vida. Lo primero que se hizo patente fue que él era el hombre m s afortunado. Era dueño total de los amores cabales de tres mujeres altivas, elegantes, inteligentes y alegres. Llenaban su vida de ilusión y fantasía. Todas le perdonaban sus desperfectos y le aplaudían sus éxitos. Hacían de él mucho más de lo que verdaderamente era. Sus triunfos literarios y profesionales estaban en su apogeo. Tenía un nuevo hijo con el porvenir más portentoso posible con tres talentosas madres que lo adoraban: MamáBela, Mamá Bía y Mamá Bonina. Quien tanto recibe debe corresponder. Se sintió humilde y un tanto avergonzado de su desvergonzado egoísmo.

Tomó una determinación. En cuanto volvieran sus tres musas les propondría su proyecto. Lo discutirían y después llegarían a un acuerdo. Se trataba de ayudar a aquéllos que el destino había ignorado y hecho a un lado apagando su promesa, aplastando su talento. Ellas sabrían cómo indentificar a estos individuos y como favorecerlos. Como siempre, puso su fe y confianza en ellas.

Así lo encontraron las tres. Sonriente y contento. Supieron de inmediato que una nueva aventura les esperaba. Se animaron y esperaron. El resucitado de veras subió al cielo. Acaso es necesario morir primero para vivir después. Acaso vivir primero para morir después vale menos.

Ves tres,

Tres bes,

Bo, Bi, Be.

A Man Who Forgot

I am going to tell you a strange story, unique in every way. It's about a man who forgot everything that was frivolous, trivial and unimportant. He forgot names, dates, appointments, telephone numbers, addresses, birthdays, information of all sorts. As a result he went around strangely light-footed, free of that load of useless information that infests and congests the minds of the rest of us.

He didn't forget what was important. In that case he had the clearest and sharpest memory imaginable. He had been extremely successful in his profession precisely because he had at his fingertips every detail that pertained to the solution of his professional problems.

It wasn't that he forgot things on purpose, by an act of will. He didn't pretend to forget for nefarious reasons either. He was that way, simply and sincerely. God made him that way.

His name was Ricardo Olvidares, son of Antonio Olvidares, who apparently had been equally absent-minded. He was such an ordinary person, so affectionate and generous, that everyone loved him as a brother. Everyone knew how he was and forgave him his shortcomings because they knew that there was not an ounce or a drop of malice in him.

Naturally his friends teased him. They called him "Mr. Forget," "Mr. Nomemory," "Mr. Forget-me-not." He accepted their jests with grace and good faith. When someone accused him of having forgotten something that had affected him negatively, Ricardo was deeply embarrassed and apologized with all his heart and tried sincerely to make amends. And then he proceeded to forget immediately that he had forgotten, that he had been embarrassed, that he had begged forgiveness and that he had tried to make amends.

Imagine, dear readers, how delightful a life like Ricardo's would be. Imagine how sweet it would be to go through life without hatred and resentment, without hostilities, guilty conscience, shame, without sentimental or intellectual debts, simply because you have forgotten the circumstances that cause these destructive thoughts. What freedom! What independence! What a good life!

It happened that Ricardo was in love with Zonia de las Mariposas. Ricardo remembered every detail, however intimate and secret it might be, that pertained to the person and the personality of Zonia. It happened also that Zonia was two-timing him with his best friend, Alvaro de los Murciélagos. When Ricardo found out, he went directly and killed him, as he should have. I don't know why he didn't kill Zonia.

So, he killed him, and forgot immediately that he had killed him. He also forgot Zonia's phone number and her address. So he didn't call her or call on her. That is, he forgot Zonia.

It didn't occur to anyone to suspect Ricardo, the Good. And even if he had been accused, even if he had been put to the test of the lie-detector, they would not have found out anything. Since he had no recollection of the killing, there was nothing in him to give him away. God watched over him.

When Zonia found herself alone, and knowing that Ricardo was quite a man and a good catch, and since he didn't seek her out, she called him:

"Hello."

"Ricardo?"

"Speaking."

"This is Zonia."

"Zonia who?"

"The Zonia you love."

"Zonia who?"

"Zonia de las Mariposas."

"Señorita, you have the wrong number. I don't know any Zonia de las Mariposas."

And he hung up. He wasn't pretending or being resentful seeking vengeance. Quite simply, Zonia de las Mariposas had ceased to exist in his memory.

The last I heard of Ricardo is that he is in love again. The new girlfriend is worthy and deserving of the love and the memory of "Mr. Forget-me-not." He remembers perfectly every detail of her private and public parts, remembers the moment when they met and every moment they have spent together, everything they have done and said together. After all, there are things that should be remembered, and there are things that should be forgotten.

How beautiful life would be if we could erase from our memory all that is ugly, and remember only the beautiful and the good!

Un hombre que olvidaba

Voy a contarles un caso en todo sentido extraordinario. Se trata de un hombre que olvidaba todo lo frívolo, trivial y sin importancia. Olvidaba nombres, fechas, compromisos, teléfonos, direcciones, cumpleaños, información de todo tipo. De modo que iba por el mundo extrañamente liviano, curiosamente libre de toda esaga dmie inútiles que nos infesta y nos congestiona la cabeza a los demás.

No olvidaba lo importante. En ese sentido tenía la memoria más clara y más aguda que se puede imaginar. Había conseguido el mayor éxito en su profesión precisamente proque siempre tenía a dedillos cada detalle que atañía a la solución de sus problemas profesionales.

No era que él olvidara cosas adrede, por acto voluntad. Tampoco era que él fingiera olvidar con malas intenciones. Sencilla sinceramente, así era. Así lo hizo Dios.

Se llmaa Ricardo Olvidares, hijo de don Antonio Olividares, que al parecer había sido igualmente desmemoriado. Era una persona tan de todos los días, tan afectuoso y generoso, que todos lo querían como hermano. Todos sabían cómo era y le perdonaban sus fallas, porque sabían que no había en él una onza o una gota de malicia o mala leche.

Claro que los amigos lo zumbaban. Le decían, "Sr. Olvido", "Sr. Sinmemoria", "Sr. Nomeolvides". El recibía las burlas con gracia y buena fe. Cuando alguien le reclamaba algún olvido suyo que le había afectado negativamente, Ricardo se avergonzaba profundamente, pedía disculpas y perdón de todo corazón y trataba sinceramente de hacer enmiendas. Pero pronto se olvidaba de que había olvidado, que se había avergonzado, que había pedido perdón y que había tratado de hacer enmiendas.

Figúrense, queridos lectores, qué hermosa vida no sería una vida como la de Ricardo. Imagínense qué dulce sería ir por la vida sin rencores y resentimientos, sin hostilidades, sin sentimientos de culpabilidad, sin vergüenzas, sin deudas sentimentales o intelectuales, simplemente porque se han olvidado las circunstancias que causan estos destructivos pensamientos. ¡Qué libertad! ¡Qué independiencia! ¡Qué buena vida!

Tocó que Ricardo tenía amores con Zonia de las Mariposas. Ricardo recordaba cada detalle, por íntimo y secreto que fuera, que pertenecía a la persona y a la personalidad de Zonia. Tocó también que Zonia lo estaba traicionando con su mejor amigo, Alvaro de los Murciélagos. Cuando Ricardo lo supo, fue directo y mató a Alvaro, que no estuvo nada mal. No sé por qué no mató a Zonia, o a los dos.

Pues bien, lo mató, y de inmediato se olvidó de que lo había matado. Olvidó tambien el teléfono y la dirección de Zonia. De modo que ni la llamó ni la fue a buscar. Es decir, olvidó a Zonia.

A nadie se le ocurrió sospechar a Ricardo, el Bueno. Y aunque le hubieran acusado, aunque le hubieran puesto a la prueba electrónica de las mentiras, nada habrían descubierto. Como él no tenía remembranza alguna del homicidio, no había nada en él que lo delatara. Dios velaba sobre él.

Cuando Zonia se encontró sola, y sabiendo que Ricardo era buena pieza y buena pesca, y ya que él no la buscaba, lo llamó por teléfono:

—Haló

—¿Ricardo?

—El mismo.

—Te habla Zonia.

—¿Qué Zonia?

—La Zonia de tus amores.

—¿Zonia de qué?

—Zonia de las Mariposas.

—Señorita, usted se ha equivocado. Yo no conozco a ninguna Zonia de las Mariposas.

Y colgó. No era que estuviera fingiendo, o que se sintiera resentido y buscara venganza. Sencillamente, Zonia de las Mariposas había dejado de existir en su memoria.

Las últimas noticias que tuve de Ricardo son que ha encontrado nuevos amores. La nueva amante es digna y merecedora del amor y de la memoria del señor Nomeolvides. El recuerda perfectamente cada detalle de sus partes privadas y de sus partes públicas, recuerda el momento en que se conocieron y cada momento que han pasado juntos, todo lo que han hecho y se han dicho. Al fin y al cabo, hay cosas que se deben recordar, y hay cosas que se deben olvidar.

¡Qué linda sería la vida si pudiéramos borrar del recuerdo todo lo feo y recordar sólo lo bello y lo bueno!

He's Got a Cross and He Ain't a Christian

Camilo woke up early. He had slept and dreamed well. He felt so good, so satisfied, face down as he slept, that he stayed a long time enjoying the love of the bed, his arms around the pillow. It was a delight to receive the caresses of the sheets. He surrendered completely to the voluptuousness of the moment, as he did every morning.

He had the sensation of floating through the air over the rooftops like a lazy leaf, a venturesome feather. Something like flying over the world on a magic carpet.

Slowly, sensually, he turned over on his back. He opened his eyes. He was fascinated looking at a blue sky and some white clouds going by on both sides. This came upon him so suddenly, it was such a surprise, that he couldn't analyze what he was seeing. Later, he became aware that the wind was hitting him on the face. He still didn't catch on.

He sat up in bed. He didn't believe what he saw. It was unbelievable. He was indeed flying through the air! On one side, very far below, lay the city. On the other side, very far down too, were the fields. He was sailing on his bed. A lump in his throat, a buzzing in his ears, a scream behind his belly button.

The absurdity of all this produced a terrible fright in him. He couldn't think, nor scream nor anything. All he could do was cling to the mattress with all his strength, his knuckles white and trembling. Way down deep inside, crazy laughter welled in him and an "Oh, if she could only see me now!" But neither the laughter nor the hope saw the light of day because they didn't find a way out.

Looking at all this from the ground and far away, the spectacle held a great deal of humor. Camilo was a Bednaut and his bed was his Bedship. Or maybe Camilo was a Flying Knight and his mattress was his Rocinante. To see him thus, launched through space, was to die laughing, that is, if you weren't Camilo. He was dying, but he wasn't laughing.

What happened was that a fierce tornado had come down over the area. The violent storm destroyed houses, uprooted trees and killed people. It was truly a hecatomb. These convulsions of the atmosphere sometimes produce very odd results. Unbelievable things happen.

That's what happened this time. Camilo was sleeping peacefully in his bedroom on the second floor. The powerful wind ripped off the roof on his house, but did it so quietly and gently that Camilo didn't wake up. Then, the whirlwind, apparently with care and tenderness, picked up the mattress with its sleeping occupant, and carried it away through space.

Camilo woke up, sat up in bed, held onto the mattress, full of fear. When he did this, he let go of the bedsheet that covered him, and the wind took it away. Camilo was left without a stitch, as naked as a peeled banana.

A big crowd had gathered in the town square. Everyone was pointing at the sky and was commenting on the never before seen, the unheard of miracle. Flying saucers were one thing, but flying mattresses were quite another!

The flying mattress began to circle the town and to come down slowly. As it approached, everyone noticed that there was a creature driving it. The concentration grew. Everyone was convinced that it was an extraterrestrial being.

The perverse wind, who knows why, set the mattress down in the center of the square, in the middle of the multitude, gently as if it were an act of God. A helicopter couldn't have landed with greater ease and skill.

Poor Camilo! There he was stiff and scared to death. Naked, as naked as the day he was born. All his privacy exposed to the light and the people. He would never have any secrets for women anymore. His private parts were now public. His perfections or imperfections were now public property.

There was a long silence. He was in a stupor. The people astonished. Finally someone shouted, "It's Camilo!" A clamor, a din, broke out. Everybody was talking, or laughing, or shouting at the same time. Some discussed the marvel excitedly. Others pointed and made humorous and accurate commentaries about his gifts and endowments. Some women covered their eyes with their hands, leaving their fingers partially open. Camilo looked like a modern but skinny Buddha.

Somebody thought of calling an ambulance. Camilo began to become aware of his situation slowly. But even after he became aware, he still could not move, not even to cover his already mentioned parts. His incapacity and his shame, added to the prior fright, were killing him. His face began to wrinkle, tears followed. Sobs came later.

More confusion. The people thought he was wounded, that he was sick, that he was in pain. They asked him questions, and he didn't answer. The tears brought him some relief and liberated him from the paralysis that had him incapacitated. He turned over on his face to hide his face and all the rest. A man's behind is always more decorous and decent than his front.

More disorder than ever. The tumult multiplied. The commentaries increased. Someone said, "He's got a cross on his back!" "He's got a cross, and he ain't a Christian!" Laughter, jokes, cutting remarks. In his devastated condition, Camilo remembered an old popular rhyme:

"Mariano is in the kitchen,
wears a cross and ain't a Christian."

It was true, I mean, the part about the cross. He had a vertical line
on his back etched from the nape of the neck to the part of certain parts.
He had a horizontal line that went across his shoulder blades. They were
there as if burned by solar or electrical power.

Finally the ambulance came to take him out of his misery. Some
kind soul gave him his overcoat so that he could discreetly cover what
should be discreetly covered.

They couldn't find anything wrong with him in the hospital. When
Camilo was master of all his faculties again, he discovered that nothing
hurt him and that he felt perfectly well. It appears that the tornado did to
Camilo what the wind did to Albuquerque: just a lot of air.

What mystified all the doctors was the cross Camilo bore on his
back. Nobody could explain it. They let him go, and he went home—very
thoughtful. It occurred to him that he could no longer go swimming or
exercise out doors. He could not show his torso off. He was a marked
man.

The following day he went to work with his head full of yesterday's
events and especially the fear and the shame. That he would never forget.

As he approached the first traffic light, as absorbed as he was, he
made the silent and intense prayer we all make in those cases, "Don't
change!" The light didn't change, and he went on his way without paying
any attention to it. As he approached the next traffic light, he implored or
commanded, "Change!" The light changed. This time he almost noticed
it. In this manner he arrived at his office, the lights at his disposition all
the way. "What a coincidence!" he said to himself, without placing any
importance on the accidental turn of events.

On his return he tried it out consciously. As he approached a traffic
light he concentrated his will and his look on the light and gave it an
order. The lights obeyed. He got home without having to make a single
stop. It occurred to him that he had a superhuman power. The idea seemed
so absurd to him that he burst out laughing, and attributed everything to
coincidence.

The traffic lights were obedient again. The idea that seemed so
ridiculous yesterday now began to intrigue him. He decided to put it to the
test.

His department head had a tremendous tropical plant with exotic flowers in his office that was his pride and joy. He pampered it as if it were his lady love. He gave it all kinds of goodies, minerals, chemicals and vitamins. He gave it coffee and tea to drink because he had heard that tropical flowers like them. He rubbed its leaves with oils so that they would shine. He cut its hair with silver scissors. There were those who claimed that at night, when nobody could see him, he bathed her with champagne. The plant was a piece of paradise.

This same vain supervisor had played a dirty trick on Camilo. Camilo still carried the thorn in his side. Today he wanted to get even. With the pretext of professional matters, he went to see his supervisor and the glorious plant behind him.

The supervisor had the bad habit of not looking you in the eye when he spoke to you. He would assume a fatuous posture and look at the ceiling. Another bad habit he had was that he did all the talking. This suited Camilo perfectly. He had complete freedom to try out his potential power without interruption. He fixed his will and his look on the innocent plant. First, the flower and the leaves began to wilt. Then, they became scorched. Finally, they dried up.

If the chief had paid attention, he would have seen an expression of maximum incredulity, utter disbelief, on Camilo's face. The splendid plant behind the chief was now a heap of dead leaves. The chief hadn't seen it. Camilo stammered something, excused himself and left in a hurry.

A short time later the secretaries heard a desperate scream. They ran to see. He stood there mute, sobbing and pointing with his finger at the dry, sad bush. As was to be expected, and like a loving widower, he went into mourning. When Camilo found out he felt a deep content. How sweet vengeance is when it arrives on time!

A period of experimentation, testing and adventure followed. Not all of them happy. One day he stopped at a bakery. He wanted to buy a birthday cake for his little sister. There was a beautiful cake in the show-case that attracted Camilo's attention. Since there were many people, Camilo had to wait his turn. In the meantime, and without thinking about it, he stared at the elaborate pastry with more than ordinary concentration. Suddenly, on the other side of the glass, the cake began to smoke, the frosting began to melt. Then it broke out in flames. It burned. All that was left was a little pile of ashes. The people were speechless, confused. He slipped out without anyone seeing him.

He stayed in the car a long time thinking. That mysterious power he had, and which had filled him with illusion this morning, now filled him with fear. It was obvious that he didn't have complete control over that force, that this power could get away from him and do damage. He hadn't wanted to burn the cake. It seemed that all he had to do was concentrate, fix his attention on something, and a powerful dynamics was released that destroyed, altered or damaged.

Thinking it over, he concluded that the tornado had discharged on him, deposited in him, a tremendous electrical or magnetic charge that he carried within him. And that this charge was released through his eyes and concentration. He made up his mind to look and concentrate carefully.

But being somewhat perverse, as we all are, he amused himself greatly with his new powers. Here are some of the jokes he played on his friends, his near friends and his non-friends. The boring lecturer's pants fell down. Presumptuous and vain women's blouses popped open, or their stockings fell. Sassy kids got a toothache. The pompous spilled their coffee or their wine. The car stalled for the one who cut him off in the traffic. The one who dominated the conversation got a coughing fit or his tongue twisted. The one who interrupted forgot what he was going to say. The one who insulted or slighted him got a sudden and fierce stomach ache. The computers of impertinent cashiers went berserk. He turned lights on and off. He closed and opened doors. He converted the elevator into a yo-yo. Camilo had a ball. He laughed and teased, like a child with a new toy.

At the beginning he thought of trying his new powers out on women. In his sweet fantasies he imagined that there wasn't a woman who could resist him. He enjoyed the idea a long time, but he didn't do it. He was afraid. Afraid of doing them irrevocable and permanent harm. The women at the office thought that Camilo had become shy and unsociable abruptly, and wondered why. It wasn't that. He was afraid of looking them in the eye, that his power would get away from him. He made love only at night and in the dark. This surprised the ladies, since he had nothing to hide.

As time went on, his pranks began to bore him, to appear childish, the sort of thing a spoiled brat would do. He had to admit that his behavior was lacking in character and dignity. Besides, the terror of causing a tragic accident was growing in him day by day. He lived with the fear of altering the natural order of things in such a way that someone might lose his life, his health or his wealth. Being essentially a good man, this mortified him insistently and constantly. His uneasiness reached a point where one night he got down on his knees and prayed, "Dear Lord, take from me the two crosses you have given me, one inside and one outside!" Never had a man prayed with so much sincerity.

He got a hold on himself. He gave up his pranks. The plague of unheard of accidents that had infested the circles in which Camilo moved for the last few months disappeared. No one had attributed to him the strange disasters that had occurred and which had everyone upset. He hadn't told his secret to anybody. Everybody knew he had a mysterious cross, nothing else.

He found himself at the airport one day. He had to pick up his mother who was coming in from somewhere. He was on a balcony with many people watching the planes come and go. The one he was expecting was about to arrive.

Suddenly someone shouted, "A plane is on fire!" Everyone looked where he pointed. Out there in the distance a plane could be seen leaving a wake of thick, black smoke. The flames reached as far back as the tail. As it approached the landing field, it was apparent that the plane was going to crash.

Camilo stretched his neck trying to identify the plane. He did. It was his mother's! The emotion of the loving son took possession of him. He prayed with all his heart, "Dear Lord, give me the strength to save my mother and the rest."

He concentrated all his will power and his eyes with all his strength, with his entire being. His effort was such that his head, his joints and his bones hurt. The plane, wrapped in flames and smoke, was on the point of crashing. Unexpectedly, miraculously, the fire went out, the smoke disappeared, the plane straightened out and landed normally.

At that same moment, amid the shouts of joy of everyone, Camilo fell to the floor senseless. They gave him first aid and he soon came to life, weak and dizzy, but not sick.

Nobody knew, not the happy people that got off the plane, not the happy people that received them. All of them were aware that they had seen a miracle. The one who was most mystified was the pilot. A plane, converted into a ball of fire and out of control, suddenly, and by itself, puts out the flames, stabilizes and becomes docile and obedient. First, who was going to explain that, and, second, who was going to believe it?

Camilo met his mother with more emotion than was to be expected. She embraced her son the same way. Thanks to God, life was good and rich. Camilo sang all the way home. Deep inside a hope was rising.

The next day, on the way to the office, he shot out his customary cry at the traffic light, "Don't change!" The light changed. Camilo began to tremble with anticipation. He approached the next one: "Change!" It didn't change. There was no doubt, he had lost his power! He had used it all yesterday at the airport. The joy inside of him was overflowing.

He turned on the next corner at full speed to return home. He entered the house on the run, singing and laughing, unbuttoning his shirt. He went straight to the bathroom and looked at himself in the mirror. His cross had disappeared! He went down on his knees right there and thanked God for his liberation.

He celebrated his redemption with a double shot of whiskey and went to work, happy and satisfied, master of himself once more. On the way, he sang:

> Camilo is whole and sane,
> doesn't have a cross and is humane.

Tiene cruz y no es cristiano

Camilo se despertó temprano. Había dormido y soñado bien. Se sentía tan a gusto, tan satisfecho, boca abajo como dormía, que se quedó largo rato gozando del amor de la cama, abrazado de la almohada. Era una delicia recibir las caricias de las sábanas. Se entregó en total a la voluptuosidad del momento, como lo hacía todas las mañanas.

Tenía la sensación de que flotaba por el aire por encima de los tejados como una hoja perezosa, una pluma de aventura. Algo así como si volara por el mundo en una alfombra mágica.

Lento y sensual se volteó de espaldas. Abrió los ojos. Se quedó absorto mirando un cielo azul y unas blancas nubes que pasaban por los lados. Esto le vino tan de repente, tan de sorpresa que ni supo analizar lo que veía. Después, tarde, se dio cuenta de que el viento le estaba dando en la cara. Todavía no caía en la cuenta.

Se incorporó en la cama. No creyó lo que vio. Era increíble. ¡De verdad iba volando por el aire! Por un lado, muy, muy abajo, se veía la ciudad. Por el otro, también muy abajo, se veían los campos. El iba embarcado en su cama. Un nudo en la garganta, un zumbido en los oídos, un grito detrás del ombligo.

El absurdo de aquello le produjo un susto soberbio. No podía pensar, ni gritar, ni nada. Sólo pudo prenderse del colchón con todas sus fuerzas, las coyunturas de sus dedos blancas, temblorosas. Por alládentro le revoloteaba una risa loca y un "¡ay que si me pudiera ver ella!" Pero ni la risa ni la esperanza salieron a la luz del día porque no hallaron por donde.

Mirando todo esto del suelo y de lejos, el espectáculo tenía muchísimo de risa. Camilo era Camanauta, y su cama era su camanave. O tal vez Camilo era un caballero volante, y su colchón era Colchinante. Verlo así lanzado por el espacio, era para morirse de la risa, es decir, si uno no fuera Camilo. El se estaba muriendo, pero no de la risa.

Lo que pasó es que un feroz tornado descendió sobre la zona. La violenta tormenta destrozó casas, desenraizó árboles, causó muertes. Fue una verdadera hecatombe. Estas convulsiones de la atmósfera a veces producen resultados estrafalarios. Ocurren cosas que parecen mentira.

Esta vez fue así. Camilo estaba tranquilamente dormido en su dormitorio del segundo piso. El poderoso viento le arrancó el techo a su casa, pero lo hizo tan callada y delicadamente que Camilo no despertó. Luego, el torbellino, al parecer con cuidado y cariño, recogió el colchón con su ocupante dormido, y se lo llevó por el espacio.

Camilo despertó, se sentó en la cama, se prendió al colchón lleno de espanto. Cuando esto ocurrió, soltó la sábana que lo cubría y el viento se la llevó. Camilo se quedó sin un solo trapito, desnudo, mondo y lirondo.

En la plaza del pueblo se había reunido un gran gentío. Todos apuntaban al cielo y comentaban agitadamente el nunca visto e inaudito milagro. ¡Platos voladores eran una cosa, pero colchones voladores eran otra, muy otra!

El colchón volador empezó a dar vueltas sobre el pueblo y a descender lentamente. Al acercarse, todos notaron que venía en la nave una criatura conduciéndola. Creció la conmoción. Todos convencidos que era un ser ultraterrestre.

El perverso viento, quién va a saber por qué, depositó el colchón en el centro de la plaza y en medio de la multitud con delicadeza, como si fuera cosa de Dios. Un helicóptero no habría podido aterrizar con mejor tiento y acierto.

¡Pobrecito Camilo! Allí estaba tieso y muerto de miedo. En pelotas, como en el momento en que nací". ¡Todos sus pudores a la luz y a la gente descubiertos! No tendría ya más secretos para las mujeres. Sus partes privadas eran ya públicas. Sus perfectos o desperfectos eran ya moneda del pueblo.

Hubo un largo silencio. El como lelo. La gente estupefacta. Por fin alguien gritó. "¡Es Camilo!" Se desató un escándalo, una algarabía imponderable. Todo el mundo hablaba, o reía, o gritaba al mismo tiempo. Algunos comentaban la maravilla excitados. Otros apuntaban con el dedo y hacían graciosos y acertados comentarios sobre sus dotes y prendas. Algunas mujeres se tapaban los ojos con las manos, dejando los dedos entreabiertos. Camilo como Buda moderno y flaco.

A alguien se le ocurrió llamar una ambulancia. Camilo cayó en sí lentamente. Pero aun cuando se percató de su situación no pudo moverse, ni siquiera para taparse sus ya mentadas partes. Su incapacidad y su vergüenza, más el susto pasado, lo estaban matando. Empezó a hacer pucheros. Las lágrimas siguieron. Los sollozos vinieron después.

Más barullo. La gente creyó que venía herido, que estaba enfermo, que tenía dolores. Le hacían preguntas y él no contestaba. El llanto lo alivió y lo liberó de la parálisis que lo agobiaba. Se volteó boca abajo para esconder la cara y lo demás. El trasero de los hombres siempre es más decoroso y decente que el frente.

Más barullo que nunca. El escándalo se multiplicó. Aumentaron los comentarios. "¡Tiene una cruz en la espalda!" dijo alguien. "¡Tiene una cruz y no es cristiano!" Carcajadas, burlas, puntadas. Camilo, en su estado anonadado, recordó una adivinanza popular que rezaba:

Mariano está en el llano;
tiene cruz y no es cristiano.

La contestación era "el burro". La apelación le quedaba a Camilo perfectamente. Era verdad, digo, lo de la cruz. Tenía una raya vertical dibujada desde la nuca hasta el aparte de ciertas partes. Tenía otra raya horizontal que le cruzaba las espaldas. Así, como quemadas allí por fuerza solar o fuerza eléctrica.

Por fin llegó la ambulancia a sacarlo de su miseria. Un alma caritativa le dio su abrigo para que cubriera honestamente lo que honestamente debe andar cubierto.

En el hospital no le pudieron hallar ningún desperfecto. Camilo, una vez dueño de todas sus facultades, descubrió que no le dolía nada y que se sentía perfectamente bien. Al parecer, el tornado le hizo a Camilo lo que le hizo el viento a Albuquerque: puro aire.

Lo que mistificó a todos los médicos fue la cruz que Camilo llevaba encima. Nadie la pudo explicar. Lo soltaron y se fue a casa—muy pensativo. Se le ocurrió que ya no podría ir a nadar ni a hacer gimnasia. No podría lucir el torso por lo que llevaba en el dorso. Era un hombre marcado.

El día siguiente se fue a la oficina con la cabeza llena de los acontecimientos de ayer, el susto y la vergüenza en especial. Eso no lo olvidaría nunca.

Al acercarse al primer semáforo, por ensimismado que fuera, hizo la silenciosa e intensa oración que todos hacemos en esos casos: "¡No cambies!" La luz no cambió y siguió su camino sin percatarse del hecho. Al acercarse al siguiente semáforo, le imploró o le mandó: "¡Cambia!" La luz cambió. Esta vez casi lo notó. Así llegó a su oficina, los focos a su disposición todo el camino. "¡Qué casualidad!" se dijo sin darle importancia a la coincidencia.

Al regreso hizo la prueba conscientemente. Al acercarse a un semáforo concentraba su voluntad y su mirada en el foco y le daba la orden. Los focos obedecían. Llegó a casa sin tener que parar una sola vez. Se le ocurrió que él tenía un poder sobrehumano. La idea le pareció tan absurda que soltó la risa, y le atribuyó todo aquello a la casualidad.

Los semáforos se mostraron obedientes otra vez. La idea que ayer le había parecido ridícula ahora empezó a intrigarle. Se decidió hacer la prueba.

El jefe de su departamento tenía una tremenda planta tropical con flores exóticas en su depacho que era el orgullo y el afán de su vida. La mimaba como si fuera la dama de sus amores. Le daba de comer las más finas golosinas, minerales, químicas y vitaminas. Le daba café y té de beber porque le habían dicho que a las flores del trópico les gustan esas bebidas. Le frotaba las hojas con "leos para que relumbraran. Le cortaba el pelo con tijeras de plata. Hubo quien dijera que de noche, para que no lo viera nadie, la bañaba con champaña. La planta era un pedazo del paraíso.

Este mismo vanidoso jefe le había hecho una mala jugada a Camilo. Llevaba la espina clavada. Ese día Camilo quiso buscar venganza. Con pretexto de asuntos profesionales se presentó ante su jefe y frente a la gloriosa planta detrás.

El jefe tenía la costumbre de no mirarle a los ojos a nadie cuando le hablaba. Asumía una postura fatua y ponía los ojos en el cielo. Otra mala costumbre que tenía era que él era el único que hablaba. Esto le cayó a Camilo a la medida. Tuvo completa libertad para ensayar su posible potencia sin interrupción. Fijó la voluntad y la mirada en la inocente planta. Primero empezaron a marchitarse las flores y las hojas. Luego se chamuscaron. Finalmente, se secaron.

Si el jefe se hubiera fijado, habría visto una expresión de máxima incredulidad, total estupefacción, en la cara de Camilo. La espléndida mata detrás del jefe era ahora una hojarasca seca. El jefe no la había visto. Camilo balbuceó algo, se excusó y salió disparado.

Después de un rato las secretarias oyeron un grito desesperado. Corrieron a ver. Encontraron al jefe llorando como un bebé apuntando con el dedo al seco y triste matorral. Como era justo, y como amante viudo, el jefe guardó luto. Camilo, cuando supo, sintió un contento absoluto. ¡Qué dulce es la venganza cuando llega a tiempo!

Después vino una temporada de experimentación, de pruebas y aventuras. No todas resultaron satisfactorias. Se detuvo un día en una pastelería. Quería comprar un pastel de cumpleaños para su hermanita. Había en la vitrina un pastel precioso que a Camilo le llenó el ojo. Como había mucha gente, Camilo tuvo que esperar su turno. Mientras tanto, y sin pensar en ello, se quedó mirando la elaborada torta con más de ordinaria concentración. De pronto, a través del vidrio, la torta empezó a humear, el betún a derretirse. Luego explotó en llamas. Se quemó. No quedó más que un montoncito de cenizas. La gente se quedó atónita, descarrilada, ante aquel acontecimiento. Nadie supo explicarlo. Camilo quedó sacudido. Esto fue totalmente inesperado. Se escabulló sin que nadie lo viera, sin que nadie se diera cuenta.

En el coche se quedó largo rato pensando. Ese poder misterioso que tenía y que esta mañana lo había llenado de ilusión, ahora lo llenaba de espanto. Era manifiesto que él no tenía completo dominio de esa fuerza, que esa potencia podía escapársele y causar daños. El no había querido quemar el pastel. Parecía que todo lo que tenía que hacer era concentrarse, fijar la atención en algo, y se desataba una poderosa dinamita que destruía o alteraba o dañaba.

Pensándolo más, concluyó que el tornado pasado había descargado sobre él, depositado en él una tremenda carga eléctrica o magnética que él llevaba dentro. Y ésta se disparaba a través de la mirada y la concentración. Se decidió a mirar y a concentrarse con mucho cuidado.

Pero siendo un tanto perverso, como lo somos todos, se divirtió a lo grande con sus nuevas dotes. He aquí algunas de las burlas que les hizo a los amigos y a los enemigos. Al conferenciante aburrido, de pronto se le caen los pantalones. A las mujeres presumidas y vanidosas, se les desabrochan las blusas, o se les caen las medias. A los chicos malcriados, les da dolor de muela. Al vanidoso, se le vuelca el café o el vino. Al que se le atraviesa en el tránsito, se le para el coche. Al que domina la conversación, se le traba la lengua o le da tos. Al que interrumpe, se le olvida lo que va a decir. Al que lo ofende o menosprecia, un repentino y feroz dolor de estómago. A las cajeras impertinentes, se les volvían locas las computadoras. Apagaba y encendía luces. Cerraba y abría puertas. Convertía el ascensor en yo-yo, o tú-tú. Camilo se divertía. Se reía y se burlaba como un niño con un juguete nuevo.

Quiso, al principio, ensayar sus nuevas dotes en las mujeres. En sus dulces fantasías se imaginaba que no habría una mujer que pudiera resistir. Se entretuvo largo con la idea. Pero no lo hizo. Le dio miedo. Miedo de hacerles algún daño irrevocable y permanente. A las mujeres en el trabajo les pareció que Camilo se había puesto esquivo y huraño abruptamente, y se preguntaban por qué. No era eso. Era que tenía miedo de darles los ojos, que se le escapara la mirada. Hacía el amor sólo de noche y a oscuras. Lo que no dejó de extrañar a las damas, ya que no tenía nada que esconder.

Con el tiempo las burlas y las bromas empezaron a aburrirle, empezaron a parecerle infantiles, cosas de niño malcriado. Tuvo que admitir que su conducta carecía de carácter y de dignidad. En cambio el terror de causar una avería desastrosa crecía en él de día a día. Vivía con el temor de alterar el orden natural de las cosas de tal manera que a alguien le costara la vida, la salud o la hacienda. Siendo esencialmente bueno esto le mortificaba insistente y constantemente. A tal punto llegó su malestar que una noche se puso de rodillas y rezó: "¡Dios mío, quítame las dos cruces que me has puesto, una afuera y la otra adentro!" Nunca había un hombre rezado con tanta sinceridad.

Se recató. Abandonó sus fechorías. Desapareció la plaga de accidentes inauditos que había infestado la esfera en que Camilo se movía por los últimos meses. Nadie le había atribuído a él los curiosos desastres ocurridos y que traían a todo el mundo conmovido. El no le había contado su secreto a nadie. Todos sabían que tenía una misteriosa cruz y nada más.

Se encontró en el aeropuerto un día. Fue a recoger a su mamáque venía de alguna parte. Estaba en un balcón con mucha gente viendo a los aviones llegar. De repente alguien gritó: "¡Un avión encendido!" Todo el mundo miró adonde apuntó. Alláa lo lejos se veía un avión que dejaba una estela de espeso humo negro. Las llamas se extendían hasta la cola del aparato. Al acercarse a la pista era obvio que el avión se iba a estrellar.

Camilo estrechaba el gaznate, queriendo indentificar el avión. Lo logró. ¡Era el de su madre! Se apoderó la emoción del cariñoso hijo. Rezó con todo su corazón: "Dios mío, dame las fuerzas para salvar a mi mamáy a los demás."

Concentró toda su voluntad y su mirada, con todas sus fuerzas, con todo su ser. Su esfuerzo fue tal que le dolieron la cabeza, las coyunturas y los huesos. El avión envuelto en llamas y humo, a punto de estrellarse. De pronto, milagrosamente, se apaga el fuego, desaparece el humo, se endereza el avión y aterriza sin novedad.

En ese mismo momento, y entre los gritos de alegría de todos, Camilo cae al suelo desmayado. El esfuerzo había sido demasiado. Le administraron primeros auxilios y pronto cayó en sí, débil y mareado, sí, pero enfermo no.

Nadie supo, ni la gente alegre que se bajaba del avión, ni la gente feliz que la recibía. Todos estaban conscientes de que habían presenciado un milagro. El piloto era el que más mistificado estaba. Un avión hecho una bola de fuego y fuera de control, de pronto, y por sí mismo, apaga las llamas, se estabiliza y se hace dócil y obediente. ¿Quién iba a explicar eso, primero, y quién lo iba a creer después?

Camilo recibió a su madre con más emoción de lo esperado. Ella abrazó a su hijo de la misma manera. Gracias a Dios, la vida era buena y rica. Camilo canturreó todo el camino a la casa. Allá dentro había nacido una esperanza.

Otro día, camino a la oficina, lanzó su acostumbrado pregón al semáforo: "¡No cambies!" La luz cambió y Camilo empezó a temblar de anticipación. Se acercó al otro: "¡Cambia!" No cambió. No cabía duda, había perdido su potencia! La había gastado toda ayer en el aeropuerto. No le cabía la alegría en el cuerpo.

Dobló en la primera vuelta a toda velocidad para volver a casa. Entró en la casa corriendo, cantando y riendo, desabrochándose la camisa. Se fue directo al cuarto de baño y se miró en el espejo. ¡Su cruz había desaparecido! Allí mismo se puso de rodillas y le dio gracias a Dios por su liberación.

Celebró la redención con dos whískeys bien fuertes y se fue a su trabajo, contento y satisfecho, otra vez dueño de sí mismo. En el camino iba cantando:

> Camilo está bueno y sano,
> no tiene cruz y es humano.

Two Faces

I am going to tell you the story of two friends, almost brothers. One was good, the other bad. One lived, the other died.

They were inseparable. Like brothers. One rich, the other one, poor. Necessity on the one side. Overabundance on the other. Beltrán had a pleasant disposition. Ambrosio did not. Beltrán protected and defended Ambrosio in the field of sports, at school and in the arena of young manhood. Ambrosio was always a dependent. Any time Ambrosio was hurt, ill-used or crushed, Beltrán would pick him up, straighten him out and console him.

Both of them had fantastic success with women. For different reasons, naturally. They would go out on the town in Ambrosio's convertible. Ambrosio in the front seat with his girl and doing most of the talking. Beltrán in the back seat with his girl, quiet and resigned. In the light of the moon or in that of an elegant restaurant, the voice of Ambrosio echoed and resounded. Beltrán's silence could be heard, and was listened to, above the noise and the distraction Ambrosio was creating. Enough is enough.

They both went to Harvard. One went on an earned and deserved scholarship. The other went with the money and the influence of his parents. In Harvard the same thing happened. As usual Beltrán had to hold his friend up, keep him respectable, in spite of himself. They did very well in those green places of stone and cold. Always friends, always brothers.

One day they graduated. Ambrosio's parents attended the ceremony. Beltrán's did not. It was obvious. Nothing had changed. One was happy. The other, sad. Their last year Ambrosio married a lovely maiden from Boston, Maribel Wentworth. Who knows why. Maybe he needed her. Beltrán did not marry.

They returned to Albuquerque. Ambrosio came back as president of his father's bank. Beltrán as vice-president. Beltrán married now, the girl he loved who had waited for him all these years.

The bank grew and prospered under the wise management of the vice-president. Ambrosio accepted all the honors and applause for the bank's triumphs. Beltrán remained behind the scenes, as before, as always.

Problems begin to arise. One man puts the other in the shade. It's not always clear which is which. The people who know about those things know that Beltrán is the genius behind the success. Ambrosio knows it too. Sometimes when he is alone, and even sometimes when he receives the applause of others, there is a voice deep inside of him that tells him, "If it weren't for Beltrán, you wouldn't be worth anything." This gnaws at him, becomes a cancer. It bothers him and gives him no peace. A little voice, born deep inside of him, has always been telling him something he never listened to and did not want to hear now, "You're nothing but a pile of garbage."

This was not all. Ever since their Boston days, Ambrosio's wife had felt and shown a certain preference, a certain attraction, for Beltrán. She sought him out at parties. She called him by telephone for any reason. Her eyes followed him. Her conversations with him were very lively. She was forever throwing Beltrán's name into her husband's face.

All of this, the certainty of his own incapacity, the jealousy and the envy, produced a violent torment and a fierce rancor in Ambrosio. His growing decadence and his always present dependency brought with them an incipient alcoholism. He drank too much. He slept and ate very little. His best friend, almost his brother, his right arm, had become his worst enemy in his fantasy. He made up his mind to kill him.

Beltrán noticed the stiffness that grew between them, Ambrosio's ill humor, but didn't attach any importance to them. He attributed it all to the liquor or to the illness that he seemed to have.

A lovely autumn afternoon Ambrosio invited Beltrán out for a ride. They drove up to the crest of the Sandías. The forests were clothed in their finest and most colorful garments. There was something voluptuous and languid in the air that invited one to sleep or to dream.

They got out of the car and stood at the very edge of the crest. From there they could see the vast valley of the Río Grande with its distant purple horizons.

Unexpectedly Ambrosio gave Beltrán a push. Beltrán rolled down the steep side of the cliff, his body bouncing grotesquely from one rock to another to come to rest, lax and loose, some hundred yards below. Ambrosio looked at the inert body of his old friend for a long time.

Then, deliberately, he got in his car. He drove slowly, on purpose, until he came to a telephone. He called an ambulance. He was sure Beltrán was dead. He told the police that his dear friend had slipped and that he had been unable to save him. Meanwhile the medics were picking up the bloody, lacerated and limp body of Beltrán, miraculously still alive.

At the hospital they found many broken bones, concussions, injuries of all kinds. They put him on the operating table and administered blood and serum transfusions. The operation lasted hours. He came out bandaged from head to foot, like a mummy.

Thanks to the magic of science and technology, Beltrán lived, although his life was hanging from a thread at the beginning. His wife and sons stayed with him day and night. They were hanging from an imponderable too.

The patient's good health, will to live and moral courage slowly pulled him out of the side of death to the side of life. His recuperation was unbelievable. The medical personnel itself was impressed with the miracle. His wounds healed. His bones knitted. He was as good as new.

With one exception. When they removed the bandages from his face, his wife and sons screamed simultaneously without realizing it. What they saw was a distorted face, full of scars and gashes, ugly and monstrous in every way.

Beltrán did not lose his composure. He insisted on immediate cosmetic surgery. A good surgeon did it. After the prescribed time the bandages were removed. This time Beltrán was perfect, as handsome as before.

But not the same as before. He looked entirely different. Beltrán had the bandages put back on. He begged the doctors not to say anything.

He instructed his wife to pack their bags, to make plane reservations for all of them and to close the house. The following day Beltrán left the hospital, his head completely bandaged, and got on a plane with his family. No one ever saw him again.

During his long stay in the hospital, he had formulated a plan of action which he did not divulge to anybody. He put it into operation immediately. He went to New York. He terminated his connections with the bank and sold his house by mail.

In New York he changed his name to Fabián Abencerraje. With the small capital he had accumulated, his talent for business and his magnetic personality, he made a fortune in five years. His plan of action was going full speed.

Back home Ambrosio's bank had been going down hill since Beltrán had left. Ambrosio knew, without being able to stop it, that a certain Fabián Abencerraje had been buying shares of the bank and now held more than fifty per cent of the stock. This mysterious stock holder had not intervened in any way in the affairs of the bank.

Fabián returned after five years. He was a widower. He was forty-five years old. He found Ambrosio the abject victim of uncontrolled alcoholism, fat and sick.

At the bank he demanded a meeting of the board of directors for the following day. At that meeting he made the following statements: that he had acquired control of the bank; that he would assume the presidency;

that Ambrosio would occupy the post of third vice-president. He presented a reconstruction plan for the bank he had brought with him. It appeared the bank was going to go through a series of operations, as if all its bones were broken and it had multiple wounds. It was going to receive cosmetic surgery as well as to change its appearance completely, and it was going to get a new name. It was going to cease being what it used to be.

Ambrosio came out of the meeting crushed. That bank had been his life and his pride, as it had been for his father and his grandfather. It was all that was left of his former arrogance. Losing the bank was losing everything.

Fabián looked up Maribel. He revealed his identity to her. She was left speechless, staring at him. But she recognized his voice. Suddenly, the sleeping volcano, full of suppressed emotions and faded memories, caught fire and burst in an eruption of roses. Without knowing how, they found themselves in each other's arms, in a passionate kiss.

Fabián, who had always brushed aside Maribel's flirtations, because of honest loyalty, now dedicated himself to win and seduce her. He did it openly, even ostentatiously. He wanted Ambrosio to know; he wanted to be seen. He was quite successful on both counts. His own lawyer got her her divorce. Soon everyone knew that they were going to marry.

He waited for the right moment. One day he found Ambrosio more or less sober, more or less rational, and told him the following:

"I am Beltrán, the loyal friend you tried to kill. I've come back to collect what you owe me. I've already taken away from you what you love most: your egoism, your self respect, your dignity, the bank and Maribel. The only thing left for me to take is your life. I'm going to take it too, at the right time, and in my way. For now, I'm satisfied seeing you wallow in the filth of your life."

Ambrosio did not say a word, either before or after. That night he blew his brains out with the 45 he had inherited, along with the bank from his father.

When Beltrán heard what happened, he spent long hours in his executive chair thinking. Thoughts like the following floated through his mind. You, the readers, will know how to interpret them:

"The beautiful and the good of New Mexico are eternal. The evil and the ugly are transitory. Who will erase from our eyes and memories the high sierras, the high skies and the open deserts? Who is going to turn off the bright light of our sun and our moon on our green or snow-covered highlands? Who is going to tarnish the gold of our days and the silver of our nights? Who is going to take away the aroma and the shade of the pine tree, the warmth and the perfume of the juniper? The sunsets that set the world on fire. The hot tortillas. The humble pinto beans. Carne adobada. No, no, no. Nobody can take that away from us. That's what is good. That remains. The storms, the droughts, the cold come and go. That's what is bad.

"Courtesy, elegance and culture are inherited. They are transmitted to us through the blood, are nourished by nature and education. A great deal from the Spaniard and just as much from the Indian. The old families have retained the good and the bad from both. The good should remain and be honored. The bad should go and should be despised. Newcomers are amazed with the good and the noble; they stay and are enriched. They become New Mexicans, that is, the good ones; the bad ones should leave.

"Our Father Martínez lives and vibrates in our memories as a valiant ancestor. He was bold and benevolent. (Never our) Archbishop Lamy dies and snarls in our memories. He was racist and malevolent. One was born to live. The other was born to die."

Dos caras

Voy a contarles la abigarrada historia de dos amigos, casi hermanos.
Uno bueno. El otro malo. Uno se queda. El otro se fue. Eran inseparables. Eran como hermanos. Uno, rico, el otro pobre. Una amistad entrañable. Necesidad por un lado. Generosidad por el otro. Beltrán era genial.
Ambrosio, no lo era. Beltrán protegía y defendía a Ambrosio en el campo
de deportes, en la esfera académica, en el ruedo de joven hombría. Ambrosio siempre pendiente. Cada vez que Ambrosio resultaba herido,
maltrecho y molido, Beltrán lo recogía, lo levantaba y lo animaba.

Los dos tuvieron un éxito fantasmogórico con las mujeres. Por diferentes razones, claro. Salían de fiesta en el coche convertible de Ambrosio. El adelante con su chica y conduciendo, hablando él más del tiempo.
Beltrán atrás con la suya, callado y aguantando para siempre. A la luz
de la luna, o en un elegante restaurante, la voz de Ambrosio resonaba
y retumbaba. El silencio de Beltrán se oía y se escuchaba por encima
del alarde y el escándalo que Ambrosio se fabricaba. Demasiado es
demasiado.

Los dos fueron a Harvard. Uno fue con una beca ganada y mere-
cida. El otro fue con la plata y la influencia de sus padres. En Harvard
ocurrió lo mismo. Como siempre, Beltrán tuvo que sostener a su amigo,
mantenerlo respetable, a pesar de sí mismo. La pasaron bien en esas
tierras verdes de piedra y de frío. Siempre amigos, siempre hermanos.

Un día se graduaron. Los padres de Ambrosio asistieron a la ceremonia. Los de Beltrán, no. Las cosas eran evidentes. No habían cambiado. Uno feliz. El otro triste, como siempre. El último año Ambrosio se
casó con una bella doncella de Boston, Maribel Wentworth. Quién sabe
por qué. Quizás le hacía falta. Beltrán no se casó.

Los dos volvieron a Albuquerque. Ambrosio como presidente del
banco de su padre. Beltrán como su vice-presidente. Beltrán casado
ahora, con la dueña de sus amores que lo había esperado todos estos
años.

El banco creció y enriqueció bajo la sabia mano del vice-presidente.
Ambrosio recibía los honores y los buenos sabores de los triunfos
económicos del banco. Beltrán se quedaba detrás de bastidores. Como
antes. Como siempre.

Empiezan a surgir problemas. Un hombre pone al otro en sombra.
No siempre se sabe cuál es cuál. La gente que sabe de esas cosas, sabe
que es Beltrán el genio detrás del éxito. Ambrosio también lo sabe. A
veces cuando está solo, y aun a veces cuando recibe los aplausos de los

demás, allí dentro hay una voz que le dice, "Si no fuera por Beltrán, tú no valdrías nada". Esto le muerde, le carcome. Le molesta y no le deja en paz. Una vocecita, nacida en su interior, le ha venido diciendo simpre algo que no quiso nunca escuchar y que ahora no quiere oír: "Eres caca, y más nada".

Esto no es todo. Desde los días de Boston la mujer de Ambrosio había sentido y mostrado una cierta predilección, una cierta atracción, por Beltrán. Lo buscaba en las fiestas. Cuando hablaba con él se le veía animadísima. Siempre le echaba en cara a su marido el nombre de Beltrán.

Todo esto, la seguridad de su propia incapacidad, los celos, y la envidia produjeron en Ambrosio un violento tormento y un feroz rencor. Su creciente decadencia y su siempre presente dependencia trajeron consigo un incipiente alcoholismo. Tomaba demasiado, casi no comía ni dormía. Su mejor amigo, casi hermano, su brazo derecho, se le había convertido en su fantasía en su peor enemigo. Decidió matarlo.

Beltrán notó la tirantez que surgió entre ellos, el mal humor de Ambrosio, pero no le dio mucha importancia. Le atribuyó todo al licor o a la enfermedad que parecía que tenía.

Una preciosa tarde de otoño Ambrosio convidó a Beltrán a ir a dar un paseo. Se fueron a la cresta de los Sandías. Los bosques se habían vestido de sus ropajes más finos y coloridos. Había en el aire un algo de voluptuosidad, una cierta languidez, que invitaba al sueño o al ensueño.

Se bajaron del coche y se situaron en la misma orilla de la cresta. De allí se divisaba el gran valle del Río Grande con sus lejanos horizontes morados.

Inesperadamente Ambrosio le da un empujón a Beltrán. Beltrán se va rodando por el lado empinado del risco, su cuerpo botando grotescamente de roca en roca, para descansar, flojo y suelto, a unos cien metros más abajo. Ambrosio se quedó largo rato contemplando el cuerpo inerte de su antiguo amigo.

Luego, deliberadamente, se subió en el coche. Manejó despacio, adrede, hasta llegar a un teléfono. Llamó una ambulancia. Estaba seguro que Beltrán estaba muerto. Le contó a la policía que acudió como su querido amigo se había resbalado, y como él no había podido salvarlo. Mientras tanto, los ayudantes recogían el cuerpo sangriento, lacerado y lacio de Beltrán, milagrosamente vivo.

En el hospital le hallaron múltiples huesos rotos, contusiones, lacras de todo tipo. Pronto lo pusieron en la mesa de operaciones y le dieron transfusiones de sangre y suero. Las operaciones duraron horas. Salió de allí vendado de pies a cabeza como una momia.

Gracias a la magia de la ciencia y la tecnología, Beltrán vivió, aunque los primeros días su vida estuvo pendiente de un hilo. Su esposa y sus hijos le acompañaban de noche y día, pendientes ellos también de un imposible.

Su fuerte salud, su voluntad de vivir y su valentía moral fueron sacando al enfermo poco a poco del lado de la muerte al lado de la vida. Su recuperación fue increíble. El mismo personal médico se quedó impresionado con el milagro. Se le cerraron las heridas. Se le compusieron los huesos. Quedó como antes.

Con una excepción. Cuando le quitaron las vendas de la cara, la esposa y los hijos gritaron simultáneamente sin querer. Es que vieron una cara distorsionada, llena de cicatrices y lacras en todo sentido feas y monstruosas.

Beltrán no perdío el equilibrio. Insistió que le hicieran cirugía cosmética inmediatamente. Un buen cirujano lo hizo. Después de los días indicados, le quitaron las vendas. Esta vez Beltrán estaba perfecto, tan guapo como antes.

Pero no igual que antes. Su aspecto era totalmente distinto. Beltrán hizo que le pusieran las vendas otra vez. Les rogó a los médicos que lo vieron que no dijeran nada.

Le encargó a su mujer que hiciera las maletas, que hiciera reservaciones por avión para todos y que cerrara la casa. El día siguiente Beltrán salió del hospital, con la cabeza completamente vendada, y se subió en un avión con su familia. Nadie lo volvió a ver.

Durante su larga estancia en el hospital, Beltrán formuló un plan de acción que no divulgó a nadie. Lo puso en operación al primer día. Se fue a Nueva York. Por correo clausuró sus relaciones con el banco y vendió la casa.

En Nueva York se cambió el nombre a Fabián Abencerraje. Con el pequeño capital que había acumulado, su talento para los negocios y su don de gente amasó una fortuna dentro de cinco años; su plan de acción estaba en plena función.

Alláen casa el banco de Ambrosio iba cuesta abajo desde que Beltrán se fue. Ambrosio sabía, sin poder impedirlo, que un cierto Fabián Abencerraje había venido comprando acciones en el banco y que ahora era el accionista mayoritario. Ese misterioso comprador no había intervenido ni en lo más mínimo en los asuntos del banco.

A los cinco años volvió Fabián. Nadie lo conoció. Volvió viudo. Tenía 45 años. Encuentra a Ambrosio víctima de un alcoholismo desenfrenado, gordo y enfermo.

En el banco demanda una reunión de la mesa directiva para el siguiente día. En esa junta hace las siguientes declaraciones: que él ha adquirido control del banco, que él asumiría la presidencia, que Ambrosio ocuparía el puesto de tercer vice-presidente. Presentó un plan de construcción para el banco que había traído consigo. Al parecer el banco iba a sufrir una serie de operaciones como si tuviera todos los huesos rotos y múltiples heridas. Iba a recibir también cirugía cosmética para cambiarle su aspecto por completo, e iba a cambiar de nombre. Iba a dejar de ser lo que era antes.

Ambrosio salió de la reunión destruido. Ese banco había sido su vida y su orgullo, como lo había sido de su padre y de su abuelo. Era lo único que le quedaba de su antigua arrogancia. Pensar en perder el banco era pensar en perderlo todo.

Fabián buscó a Maribel. Le reveló su identidad. Ella se quedó atónita mirándolo. Reconoció su voz. De pronto el volcán dormido, lleno de emociones suprimidas y de recuerdos apagados, se encendió y reventó en una erupción de rosas. Sin saber cómo, se encontraron los dos abrazados, besándose apasionadamente.

Fabián, que siempre había desviado las tentativas amorosas de Maribel por honesta lealtad, ahora se dedicó a enamorarla y ganarla. Lo hizo abierta, hasta ostentosamente. Quería que Ambrosio lo supiera, lo viera. No encontró dificultades en ambos lados. Su propio abogado le consiguió el divorcio. Pronto se supo que se casarían.

Esperó el momento oportuno. Un día encontró a Ambrosio más o menos sobrio, más o menos racional, y le dijo lo que sigue:

—Soy Beltrán, el fiel amigo que quisiste matar. He vuelto a cobrarte lo que me debes. Ya te quité lo que más quieres: tu egoísmo, tu amor propio, tu dignidad, el banco y Maribel. Lo único que queda es quitarte la vida. También te la voy a quitar a su tiempo y a mi manera. Por ahora me satisfago viéndote revolcar en la bazofia que es tu vida.

Ambrosio no dijo una sola palabra, ni antes ni después. Esa noche se destapó los sesos con la 45 que había heredado de su padre junto con el banco.

Cuando Beltrán supo lo ocurrido, se quedó largas horas pensativo en su sillón ejecutivo. Por su mente flotaban pensamientos como los siguientes. Ustedes, los lectores, sabrán interpretarlos:

"Todo lo bello y lo bueno de Nuevo México es eterno. Todo lo malo y feo es pasajero. ¿Quién borraráde nuestros ojos y recuerdos las altas sierras, los altos cielos y amplios desiertos? ¿Quién va a apagar la lucida luz de nuestro sol y nuestra luna en nuestras verdes o nevadas alturas? ¿Quién va a desdorar el día o a desplatear la noche? ¿Quién se va a llevar el aroma y la sombra del pino, el color y el olor del sabino? Los crepúsculos que encienden el mundo. El chile verde que pica y quema. El chicharrón que huele a gloria. La tortilla caliente. Los humildes frijoles. La carne adobada. No, no, no. Eso no nos lo quita nadie. Eso es lo bueno. Eso es lo que se queda. Las tormentas, las sequías y los fríos vienen y se van. Eso es lo malo.

"La cortesía, la elegancia y la cultura son cosas heredadas. Transmitidas por la sangre, nutridas por la naturaleza y la crianza. Mucho de lo español y otro tanto de lo indio. Las viejas familias han conservado lo bueno y lo malo de ambos. Lo bueno debe quedarse y honrarse. Lo malo debe irse y despreciarse. Los recién llegados se quedan pasmados con lo bueno y lo noble, se quedan y se ennoblecen, se hacen nuevomexicanos, es decir, los buenos; los malos deben irse.

"Nuestro padre Martínez vive y vibra en nuestros recuerdos como valiente antecedente. Era atrevido y benévolo. El (nunca nuestro) arzobispo Lamy muere y muerde en nuestra memoria como bandido. Era racista y malévolo. Uno vivió y sigue viviendo. El otro murió y sigue muriendo. Uno nació para vivir. El otro nació para morir."

148

Cruzto, Indian Chief

Cruztillo is a mountain village in northern New Mexico. It has a long, winding history that disappears in the shadowy mists of myth and legend. It was an Indian Pueblo in pre-Hispanic times.

When the Spaniards came, the friendly Indians took the aliens in. The two people lived together in complete harmony, each respecting the civil and human rights of the other. In time they slept together, each enjoying the warmth and affection of the other to the fullest. The net result of this human experience, the sharing of one roof, one table and one bed, was a new breed: the mestizo. Two people became one people: one blood, one color, one odor. All the evidence indicated that the new people enjoyed being what they had become, that is, they liked feeling, looking and smelling the way they did. They had no racial prejudices. Yesterday disappeared and tomorrow appeared.

When the seekers of Eldorado first arrived in Cruztillo, they were astonished to find a large cross in the center of the village. The cross was adorned with fresh floral and feather offerings. The Indians were all wearing gold crosses around their necks. The gold crosses were fascinating for religious and other reasons.

This was amazing indeed. The Spaniards knew that they were the first Christians to come to New Mexico. When they discovered that the name of the village was Cruztillo the enigma was compounded.

As the Indians began to learn Spanish, the mystery began to unravel. It appears that many, many years ago, longer than anyone could tell, an Indian had come out of the south. He was a simple, modest man, an arrow-head-maker. He preached a new gospel, a drum-beat never heard before—love and brotherhood. His name was Cruzto.

All the village people, especially the children, gathered around him. His parables began to make sense. He performed many miracles. Raised people from the dead, made the lame walk, the deaf hear, the blind see, the insane sane. He changed water into wine and established a program of Alcoholics Anonymous. He taught them that smoking was dangerous to their health.

His personal charisma and the magic of his gospel convinced and converted the multitude. The Indians became born-for-the-first-time Cruztians. They made him chief. His symbol of authority was a cross.

One day he took his people to a mountain and delivered his farewell address. He told them he must return to his father. He did not mention his mother. The heart-broken people saw him walk away into the sunset wav-

149

ing a white feather (handkerchiefs were unknown among the Indians). Nowhere in the legend is there any reference to a crucifiction or an ascent into heaven after the third day.

The legend, the symbol of the cross, the name of the Indian chief and the values he had taught the Indians made it very easy for the Spaniards to convert the Indians to Christianity. It seemed, and everyone believed it, that Cruzto had been sent by the heavenly father to prepare his people for the new religion. The Indians were indeed ready to be Catholic, Apostolic and Romantic.

The kiva was razed and a church was built over the spot. A new way of life began, a blend of the new and the old. The Indian dances had a touch of flamenco and the jota. The Indian chants had echoes of cante jondo and the zarzuela. The Spanish language adopted some Indian words and pronunciations. The food became a mixture of the here and now and the there and then. Atole and oatmeal were not that far apart, after all. The people became an adulteration of east and west, the twain did meet. Sometimes they dreamed in Spanish. Sometimes they dreamed in Indian.

All of this happened a long time ago. The people retained vague memories of the early events and of the legend of Cruzto. Traditions and customs, containing elements of the two cultures, evolved. The one unifying force that bound them together was their religion and their reverence for the cross. The church, constructed in the shape of a cross, was a living testimonial to the depth of their faith. Cristo and Cruzto had merged into one single image for them.

The people showered the church with affection and devotion. The altar, the floor, the brass sparkled. The vestments of the santos were of the finest silks and brocades. Every spring the villagers went into a flurry of church-centered activity. They plastered the outside walls with new mud, whitewashed the inside walls, repaired all the damages done by time and the elements, scrubbed and polished.

One thing was wrong, however, and it caused deep concern. The old paintings and statues brought from Spain by the early settlers were quite deteriorated. The paint of the pictures was peeling. The porcelain of the faces and hands of the statues was cracking. Through the village priest, a distinguished artist from Taos was contracted to repair and refurbish these art works.

The artist came and went to work. At the beginning he worked alone. Since the church was in an isolated village, there was no priest in residence. One came once a month from Taos to give mass, hear confessions, give holy communion, perform weddings and baptisms. So the church was left pretty much alone in the interim.

One day a shy little girl of nine showed up at the church. The artist was glad for the company. He perceived her timidity at once and addressed her apprehensive silence with affectionate diffidence. Slowly, without looking at her, he would offer little tidbits of information about the figures he was repairing. Little by little her fear subsided. She started out by asking very intelligent questions. They became good friends. He told her stories, pausing here and there to let things sink in, to ask provocative questions, or just to watch the look on her face. He thoroughly enjoyed her giggles, her amazement, her surprise and incredulity, her incisive questions. She had an imagination that would not stop.

One of the stories that impressed her most was the legend of Cruzto. When the artist noticed her fascination, he outdid himself to make it interesting. He talked as if he himself had known Cruzto and as if everything he said were true.

"Cruzto did not walk off into the sunset waving a white feather as the people think. The people have forgotten; they are mistaken. He died in the kiva and was buried there by the elders. He is buried there now under this floor. Look at that crack in the floor. Cruzto is trying to come out. He wants to be baptized."

The artist could tell that the impressionable little girl with the vivid imagination had believed everything he said as if it were the gospel. He realized he had gone too far, yet, for some reason, he did not want to erase the illusion he had created. He found a solution: "This is a secret between you and me. Nobody must know. Cruzto would be very angry. Promise me you will never tell anybody." The little girl promised.

The days went by. The artist finished his work and went away. María de los Milagros, that was the little girl's name, went around in a trance. She could think of nothing else night and day. The thought of Cruzto being buried and abandoned in the cold ground mortified her. The idea of his need of baptism obsessed her. She forgot or ignored her promise of secrecy.

She could not help it. She blared out the whole story to her parents. The story was not quite the same, however. She claimed that Cruzto appeared to her in a vision and demanded that he be brought out of the earth and baptized. She added other embellishments of her own.

María was so sincere and so intense, her story so passionate and convincing, her parents believed it. They became extremely excited and called the villagers in. María was made to tell her story over and over again. With the same result. All the people were convinced. They were all excited. They started making strange associations. Wasn't her name María de los Milagros? Hadn't she been different and special always? Surely she must be the chosen one. The one chosen to perform a miracle.

These were simple people, born and raised in mystic traditions, in a time and place where miracles are possible. Of course, María contributed much to the illusion. We already know that she had an active imagination. Now we discover that she was an accomplished actress, a born performer. As she told her story she assumed a pose. She seemed to be under a spell, in a trance. Her voice acquired an authority never heard before. She looked and sounded as if she had been touched by the hand of God.

Moved and aroused by the words of the girl, the men rushed home to get picks and shovels. Soon the whole village was in the church. Because there was no priest to impede it, the men dug in a frenzy. Men dig slowly when they are digging a grave or a post hole. They dig fast when they are looking for a treasure or a miracle. The pit was deep when the bottom gave in and men fell through. They fell into a spacious room. Shouts, gasps and noises of amazement were heard by those above.

Torches illuminated the room. It was adorned with ancient Indian paintings and artifacts. Dead flies, moths and bugs could be seen here and there. In the center of the room, on a raised dais, lay the body of an Indian, wrapped in a blanket. There was a standing cross at the head of his bed. His bow and arrow, other hunting paraphernalia and pots of food were placed beside the body.

When the blanket was opened, it was discovered that the body was perfectly preserved. He looked and felt petrified. It could have been the dryness of the air or the perfect seal of the tomb at just the right temperature. Or it could have been a miracle. Who knows? The people chose to believe it was a miracle. A resurrection. And the one who made the miracle possible was María de los Milagros, chosen by God himself.

The floor was repaired. The body of Cruzto was placed in front of the altar with its pre-Christian cross at its head. The priest in Taos heard of the discovery and of the new arrangement in the church. He was shocked and angry at what he considered pagan worship and heresy. When he came to Cruztillo he was prepared to denounce the idolatry and banish Cruzto to the cemetery.

It did not work out the way he had planned. When he heard María de los Milagros hold forth speaking, it seemed as if from the center of a dream, across mists of fantasy, a truth come forth, her truth. He became a believer. The cross, so intimately involved with the Cruzto myth and Cruzto's stated desire for baptism, assuaged the good priest's involuntary deviation from Catholic dogma.

It was with this rationale that he went to his bishop, taking María with him, to obtain permission to baptize Cruzto. He added that the baptism and recognition of this idol of the Indians, who had been so very Christian in his teachings, would serve to bring the Indians, who had become casual and careless about their Catholicism, back into the church.

The village priest's arguments were convincing. But what really got to the bishop was the performance of María de los Milagros. There was something atavistic, something oracular, in the tone and sound of her words, her posture, the look in her eyes. The bishop was carried away by the emotion, the drama and the mystery. To him, as to others, María had become the Star of the West who had come to announce, not the arrival, but the revival and the survival of the Messiah. He approved the baptism.

Cruzto was baptized. In the sight of God, and in the sight of man. With pomp and ceremony, the archbishop performed the baptism, accompanied by the bishop and all the priests and nuns in the area and all the Christians and Cruztians. Through it all Cruzto remained regal, majestic and impassive. María, attired in a mantle embroidered and bejewelled by the ladies of the village, recited her latest version of her vision, enchanting and bewitching the multitude. The people were exalted and proud. They now had a two-dimentional faith and religion. A double cross. One Christian, one Cruztian. They had a priest and a priestess.

Cruztillo was on the map. It became the mecca of the followers of Cristo and the followers of Cruzto, the Jerusalem of all fellow travelers, the tourist attraction par excellence. Precisely at sunset María de los Milagros would appear on the steps of the church in her ecclesiastic mantle and her virginal crown of flowers to deliver her rehearsed and impassioned recital of the legend and her vision. Her magic never failed. Her listeners walked away convinced and converted, transported to a zone where belief and disbelief merge and become one exciting and titillating reality.

Cruztillo became an economic bonanza for the natives. Shops sprung up everywhere. Cruzto corn, Cruzto beans, Cruzto crosses, Cruzto rocks, Cruzto T-shirts, Cruzto post cards were sold to the devout and the curious. A cassette with María's throbbing narrative was a booming success. In the church, alone, cold and stiff, Cruzto gave no sign that he was aware of the turmoil and tempest he had created.

María was now a celebrity. The people looked at her with awe and reverence. Visitors were first intrigued with the child high priestess, later enchanted by her mystique. She loved her role and knew just how to cultivate and embellish it. She lived the dream she dreamed to the fullest. She had been a solitary daydreamer before, now she sought solitude even more. This only added to the magic and the mystery.

The artist, the one who had repaired and refurbished the artworks of the church, the one who had made up the far-out and fantastic story of Cruzto, read all about what had happened and was happening in Cruztillo and could not believe what he read and heard. The story was too far-fetched, too ridiculous to believe. Yet, there it was.

He went to Cruztillo to see for himself. Sure enough, there was the regal and majestic figure of Cruzto in front of the altar. He tried to find María, the innocent, shy little girl of nine. He looked everywhere, asked everybody, to no avail. All the time, the Star of the West, Cruzto's high priestess, was hiding from him, watching him from a distance.

El cacique Cruzto

Cruztillo es un pequeño pueblo del norte de Nuevo México. Tiene una larga y tortuosa historia que se pierde en las sombrías nieblas del mito y la leyenda. Fue un pueblo indígena en tiempos pre-hispánicos.

Cuando llegaron los españoles, los indios hospitalarios los recibieron con cariño. Los dos pueblos vivieron juntos en total armonía, cada cual respetando los derechos civiles y humanos del otro. Con el tiempo durmieron juntos, cada cual gozando del calor y del afecto del otro hasta lo sumo. El resultado final de esta experiencia humana, el compartir un solo techo, una mesa y una cama, fue una nueva casta, el mestizo. Dos pueblos se hicieron uno: una sangre, un color, un olor. Todo indica que la nueva raza se jactaba de ser lo que era, es decir, les gustaba sentir, parecer y oler de la manera nueva. No tenían prejuicios raciales. El ayer se desvaneció y el mañana amaneció.

Cuando los buscadores de Eldorado, o de una casita al pie de la montaña, primero llegaron a Cruztillo, se sorprendieron al hallar una cruz en el centro del pueblo. La cruz estaba adornada con frescas ofertas de flores y plumas. Había más. Todos los indios llevaban cruces de oro en el cuello. Las cruces de oro fascinaban por razones religiosas o quizás por otras.

Esto era sorprendente de veras. Los españoles sabían que ellos eran los primeros cristianos en Nuevo México. Cuando supieron que el nombre del pueblo era Cruztillo el misterio aumentó.

Cuando los indios empezaron a aprender español, el misterio se fue aclarando. Al parecer, hacía muchos, muchos años, más allá de la memoria de todos, había venido un indio del sur. Era un hombre sencillo, modesto, que hacía flechas. Venía predicando un evangelio nuevo, algo nunca oído: el amor y la hermandad. Se llamaba Cruzto.

Toda la gente del pueblo, especialmente los niños, se le rodeaban. Sus parábolas empezaron a cobrar sentido. Hizo muchos milagros. Resucitó muertos, hizo andar a los cojos, hizo oír a los sordos, hizo ver a los ciegos, curó a los locos. Cambió el agua en vino y estableció un programa de Alcohólicos Anónimos. Les enseñó que fumar era dañoso para la salud.

Su encanto personal y la magia de su predicación convenció y convirtió a las multitudes. Los indios se convirtieron en recién-nacidos cruztianos. Lo hicieron cacique. La cruz fue su símbolo de autoridad.

Un día llevó a la gente a la montaña y les dio su despedida. Les dijo que tenía que volver a su padre. No mencionó a su madre. La gente entristecida lo vio perderse en el sol poniente agitando una pluma blanca (los pañuelos eran desconocidos entre los indios). En ninguna parte de la leyenda hay una sola referencia a una crucificación o a un ascenso al cielo después de tres días.

La leyenda, el símbolo de la cruz, el nombre del cacique y los valores que les enseñó a los indios facilitó la conversión de los indios al Cristianismo. Parecía, y todo el mundo lo creía, que el padre celestial había enviado a Cruzto a preparar a su gente para la nueva religión. Los indios de veras estaban preparados para ser católicos, apostólicos y románticos.

La kiva fue arrasada. Se construyó una iglesia sobre el sitio. Empezó una nueva vida, hecha de lo nuevo y de lo viejo. Las danzas de los indios tenían un algo de flamenco y de jota. Los cantos de los indios tenían ecos del cante jondo y de la zarzuela. La lengua española adoptó algunas palabras y pronunciaciones indígenas. La comida se hizo una mezcla de lo de aquí y ahora y lo de allá y entonces. La gente se hizo una adulteración de este y oeste, hechos uno. Algunas veces soñaban en español. Algunas veces soñaban en indio.

Todo esto ocurrió hace mucho tiempo. La gente tenía vagos recuerdos de los antiguos acontecimientos y de la leyenda de Cruzto. Nacieron tradiciones y costumbres que contenían elementos de las dos culturas. La gran fuerza unificadora que los unía era su religión y su reverencia a la cruz. La iglesia, construida en la forma de una cruz, era un vivo testimonio de su fe. Cristo y Cruzto se habían fundido en una sola imagen para ellos.

La gente vaciaba su cariño y devoción en la iglesia. Relucían el altar, el suelo y el bronce. Las vestiduras de los santos eran de los más finos brocados y sedas. Cada primavera los aldeanos entraban en un frenesí de actividad centrada en la iglesia. Emplastaban las paredes exteriores con barro nuevo, blanqueaban las paredes interiores, reponían todos los daños hechos por el tiempo y por los elementos, fregaban, pulían.

No obstante, algo estaba fuera de quicio, y esto preocupaba. Los viejos cuadros y estatuas traídos de España por los colonos habían desmejorado mucho. La tinta de las pinturas estaba pelándose. La porcelana de las caras y manos de las estatuas estaba cuarteándose. A través del cura del pueblo contrataron a un distinguido artista de Taos para restaurar y retocar estas obras de arte.

Vino el artista y se puso a trabajar. Al principio trabajaba solo. Como la iglesia estaba en una aldea aislada, no había cura en residencia. Uno venía de Taos una vez al mes a dar misa, oír confesiones, dar la comunión, casar y bautizar. De modo que la iglesia estaba más bien abandonada entre esas visitas.

Un día apareció una niña esquiva de nueve años en la iglesia. El artista agradeció la compañía. Percibió su timidez enseguida y respondió a su aprehensivo silencio con cariñoso encogimiento. Poco a poquito, sin mirarla, le ofrecía pequeños informes sobre las figuras que estaba componiendo. Poco a poquito se desvaneció el miedo de la niña. Empezó haciéndole preguntas muy inteligentes. Se hicieron buenos amigos. El le contaba cuentos, pausando aquí y allí, dándole tiempo para que ella se percatara de ciertas cosas, para hacerle preguntas provocativas, o sólo ver la expresión de la cara. Gozaba en todo sentido de sus risas, sus asombros, sus sorpresas, su incredulidad y sus preguntas penetrantes. La niña tenía una imaginación sin límites.

Uno de los cuentos que más la impresionó fue la leyenda de Cruzto. Cuando el artista notó la fascinación de la niña, se excedió para hacer el cuento interesante. Hablaba como si él mismo había conocido a Cruzto y como si todo lo que decía fuera verdad.

—Cruzto no desapareció en el poniente agitando una pluma blanca. La gente ha olvidado. Estáe quivocada. Murió en la kiva y fue enterrado allí por los mayores. Está enterrado aquí bajo este suelo. Mira esa grieta en el suelo. Cruzto está tratando de salir. Quiere ser bautizado.

El artista se dio cuenta que la niña impresionable de la viva imaginación había creído todo lo que había dicho como si fuera el evangelio. Supo que se había pasado de la raya, sin embargo, por alguna razón, no quizo borrar la ilusión que había creado. Encontró la solución:—Este es un secreto entre tú y yo. Nadie debe saber. Cruzto se enojaría mucho. Prométeme que no le dirás a nadie.—La niña prometió.

Pasaron los días. El artista terminó su trabajo y se fue. María de los Milagros, así se llamaba la niña, iba por la casa en un estado de trance. No podía pensar de otra cosa noche y día. La idea de Cruzto enterrado y abandonado en la tierra fría la mortificaba. Pensar en su deseo de ser bautizado la obsesionaba. Olvidó o rechazó su promesa de no decir nada.

No pudo menos. Les desembocó todo a sus padres. La historia no resultó del todo la misma. Según ella Cruzto se le apareció en una visión e insistió en que lo sacaran de la tierra y lo bautizaran. Añadió otras elaboraciones propias.

María estuvo tan sincera y tan intensa, su historia tan apasionada y convincente, que sus padres la creyeron. Se excitaron muchísimo y llamaron a los aldeanos. María tuvo que contar su historia una y otra vez. Con el mismo resultado. Todos estaban convencidos. Todos excitados. Empezaron a hacer curiosas asociaciones. ¿No se llamaba María de los Milagros? ¿No había sido siempre diferente y especial? Por cierto ella era

157

la elegida, la elegida para hacer un milagro.

Esta era gente sencilla, nacida y criada en tradiciones místicas en un tiempo y un lugar donde los milagros son posibles. Claro que María tuvo mucho que ver con la ilusión. Ya sabemos que tenía una imaginación activa. Ahora descubrimos que era una actriz de primera. Parecía estar encantada, en trance. Su voz adquiría una autoridad nunca oída. Parecía y sonaba como tocada por la mano de Dios.

Movidos y alborotados por las palabras de la niña, los hombres corrieron a casa por picos y palas. Pronto toda la gente estaba en la iglesia. Como no había cura que lo impidiera, los hombres estaban excavando frenéticamente. Los hombres cavan lento cuando están sacando una sepultura o haciendo un hoyo de poste. Cavan rápido cuando buscan un tesoro o un milagro. El hoyo ya estaba hondo cuando se desfondó y se cayeron los hombres. Cayeron en un salón espacioso. Los de arriba oyeron gritos, boqueadas y ruidos de asombro.

Iluminaron el salón con antorchas. Estaba adornado con antiguas pinturas indígenas y artefactos. Se veían moscas, polillas y bichos muertos aquí y allí. En el centro del Salón, en un tablado elevado, yacía el cuerpo de un indio, envuelto en una manta indígena. Había una cruz de pie a su cabecera. Su arco y flechas, indumentaria de la caza y ollas de comida estaban puestos al lado del cuerpo.

Cuando se abrió la manta se descubrió que el cuerpo estaba perfectamente conservado. Parecía y se sentía estar petrificado. Pudo haber sido la aridez del aire. El sello perfecto de la tumba. La temperatura necesaria. O pudo ser un milagro. ¿Quién sabe? La gente quiso creer que fue milagro. Una resurrección. Y la que hizo posible el milagro fue María de los Milagros, escogida por Dios mismo.

Compusieron el suelo. Pusieron el cuerpo de Cruzto delante del altar con su cruz pre-cristiana a su cabecera. En Taos el cura oyó del descubrimiento y del nuevo arreglo en la iglesia. Estaba escandalizado y enojado con lo que él consideraba adoración pagana y herejía. Cuando vino a Cruztillo venía dispuesto a denunciar la idolatría y a desterrar a Cruzto al campo santo.

No resultó como él creía. Cuando oyó a María de los Milagros exponer, hablando, al parecer, del centro de un sueño, a través de nieblas de fantasía, surgió una verdad, la verdad de ella. Se hizo creyente. La cruz, tan íntimamente ligada al mito de Cruzto, y el deseo del bautismo, expresado por Cruzto, justificaron la desviación involuntaria del dogma católico del buen cura.

Se presentó ante su obispo con esta justificación, llevando a María consigo, a pedir permiso para bautizar a Cruzto. Añadió que el bautismo y reconocimiento de este ídolo de los indios, que había sido tan cristiano en sus enseñanzas, serviría para traer a los indios, que se habían hecho indiferentes y descuidados con su Catolicismo, otra vez a la iglesia.

Los argumentos del cura de la aldea eran convincentes. Pero lo que verdaderamente le llegó al obispo fue la actuación de María. Había algo atavístico, algo oracular, en el tono y sonido de sus palabras, en su postura y en su mirada. El obispo fue seducido por la emoción, el drama y el misterio. Para él como para los otros, María se había convertido en la Estrella del Poniente que había venido a anunciar, no la llegada, sino el renacimiento y la sobrevivencia del Mesías. Aprobó el bautismo.

Cruzto fue bautizado. Ante los ojos de Dios y ante los ojos de los hombres. El arzobispo ejecutó la ceremonia, acompañado del obispo, todos los curas y monjas de las cercanías, como también de los cristianos y cruztianos. Por todo esto Cruzto se mantuvo regio, majestuoso e impasivo. María, en un manto bordado y enjoyado por las señoras del pueblo, recitó su última versión de su visión, encantando y seduciendo a la multitud. La gente estaba exaltada y orgullosa. Ahora tenían una fe y una religión de dos dimensiones. Una cruz doble. Una cristiana y otra cruztiana. Tenían un sacerdote y una sacerdotisa.

Cruztillo estaba en el mapa. La meca de los cristianos y de los cruztianos. El Jerusalén de los correligionarios de ambos. La atracción turística por excelencia. Precisamente a la puesta del sol aparecía María en las gradas de la iglesia en su manto eclesiástico y en su corona virginal de flores a dar su recital ensayado y apasionado de la leyenda y su visión. Su magia nunca fallaba. Sus oyentes se iban convencidos y convertidos, transportados a una zona donde la creencia y la descreencia se funden y se hacen una sola realidad palpitante.

Cruztillo se convirtió en bonanza económica para los naturales. Surgieron tiendas por todas partes. Se vendían cosas de Cruzto: cruces, maíz, frijoles, piedras, T-shirts, postales a los devotos y curiosos. Un casette con la narrativa encantadora de María tuvo un éxito fantástico.

María era ya personaje. La gente la miraba con recato y reverencia. Los visitantes primero eran atraídos por la niña sacerdotiza, luego encantados por su misticismo. Ella gozaba su papel y sabía cultivarlo y desarrollarlo. Vivía el sueño que soñaba con todo gusto. Había sido una soñadora solitaria antes. Ahora procuraba la soledad aún más. Esto sólo aumentaba la magia y el misterio.

El artista, el que había reparado y compuesto las obras de arte de la iglesia, el que había inventado la descabellada y fantástica historia de Cruzto, leyó lo que había ocurrido y estaba ocurriendo en Cruztillo y no podía creer lo que oía y leía. La historia era demasiado exagerada, dema-

159

siado ridícula para creer. No obstante, allí estaba.

Fue a Cruztillo a ver por sí mismo. Era verdad, allí estaba la regia y majestuosa figura de Cruzto delante del altar. Trató de hallar a María, la inocente, la esquiva niña de nueve años. La buscó por todas partes, preguntó a todos, sin éxito. Mientras tanto, la Estrella del Poniente, la sacerdotisa de Cruzto, se escondía de él, lo vigilaba desde lejos.

Rising Gold, Falling Gold

There are golds that rise, turning into light, towards the heavens. There are golds that fall, turning into shadow, towards the ground. One is the gold of the rosebud seeking springtimes and sunrises. The other is the gold of the ripened fruit seeking autumns and sunsets. One is ardent desire. The other is painful anguish.

In the rise and fall of time and space these currents of gold seldom meet. They follow different courses in their wandering ways. So one lacks a shadow to outline and define it. Light does not delineate nor illuminate the other.

When there is good luck, a miracle or an accident, the ascending old and the descending gold, deflected and guided by divine chance, in their ceaseless quest, meet. The dynamics, the illusion and the optimism of the rising gold incites, inflames and lights the falling gold. The experience, understanding and patience of the falling gold informs, directs and forms the rising gold.

The two rivers of gold meet, embrace and become one: a complete gold, made of light and shadow, full of vertical power, that rises and falls, burns and sleeps. They became a sea of gold whose waves rise joyfully up to the sun, the moon and the stars and come down happily to the peace and comfort of the sea. A golden sea of waves that dream, contemplate and think in the shadows.

He was the gold that was falling, serene and master of his sunset in its implacable descent. She was the gold that was rising, cheerful and commanding of her sunrise in its assertive ascent. He was full of night. She was bursting with day. He carried autumn on his back. She walked on the flowers of spring.

The story of these two is long and complicated. Its beginning is quite simple. Its results are complex and unexpected.

Mercedes Paredes was the cleaning woman at the house of Gustavo and Cristal Montalvo once a week. When Cristal found out that Mercedes had a nine year old daughter, she insisted that she bring her along and not leave her alone. That is how Mariluz first came to the Montalvo home.

The impression that Gustavo and Cristal had of the child was that she was shy and withdrawn. She did not say a word. She did not make a sound. She answered questions briefly and reluctantly. She followed her mother around the house in silence, hiding her face and her eyes. As for the rest, she was so pretty, so exquisite of face and figure, so well-mannered, that she won everybody over.

Mariluz did not have a father. Mercedes never said why. This happens frequently among the poor. There are fathers who appear and disappear and who sometimes appear again, only to disappear again, leaving the poor woman another child to feed.

Perhaps because of this, perhaps because she needed a father, the little girl was attracted to Gustavo, instinctively, trembling and scared. She would appear silently at the door of the study where Gustavo wrote and would look at him for a long time with an expression of indescribable tenderness on her face. When Gustavo became aware of her presence and raised his eyes, the little girl would run away.

One day Mercedes and Mariluz were alone in the house. The Montalvos returned home unnoticed. They heard what they never would have thought possible. They heard Mariluz talking non-stop, singing like a bird, laughing like mother nature herself. She was full of life, sparkle and joy. Gustavo and Cristal could not believe what they heard. It was a side of Mariluz they did not know. At that moment Mariluz won over the Montalvos, forty-five years old, married for twenty years and without any children. Suddenly, in a flash, Mariluz became the daughter they would have liked to have. They looked at each other and knew they were both thinking the same thing.

They went in. Mariluz went out like a light, like a radio, like a television set. The little girl lowered her head, hid her face and her eyes and stopped being what she always was and she became what she had always been again. Gustavo and Cristal fell in love with her completely. Gustavo, with that brusque style that characterized him, and which Mariluz adored in secret, said:

"Hey, Marifibs, you're not going to fool me any longer. Now I know that you can talk, that you can sing and laugh!"

Mariluz turned as red as a tomato. She squirmed. It looked as if she was dedicated passionately to boring a hole in the carpet with the tip of her patent leather shoe. She spun around abruptly and ran off. Gustavo, Cristal and Mercedes heard her giggles and laughter in the next room. Her laughter was full of grace, relief and mischief. It sounded as if she were happy that she had been caught, as if she wanted to be known as she really was. An avenue of communication had been opened.

From then on Mariluz was for Cristal the daughter she had always wanted and never had. She poured on her the waves of maternal love she had stored for so many years. She took her shopping. Dressed her like a little princess. She always did this discreetly so as not to offend Mercedes. But she did not have to worry. The mother was delighted with the attention her daughter was receiving and with the new category the child was achieving. Mariluz began to imitate Cristal: her style, her gestures, her manner of speaking, her prejudices. She wanted to be a little Cristal. Whatever "Auntie Cristal" said was gospel. And Cristal? She was in heaven. She was forming, fashioning the child in her own image. The fact was that there was a certain resemblance between the two, a vague some-thing that joined them. It was as much of a resemblance possible between a child of nine and a woman of forty-five.

Gustavo looked upon all of this with a certain satisfaction and some condescension. What was going on was all right with him, and he let them be. From time to time the three of them went to a movie or out to dinner. Mariluz was still shy with him.

He wrote every day. He himself did not know when he began to miss the child during the week, when he began to look forward to Saturday with a vague illusion as yet nameless.

When Saturday came, the child soon disappeared. She was at the door of Gustavo's study. No longer fearful and shy. Now she was sure of herself. She watched Gustavo openly and naturally and with a certain satisfaction, as if he were an object of art. Now and then he would raise his eyes, look at her and smile. She would answer with a soft look and a vague smile. One time he winked at her. She opened her eyes wide, like a frightened fawn. Then she winked at him.

She turned around and walked away. She strutted, skipping every third step. On her face there was a ripe smile trying to burst into laughter, which she did not allow. It was a kind of euphoria, the euphoria of the winner relishing a victory. "He winked at me! He noticed me!" She her-self did not know what was happening to her. She did not know she was the daughter who pleased a father who loved her.

One Saturday, without a preamble, she asked, "Sr. Montalvo, what is it you write?"

"Don't call me Sr. Montalvo."

"What do I call you? I call Sra. Montalvo Auntie Cristal. Should I call you uncle?"

"No. I'm nobody's uncle. Call me Gustavo. That's my name."

"Okay. What is it you write, Gustavo?"

"Stories."

"Will you tell me one?"

"Whenever you wish."

Gustavo's gruffness did not seem to alarm Mariluz. It seemed to attract her. From that day on Gustavo and Mariluz spent Saturdays to-gether. Mercedes and Cristal smiled when they heard the chatter and the sudden bursts of laughter that came from the study. They could be seen in the garden watering, trimming the rose bushes, digging and raking. Gustavo loved the unique mixture of wit and innocence, grace and awkwardness, ignorance and intelligence that spurted spontaneously like sparks, like poetry, from the lips and the eyes of the little girl. He was entering more and more into a sentimental involvement that he could never leave.

One day Gustavo came to Cristal all upset. He had just discovered that Mariluz, after three years in public school, could not read and did not know her numbers. Considering Mariluz's native intelligence, this was incredible. When they discussed this with Mercedes, they found out that Mariluz did not like school now and never had. Mercedes was desperate; she did not know what to do. When she lost her father, Mariluz became an introvert, a loner and a dreamer. She hid inside herself and had refused to come out until now—with the Montalvos.

Cristal and Gustavo dedicated themselves body and soul to educating Mariluz. She dedicated herself in the same manner to learning. She did it to please and satisfy her beloved teachers. She learned fast because she wanted to, because she felt like it. Very soon she was reading Gustavo's stories, discussing them with grace and perspicacity, establishing in this way another line of communication.

A desire, almost an anguish, to learn everything was born in Mariluz. She wore herself out reading and studying. She wanted to be worthy, to rise to the level of her cultured and elegant benefactors. She began to shine in school, to earn awards and honors. She came home to share her intellectual discoveries, to discuss and comment with Gustavo and Cristal the vistas that were opening for her.

They advised, drilled and directed her in her studies. They bought her encyclopedias and books appropriate for her age and development. The child's motivation could not have been higher. A very real sense of family developed for the three of them. Mariluz's visits increased. She stayed overnight on many occasions, sometimes as long as a week. By now she had her own bedroom. It is difficult to know what Mercedes's feelings were. One thing was sure. She didn't feel any jealousy or envy. On the contrary, she looked on all of this with complacency and pride. Gustavo and Cristal could not have been happier and more satisfied. Mariluz had completely filled a vacuum that existed in their life.

The years went by in this manner. Mariluz became a beautiful teenager. She walked on flowers and sunrises. She filled the house with good cheer, with her singing, good humor and delightful laughter. She was the brightest star of her school and the favorite of her teachers. Gustavo now pushed her away brusquely when she tried to sit on his lap. It was no longer proper. She either laughed or pouted.

"Do you have a boyfriend?"

"No, Gustavo."

"Why not?"

"Because I like them all."

She tried to put an end to the conversation.

"Isn't there one among all of them?" He had to insist.

"None."

"How do you explain that?"

"It's easy. They are all silly or crazy, selfish and egoistic. Besides, there isn't a single one like you."

"But you fool, don't you know that I was like those things, and that, in part, I still am?" He was sorry he had insisted.

"I don't care. I'll wait until I find a man like you." Then, with deliberate mischief, "If it weren't for Aunt Cristal, I'd choose you." Her eyes left no room for doubt.

Gustavo did not answer. She went away. He was left in a state of shock. He was deeply shaken. Something he had been suspecting in a vague way, denying it to himself, above all fearing it, was now out in the open. Mariluz's love had gone beyond love for a father. He never mentioned the subject again. She did not either. He consoled himself in thinking that this was a passing fancy, an adolescent thing.

The leaves fell from the calendar. New watches replaced the old ones. Tomorrows became yesterdays, the future became the past. The luminous gold rose in agitated flaming waves. The aging gold descended in serene and pleasant ripples. She was rising up to life with love and without fear. He was coming down to death with affection and without terror. In the silence of honesty and honor, her waves and his ripples called to each other, looked for each other, in mute and ardent silence.

At the university, Mariluz, now a full-grown woman, continued to gather and enjoy triumphs like fruits from the tree of history. Always surrounded by friends, she feasted on the rich university years to her heart's content. Parties, clubs, dances, theater, symphonies, everything. Never a boyfriend. Full of grace and charm, with jolly and piquant personality, she was an artist of dissuasion, the mistress of the cold shoulder. Men always found themselves, not knowing how, on the other side of a glass curtain. They were very close. They could see and hear, but they could not touch. Distance without distance, the most terrible distance of all. Gustavo was deeply moved by this rejection of love, but he did not dare say anything. In his mind, in secret, the "if it weren't for Aunt Cristal, I'd choose you" reverberated.

Just as Mariluz was a star in the social arena, she was a luminary in the university sphere. She gathered awards and scholarships like daisies. She graduated in mathematics with honors. The tender trinity of tremulous parents was present: Gustavo, Cristal and Mercedes. They were happy and proud of the child who once could not read and who now wrote for others to read.

That night the reception for Mariluz was a gala affair. All of the friends of the graduate were there. Cristal and Mariluz wore identical evening dresses. They looked like mother and daughter, which for all intents and purposes they were. On Cristal's face there was an expression of complete satisfaction, of maternal fulfillment. Gustavo was a bundle of paternal pride. His feelings appeared in his eyes, and he, very much a man, tried to hide them.

The young people enjoyed themselves as only they could. From eating and drinking they went to singing and dancing, talking all the way. They played a waltz. Mariluz struck a pose in front of Gustavo, and with a rather bold gesture, challenged him to dance. He wanted and did not want to resist. They danced. They danced very well together. Like father and daughter. A keen observer might have seen something more, something invisible. Cristal and Mercedes watched them dance with approval. They did not see, or did not want to see the invisible.

Because of her merits and brilliant university record, and, of course, the impression she left at the interview, Mariluz obtained an excellent administrative position with the state electric company. She soon made herself known and respected. She triumphed as always. She gathered laurels like carnations. In spite of the pressures and responsibilities of her employment, she dedicated all her free time to the Montalvos, offering them the affection, respect and comfort of the loving daughter she was. She enriched and sweetened their lives.

For some time Cristal's health had been failing. She was thin and fragile. Doctors attended her regularly with no results. Gustavo and Mariluz looked after her with devotion. They indulged her tenderly. She told them not to worry, that she felt no pain, that she was not suffering. When they were together, all three chatted, laughed and joked as usual, as if nothing were wrong. When Gustavo and Mariluz were alone, they cried.

Gustavo did not know when uncomfortable and unwanted thoughts about Mariluz first began to invade him. Perhaps it was when she told him, "If it weren't for Aunt Cristal, I'd choose you." For a long time he could shake off these thoughts easily because he considered them improper and disloyal to Cristal and lacking in respect for Mariluz. Furthermore, they compromised his own self-respect. Then they danced on her graduation night. Something unforeseen, mysterious and magnetic happened that night. Without words, gestures or looks, they said many things to each other.

From then on life was a torment for Gustavo. Try as he might, he could not stop thinking of Mariluz, and his thoughts made him blush and feel shamed. When she was present he had to force himself to take his eyes off her. The same thing was happening to her. Imprisoned passions are destructive demons. The two suffered in silence.

Cristal's illness put the swarm of painful thoughts to flight. The two of them dedicated themselves to making life pleasant for her. The love felt for her filled their bodies and souls and left no room for anything else. War brought them peace.

"Mariluz, we have to talk. The hour of my death is approaching."

"Don't say that, Aunt Cristal. You're going to get well."

"No, my daughter. One always knows. I don't mind dying. I've had a very good life. God has been very good to me. He gave me a perfect husband and a loving daughter. I always enjoyed good health. My illness has not been painful."

"Aunt Cristal, you have been my true mother. Since I was a child, I wanted to be like you. I always imitated everything about you. Losing you will be losing my beloved mother."

"That is true, dear. I, too, wanted you to be like me. I always felt proud that you dressed, wore your hair and talked like me. Seeing you now is like seeing myself at your age, as if I had been born again. Leaving you now will be like leaving my own daughter."

"Tell me, Aunt, what are Gustavo and I going to do?"

"I'm worried about Gustavo. He's a noble man. He can stand on his own feet, come what may. He's also very human, very sensitive, very sentimental. So he's in danger. There is where he needs your help. My death is going to be a terrible blow to him. Promise me, dear, that you will watch over him, that you will not let him suffer."

"I promise, Aunt, with all my heart."

In this and other conversations Cristal gave Mariluz many instructions. She told her that Gustavo was very careless, that she would have to see that he ate well, that he had clean clothes, that he have his hair cut, that he go to the doctor and to the dentist. Above all, she insisted, "Don't leave him alone too much. Loneliness will kill him." The two women cried every time. It is strange but Cristal gave no advice and made no reference to the future or possible marriage of either Gustavo or Mariluz. It did not seem to be necessary.

Cristal spoke to Gustavo too.

"Gustavo, my love, we have to talk. As you know, I'm dying."

"Don't say that, sweetheart. You are going to get well."

"No, Gustavo, I can already feel the nearness of death. One knows. I give thanks to God for giving me such a compassionate illness."

"What am I going to do without you?"

"Accept my death as I accept it. Be grateful for the happiness we have shared. I loved you and you loved me from the beginning till the end. That is a gift given to very few. Only one thing was missing, a daughter. Mariluz came to fill that void in our lives with happiness and pride. No one deserves more. No one should ask for more."

Gustavo could not speak. Violent sobbing shook his entire body. Cristal continued. "Don't cry, my darling. You are not going to be alone. Mariluz will always be at your side. She'll take care of you. I want you to give her all my jewels and all my clothes; fortunately they fit her well. If you think it's all right, make a new will and leave Mariluz everything when you die. I don't want any sorrow or tears. When you think of me, do so with joy."

There were more conversations like this one. But Gustavo refused to be consoled. Life without Cristal was a night without a moon or a light, a night open to every danger and every penalty, a night of unending cold.

One morning Cristal was dead. She died in her sleep, without pain, at peace. On her face there was a smile of complete contentment. A good woman, a good life, a good death.

Cristal had been right. Gustavo fell into a black depression. Nothing seemed to matter to him. He wandered around the house like a sleepwalker, like a phantom, holding on to his silence and his introversion. Sometimes he would pause in front of some object that had belonged to Cristal. He would look at it a long time, then caress it tenderly, gently. Sometimes he would sink into an easy chair with his eyes open, but closed. No one knew what he was thinking. He was a pitiful sight.

Mariluz had to get angry, scold him soundly, to get him to eat, to shave, to go to bed. He answered obediently, "Yes, my dear, whatever you say." When Mariluz was on the edge of despair, thinking that she was not going to be able to pull Gustavo out of his depression, believing, as well, that he was dying on purpose, he began to come out by himself. Not all at once. Very slowly. Somewhat shy. Feeling his way. A sharp question accompanied by a penetrating look. A joke here, unexpected laughter there. He began to write for short periods. Sometimes he would hum. Mariluz was patient and played along, drawing him out at his own pace.

Suddenly, one day he was all there. Complete, body and soul. Laughter returned to the Montalvo house. The bath of pain and sorrow had been good for him. He came out clean. Penitence brings back innocence. He had to suffer in order to be able to live. He was then sixty years old, and she was twenty-four. They had shared fifteen years of loving and honorable intimacy.

The life of the two became rich and pleasant. The house throbbed with lively chatter, intense discussions, frequent laughter. Tedium and routine went out the window. Gustavo wrote with new and alert energy, always listening for her key at the door. They cooked, ate and washed dishes as if every day were a red-letter day, every moment a jubilation, and time a smile. She scolded him openly and shamelessly as if she were used to it. He received her nagging with delight, because he was, indeed, used to it.

Mariluz began to wear Cristal's clothes and jewelry. Gustavo looked at her fascinated. It was as if he were seeing his young wife, newlywed, as if she had not died, as if she had been born again and had returned to bewitch him.

The exiled thoughts returned to their native land. They returned new and clean, converted into desires. Desires that jumped to the eyes, the lips, even to the fingertips, to be stopped there by honor, or respect, or love. When the conversation became dangerous and was on the point of becoming expression, one or the other deflected it into safer avenues. The presence of the memory of Cristal in the house was not inopportune or threatening. On the contrary, it seemed to favor the miracle that was about to happen. They would go to bed, he to his room, she to hers. What was left unsaid and undone remained suspended in the silence and in time. Silence and time throbbed and waited.

Mariluz was the brave one, less inhibited by layers of history. It was she who dared put her feelings into words. It was she who made insinuating remarks, the one with the suggestive looks. One day, all of a sudden she said, "Do you remember, Gustavo, the day I told you I didn't have a boyfriend because I wanted one like you?" Her voice was almost a whisper.

"How could I forget?" His voice sounded hoarse and dry.

"Do you remember that I told you that if it weren't for Aunt Cristal I would choose you?"

"Yes, I haven't been able to forget it."

"Aunt Cristal is no longer with us. I now choose you as my lover." Her voice and her whole body were shaking.

"But do you know what you're saying? I could have been, I have been, your father."

"You were. You no longer are. You're the only man I love, the man I've always loved."

"What you propose is impossible."

"It is not impossible. I love you, and I know you love me. Nothing else matters."

"I love you, Mariluz, with all my being."

"I love you, Gustavo, with all my soul."

Two rivers of gold met in the heavens, one flowing up, one flowing down. The river of gold that rose in lively waves of light and fire stopped. The river of gold that fell in serene ripples of embers and shadows stopped. Both rivers stopped, they ceased to rise and fall, they met and became one deep and vast lake of love. The waves and the ripples disappeared in the water. The water stirred and whirled with internal life and energy. The sunrise and the sunset came together and became one single light without nights or shadows, caressed and fired by a complacent sun.

Oro que sube, oro que baja

Hay oros que suben, haciéndose luz, hacia el cielo. Hay oros que bajan, haciéndose sombra, hacia el suelo. Uno es el oro del capullo que busca primaveras y amaneceres. El otro es el oro del fruto maduro que busca otoños y atardeceres. Uno es ansia viva. El otro angustia turbia.

En el sube y baja del tiempo y del espacio estos oros rara vez se encuentran. Llevan distintos caminos en sus peregrinos destinos. Así es que uno carece de sombra que lo dibuje y lo defina. La luz al otro no delinea y no ilumina.

Cuando hay suerte, milagro o accidente, el oro del ascenso y el oro del descenso, desviados y guiados por el divino azar en su incesante vagar, se encuentran. La dinámica, ilusión y optimismo del oro que sube incita, enciende e ilumina el oro que baja. La experiencia, comprensión y paciencia del oro que baja informa, orienta y forma el oro que sube.

Los dos ríos de oro se encuentran, se abrazan y se hacen uno. Un oro íntegro hecho de luz y de sombra, lleno de energía vertical que sube y baja, arde y duerme. Un mar de oro cuyas olas, hechas luz, se alzan alegres hacia las estrellas, el sol y la luna y bajan contentas al reposo y consuelo del mar. Un mar de oro sin olas que sueña, contempla y piensa en la sombra.

El era el oro que bajaba, sereno y dueō de su atardecer, en su lento descenso. Ella era el oro que subía, risueña y reina de su amanecer, en su recio ascenso. El, lleno de noche. Ella, rebozando de día. El llevaba el otoño a cuestas. Ella pisaba las flores de la primavera.

La historia de estos dos es larga y complicada. Tiene principios bien sencillos y resultados complejos e inesperados.

Mercedes Paredes hacía la limpieza en la casa de Gustavo y Cristal Montalvo una vez por semana. Cuando Cristal supo que Mercedes tenía una niña de nueve años, insistió que la trajera con ella y que no la dejara sola. Así es como Mariluz primero vino a la casa Montalvo.

La impresión que Gustavo y Cristal tenían de la niña era que era esquiva y retirada. No decía palabra. No hacía ruido. Apenas, y a las fuerzas, contestaba preguntas. Acompañaba a su madre por la casa en silencio, escondiendo la cara y la mirada. Por lo demás, era tan bonita, tan exquisita de figura y facciones, tan bien educada, que se ganaba la simpatía de todos.

Mariluz no tenía padre. Mercedes nunca dio explicaciones. Esto ocurre con frecuencia entre los pobres. Hay padres que aparecen y desaparecen y que a veces vuelven a aparecer, para volver a desaparecer, dejándole a la pobre mujer otro crío que mantener.

Quizá por eso, quizá porque le hacía falta un padre, la niña se fue acercando a Gustavo, instintivamente, temblorosa y asustada. Aparecía en silencio en la puerta del estudio donde Gustavo escribía y lo miraba largo, una expresión de indescriptible ternura en la cara. Cuando Gustavo se daba cuenta de su presencia y alzaba los ojos, la niña huía.

Un día cuando Mercedes y Mariluz estaban solas en la casa, los Montalvo llegaron desapercibidos. Oyeron lo que nunca habrían creído posible. Oyeron a Mariluz hablar como una cotorra, cantar como un pájaro, reír como la primavera misma. Estaba llena de vida, chispa, alegría. Gustavo y Cristal no podían creer lo que oían. Era un lado de Mariluz que no conocían. En ese momento Mariluz se ganó a los esposos Montalvo, de cuarenta y cinco años de edad, casados ya veinte años, que no tenían hijos. De pronto, de una manera relampagueante, Mariluz se convirtió en la hija que hubieran querido tener. Se miraron y supieron que los dos estaban pensando la misma cosa.

Entraron. Mariluz se apagó como una luz, como un radio, como un televisor. La niña bajó la cabeza, escondió la cara y la mirada y dejó de ser lo que siempre era y fue lo que siempre había sido otra vez. Es que Mariluz era dos, o más. Gustavo y Cristal la quisieron de veras. Gustavo, con ese estilo brusco, pero no torpe, que le caracterizaba, y que Mariluz adoraba en secreto, dijo:

—¡Ay, Marimentiras, ya no me vas a volver a engañar. Ya sé que sabes hablar, que sabes cantar, que sabes reír.

Mariluz se puso como un tomate. Se retorcía. Parecía que se dedicaba apasionadamente a hacer un hoyo en la alfombra con la punta de su zapatito de charol. De repente se dio la vuelta y salió corriendo. Gustavo, Cristal y Mercedes oyeron sus risitas y risoterías en el otro cuarto. Estaban llenas de gracia, de alivio y de malicia. Era como si se sintiera contenta de que la hubieran descubierto, como si quisiera que la conocieran como verdaderamente era. Se había abierto la brecha de comunicación.

De allí en adelante Mariluz fue para Cristal la hija que siempre quiso y nunca tuvo. Volcó sobre ella olas de amor maternal almacenado por tantos años. La llevaba de compras. La vestía como una princesita, pero siempre con discreción para no ofender a Mercedes. Sin necesidad. La madre estaba encantada con la atención que su hija recibía y con la nueva categoría que la niña empezaba a alcanzar. Mariluz empezó a imitar a Cristal: sus modales, sus gestos, su manera de hablar, sus prejuicios. Quiso ser una pequeña Cristal. Todo lo que decía "tía Cristal" era evangelio, la palabra de Dios. ¿Y Cristal? Cristal en la gloria. Estaba formando a la niña en su propia imagen. La verdad era que había un cierto parecido entre las dos, un cierto aire que las unía. Es decir, las semejanza posible entre una niña de nueve años y una mujer de cuarenta y cinco.

Gustavo miraba todo esto con cierto contento y un tanto de condescendencia. Le parecía bien y las dejaba hacer lo que quisieran. De vez en vez iban al cine los tres o salían a comer. Mariluz todavía estaba reservada con él.

Todos los días él escribía. El mismo no supo cuándo empezó a echarla de menos durante la semana, cuándo empezó a esperar el sábado con una vaga ilusión que aun no tenía nombre.

Llegaba el sábado y pronto la niña se perdía de vista. Era que estaba a la puerta del estudio de Gustavo, ya no recelosa y esquiva. Ahora se presentaba dueña y segura de sí misma. Contemplaba a Gustavo abierta y desenfadadamente, con una cierta satisfacción, como si él fuera un objeto de arte. De vez en cuando él alzaba los ojos, la miraba y le sonreía. Ella le respondía con una blanda mirada y una leve sonrisa. Una vez él le guiñó el ojo. Ella abrió los ojos grandes como venadita sorprendida. Luego le contestó con otro guiño.

Se dio la vuelta y se fue. No corriendo como solía. Zarandeándose, dando pequeños saltitos cada tres pasos. En la cara tenía una rica sonrisa que quería irrumpir en risa, que ella no permitía. Exhibía una especie de euforia, la de la vencedora que goza de una victoria.—¡Me guiñó el ojo! ¡Se fijó en mi!—Ella misma no sabía lo que ocurría. No sabía que era la hija que complacía a un padre que la quería.

Un sábado, sin preámbulos dijo:

—Sr. Montalvo, ¿qué es lo que usted escribe?

—No me digas Señor Montalvo.

—¿Qué le digo? A la Sra. Montalva le digo tía Cristal. Le digo tío a usted?

—No, yo no soy tío de nadie. Dime Gustavo, que así me llamo. Y trátame de tú.

—Bueno, entonces, ¿Qué es lo que escribes, Gustavo?

—Escribo cuentos.

—¿Me contarás alguno?

—Sí, cuando tú quieras.

La brusquedad de Gustavo no parecía alarmar a Mariluz. Parecía atraerle. A partir de ese día Gustavo y Mariluz se pasaban el día sábado juntos. Mercedes y Cristal se sonreían al oír las animadas charlas, las repentinas risotadas, que salían del estudio. Se les veía en el jardín regando, podando los rosales, escarbando y rastrillando. A Gustavo le encantaba la curiosa mezcla de ingenio y de inocencia, de gracia y torpeza, de ignorancia e inteligencia que brotaba espontáneamente como chispas, como poseía, de los labios y los ojos de la niña. Más y más iba entrando en un compromiso sentimental que él mismo no habría podido explicar y del que nunca saldría.

Un día viene Gustavo a Cristal todo molesto, de veras exaltado. Acababa de descubrir que Mariluz, depués de tres años de escuela pública, no sabía leer, no sabía sus números. Dada la inteligencia nata de Mariluz, esto era increíble. Al discutirlo con Mercedes, supieron que a Mariluz no le gustaba la escuela ahora y no le había gustado nunca. Mercedes estaba desesperada, no sabía qué hacer. La niña se introvertió, se hizo solitaria y soñadora cuando perdió al padre. Se escondió dentro de sí misma, y no había querido salir hasta ahora—con los Montalvo.

Cristal y Gustavo se entregaron cuerpo y alma a educar a Mariluz. Ella se entregó de la misma manera a estudiar y aprender. Lo hacía por congraciar y complacer a sus queridos maestros. Aprendió a saltos gigantescos, porque quiso, porque le dio la gana. Pronto estaba leyendo los cuentos de Gustavo, comentándolos con gracia y perspicacia, estableciendo así un nuevo lazo de correspondencia entre los dos.

Surgió en Mariluz un anhelo, casi angustia, de aprenderlo todo. Se desvivía leyendo y estudiando. Quería hacerse digna, subir al nivel de sus cultos y elegantes bienhechores. Empezó a relucir en sus clases, a ganar premios y honores. En casa venía a compartir sus experiencias y descubrimientos intelectuales, a discutir y comentar con Gustavo y Cristal los caminos que se le estaban abriendo.

Ellos la aconsejaban, la adiestraban y la dirigían en sus estudios. Le compraban enciclopedias y libros propios para su edad y desarrollo. La motivación de la niña no podía ser mayor. Creció entre los tres un verdadero sentimiento y consuelo de familia. Las visitas de Mariluz aumentaron. Se quedaba la noche en muchas ocasiones, a veces, hasta semanas enteras. Ya tenía su dormitorio propio. Es difícil saber cuáles fueron los sentimientos de Mercedes. Pero algo era evidente. No sentía ni celos ni envidia. Al contrario, ella misma miraba todo aquello con complacencia y orgullo. Gustavo y Cristal estaban contentos y satisfechos como nunca. Mariluz había llenado por completo un vacío que existía en su vida.

Así fueron pasando los años. Mariluz se hizo una bella adolescente. Pisaba flores y primaveras. Llenaba la casa de alegría con sus canciones, buen humor y rica risa. Era la más lucida estrella de su escuela y la consentida de sus profesores. Gustavo dejó de darle las ya acostumbradas nalgadas. La rechazaba bruscamente cuando quería sentársele en el regazo. Ya no era decoroso. Ella se reía o hacía pucheros.

—¿Tienes novio?

—No, Gustavo.

—¿Por qué no?

—¿Porque me gustan todos.— Quiso darle fin a la conversación.

—¿Y entre ellos, no hay uno solo?

—Ninguno.

—¿Cómo explicas tú eso?

—Es muy fácil. Es que todos son tontos o locos, niños, aprovechados y egoístas. Además, no hay uno solo que sea como tú.

—Pero, tonta, ¿no sabes que yo era todas esas cosas a su edad, y que, en parte todavía lo soy?— Le pesaba haber insistido.

—No importa. Esperaré hasta que encuentre a un hombre como tú.—Luego, con deliberada malicia,—Si no fuera por mi tía Cristal, te escogería a ti. La mirada que le dio no dejaba lugar a duda.

Gustavo se calló. Ella se fue. El se quedó temblando. Estaba hondamente sacudido. Algo que había venido sospechando imprecisamente, negándose a sí mismo, y, más que todo, temiendo, se había hecho patente. El amor de Mariluz pasaba ya de lo paternal. No volvió a mencionar el tema otra vez. Ella tampoco. El se consolaba con la idea de que esto era una circunstancia pasajera, cosas de la adolescencia.

Cayeron las hojas de los calendarios. Relojes nuevos reemplazaron a los viejos. Las mañanas se hicieron ayeres, el futuro, pasado. El oro luminoso subía en agitadas olas encendidas. El oro dorado descendía en tranquilas ondas placenteras. Ella ascendía a la vida con amor y sin temor. El bajaba a la muerte con amor y sin terror. En el silencio del honor y del pudor, las olas de ella y las ondas de él se llamaban y se buscaban en ardiente y muda quietud.

En la universidad Mariluz, ya hecha toda una mujer, seguía picando y gozando victorias como frutas del árbol de la historia. Siempre rodeada de amigos, disfrutó los lozanos años de universidad a todo dar. Fiestas, tertulias, bailes, teatros, sinfonías, todo. Novio nunca. Llena de gracia y delicadeza, de una salerosa y picante personalidad, era artista del desvío, maestra del resfrío. Los hombres se encontraban siempre, sin saber cómo, del otro lado de una cortina de vidrio. Muy cerca. Podían ver y oír, pero no podían tocar. La distancia sin distancia, la cercana, es la más terrible de todas. Gustavo miraba esta negación al amor conmovido, pero no se atrevía a decir nada. En su cerebro, en secreto, reverberaba el "Si no fuera por mi tía Cristal te escogería a ti".

Así como era estrella en la esfera social, así era Mariluz luminaria en la zona univesitaria. Recogía premios y becas como azucenas. Se graduó con honores en matemáticas. Estaba presente la tierna trinidad de padres palpitantes: Gustavo, Cristal y Mercedes. Estaban felices y orgullosos de ver a la niña que antes no sabía leer y que ahora escribía para que otros leyeran.

Esa noche la recepción de Mariluz fue de gala. Estaban presentes todos los amigos de la recién graduada. Cristal y Mariluz lucían idénticos trajes de noche. Parecían madre e hija, que, en realidad lo eran. En la cara de Cristal había una expresión de total satisfacción, de realización maternal. Gustavo era un manojo de orgullo paternal. La emoción le subía a los ojos y él, varonil, la trataba de disimular.

Los jóvenes se divirtieron a lo grande, como sólo ellos saben hacerlo. Del comer y tomar pasaban al cantar y bailar, sin dejar de reír y hablar. De pronto se oyó un vals. Mariluz se plantó delante de Gustavo, y, con un gesto atrevidillo lo retó a bailar. El quiso y no quiso resistir. Bailaron. Bailaron muy bien. Como padre e hija. Un agudo observador acaso habría visto algo más, algo invisible. Cristal y Mercedes los cuidaron bailar complacidas. No vieron, o no quisieron ver, lo invisible.

Por sus méritos y su brillante carrera universitaria y, claro, la impresión que dejó en la entrevista, Mariluz se consiguió un excelente puesto administrativo en la compaía eléctrica del estado. Pronto empezó a darse a conocer y a respetar, a triunfar como siempre, a recoger laureles como claveles. No obstante la presión y obligaciones de su empleo, dedicaba todo su tiempo libre a los Montalvo, brindándoles el cariño y el consuelo de la hija consentida que era. Les enriquecía y endulzaba la vida.

Hacía ya algún tiempo que la salud de Cristal venía decayendo. Se veía flaca y frágil. Los médicos la atendían constantemente sin que mejorara. Gustavo y Mariluz se desvivían por cuidarla. La mimaban con ternura. Ella les decía que no se apenaran, que no le dolía nada, que no sufría. Cuando estaban juntos, los tres charlaban, reían y bromeaban como siempre, como si nada. Cuando Gustavo y Mariluz estaban solos, lloraban.

Gustavo no sabía cuándo empezaron a invadirle pensamientos incómodos e inoportunos tocantes a Mariluz. Quizáfuera cuando ella le dijo, "Si no fuera por mi tía Cristal te escogería a ti". Por mucho tiempo pudo espantar estos pensamientos con facilidad por considerarlos impropios, desleales a Cristal y faltos de respeto a Mariluz; además comprometían su amor propio. Luego bailaron la noche de la graduación. Algo imprevisto, misterioso e invisible ocurrió esa noche. Sin palabras, ni gestos, ni miradas, se dijeron muchas cosas.

De allí en adelante la vida fue un martirio para Gustavo. Por mucho que quisiera no podía dejar de pensar en Mariluz, y sus pensamientos lo ruborizaban y lo avergonzaban. Cuando ella estaba presente le costaba un ojo quitarle los ojos. A ella le occurría lo mismo. Las pasiones prisioneras son verdaderas fieras. Los dos sufrían en silencio.

La enfermedad de Cristal ahuyentó todo ese enjambre de dolorosos pensamientos. Los dos se dedicaron cuerpo y alma a hacerle la vida placentera. El amor que los dos sentían para ella les llenaba el cuerpo y el alma y no dejaba cupo para otra cosa. Encontraron paz en la guerra.

—Mariluz, es necesario que hablemos. La hora de mi muerte se está acercando.

—No diga eso, tía Cristal. Usted se va a reponer.

—No hija. Uno siempre sabe. A mí no me duele morir. He tenido muy buena vida. Dios ha sido muy bueno conmigo. Me dio un perfecto marido y una cariñosa hija. Siempre gocé de buena salud. Mi enfermedad no ha sido dolorosa.

—Tía Cristal, usted ha sido mi verdadera madre. Desde niña he querido ser como usted. Siempre la he imitado en todo. Perderla a usted será perder a mi querida madre.

—Es verdad, hija. Yo también quería que fueras como yo. Siempre me sentí orgullosa que te vistieras, te peinaras y hablaras como yo. Verte ahora es como verme a mí misma a tu edad, como si hubiera vuelto a nacer en ti. Dejarte ahora será dejar a mi querida hija.

—Dígame, tía, ¿Qué vamos a hacer Gustavo y yo?

—Gustavo me preocupa. Es un hombre noble. Por ese lado se sostiene solo, pase lo que pase. También es muy humano, muy sensible, muy sentimental. Por ese lado necesita tu ayuda. Mi muerte va a ser un terrible golpe para él. Prométeme, hija, que vigilarás sobre él, que no lo dejes sufrir.

—Se lo prometo, tía, con todo mi corazón.

En esta y otras conversaciones Cristal le encargó muchas cosas a Mariluz. Le dijo que Gustavo era muy descuidado, que ella tendría que ver que comiera bien, que tuviera ropa limpia, que se hiciera el pelo, que fuera al médico y al dentista. Sobre todo, insistía—No lo dejes solo mucho. La soledad lo matará.—Las dos lloraban cada vez. Es curioso pero Cristal no dio ningún consejo, o hizo alusión alguna, al futuro o posible matrimonio de Gustavo o de Mariluz. No parecía hacer falta.

Cristal hablaba con Gustavo también:

—Gustavo, querido, ya es hora de que hablemos. Como ya tú sabes, me estoy muriendo.

—No digas eso, mi amor. Te vas a reponer.

—No, Gustavo, ya yo siento la proximidad de la muerte. En esto no se engaña una. Le doy gracias a Dios que me dio una enfermedad tan compasiva.

—¿Qué voy a a hacer sin ti?

—Aceptar mi muerte como la acepto yo, contenta y agradecida por la felicidad que hemos compartido. Te quise y me quisiste desde el principio hasta el fin. Esa es una dicha dada a muy pocos. Sólo una cosa nos faltaba, una hija. Vino Mariluz a llenar ese vacío de alegría y orgullo. Nadie merece más.

Gustavo no encontraba palabra. Fuertes sollozos le sacudían el cuerpo entero. Cristal continuó:—No llores, amor mío. No te vas a quedar solo. Mariluz estará siempre a tu lado. Ella te cuidará. Quiero que le des todas mis joyas y mi ropa, que afortunadamente le queda bien. Si te parece bien, haz un nuevo testamento dejándole a Mariluz todo cuando tú te mueras. No quiero nada de tristezas ni melancolías. Cuando pienses en mí, hazlo con alegría.

Hubo más conversaciones como ésta. Pero Gustavo no consentía en consolarse. La vida sin Cristal era una noche sin luz ni luna, una noche abierta a todo peligro y a todo castigo, una noche llena de frío.

Una mañana Cristal amaneció muerta. Murió dormida, sin agonía, en paz. Tenía dibujada en la cara una sonrisa de contento total. Una buena mujer, un buen vivir, un buen morir.

Cristal había tenido razón. Gustavo cayó en un negro letargo. No parecía importarle nada. Andaba por la casa como un sonámbulo, como un fantasma, guardando su silencio y su introversión. A veces se detenía ante algún objeto que había sido de Cristal. Lo contemplaba largo, luego lo acariciaba tierna, delicadamente. Otras veces se embutía en un sillón con los ojos abiertos pero cerrados. No se sabía en qué pensaba. Daba pena verlo.

Mariluz se vio obligada a ponerse brava, a reñirlo fuertemente para que comiera, para que se hiciera la barba, para que se acostara. El contestaba dócilmente a sus insistencias con "Sí, mi hijita, lo que tú digas".

Cuando Mariluz estaba a punto de desesperarse, creyendo que no iba a poder sacar a Gustavo de su abatimiento, creyendo, incluso, que se estaba dejando morir, empezó a salir solo. No de súbito. Muy lento. Un poco esquivo. A tientas. Una pregunta incisiva acompañada de una mirada penetrante. Un chiste aquí, allá una carcajada inesperada. Empezó a escribir por ratos. A veces canturreaba. Mariluz supo darle por el lado, a sonsacarlo al ritmo que él marcaba.

Un buen día salió entero, alma presente y cuerpo presente. Volvió la alegría a la casa Montalvo. El baño de dolor y pena le resultó bien. Salió limpio. Salió nuevo. La penitencia devuelve la inocencia. Tuvo que sufrir para poder vivir. Tenía él entonces sesenta años, y ella veinticuatro. Llevaban quince años de cariñosa y honesta intimidad.

La vida de los dos se hizo rica y placentera. La casa palpitaba con la animada charla, las intensas discusiones, las frecuentes risotadas. Echaron por la ventana el tedio y la rutina de la vida. Cuando Mariluz estaba ausente, Gustavo escribía con nuevas y despiertas energías, el oído siempre alerta al ruido de su llave en la puerta. Hacían de comer, comían y lavaban platos como si cada día fuera fiesta, cada momento una danza y el tiempo una sonrisa. Ella lo reñía desenfadada y desvergonzadamente, como si tuviera una larga costumbre. El recibía sus regaños como halagos, porque él sí tenía costumbre.

Mariluz empezó a vestir la ropa y las joyas de Cristal. Gustavo la miraba embelesado. Era comi si estuviera viendo a su esposa joven, recién casada, como si no se hubiera muerto, como si hubiera renacido y vuelto a fascinarlo.

Volvieron los pensamientos desterrados a su tierra natal. Volvieron limpios y nuevos, convertidos en deseos. Eran deseos que brotaban a los ojos, a los labios, hasta la punta de los dedos, para ser detenidos allí por el pudor, el respeto o el amor. Cuando la conversación se ponía demasiado intencionada y estaba a punto de convertirse en expresión, uno o el otro se desviaba por caminos menos peligrosos. La presencia de la memoria de Cristal en la casa no era inoportuna ni celosa. Al contrario, parecía favorecer el milagro que estaba por acontecer. Se iban a acostar, él a su cuarto, ella al suyo. Lo no dicho, lo no hecho se quedaban suspendidos en el silencio y el tiempo. Y el silencio y el tiempo se quedaban temblando.

Mariluz era la más valiente, la menos cohibida por las capas de la historia. Fue ella la que se atrevió a poner sus sentimientos en palabras. Fue ella la que soltaba puntadas insinuadoras, la de las miradas sugestivas. Un día de buenas a primeras:

—¿Recuerdas, Gustavo, el día que te dije que no tenía novio porque quería uno como tú?— Su voz era casi un susurro.

—¿Cómo lo iba a olvidar?— Su voz sonó ronca y seca.

—¿Recuerdas que te dije que si no fuera por mi tía Cristal te escogería a ti?

—Sí. No lo he podido olvidar.

—Ya no está mi tía Cristal. Ahora te escojo a ti como mi amante.— Le temblaban la voz y el cuerpo entero.

—¿Pero sabes tú lo que estás diciendo? Yo pude haber sido, he sido, tu padre.

—Lo fuiste. Ya no lo eres. Eres el único hombre que yo quiero, el hombre que he querido siempre.

—Lo que tú propones es un imposible.

—No es imposible. Yo te quiero, y sé que tú me quieres. No hace falta más.

—Te quiero, Mariluz, con todo mi ser.

—Te quiero, Gustavo, con toda el alma.

Se encontraron dos ríos de oro en las alturas, uno que subía y uno que bajaba. El río que subía en agitadas olas de luz y fuego se detuvo. El río de oro que bajaba en serenas ondas de ascuas y sombra se detuvo. Los dos ríos se detuvieron, dejaron de ascender y descender, se encontraron, y se fundieron en un hondo y vasto lago de amor. Las olas y las ondas se hundieron en el agua. El agua se remolinó, movida por energía y vida internas. El amanecer y el atardecer se unieron y se hicieron una sola luz sin noches ni sombras, acariciada y encendida por un sol complacido.

The Condor

Ernesto Garibay was alone in his study. It was already close to midnight. The lamp illuminated the surface of his desk, leaving him and the rest of the room in shadows. The silence was dense and intense. One could almost hear his thoughts.

Ernesto had made a decision, a decision that stirred his whole heart and soul. The time had come to initiate a terrible and turbulent activity he had been planning for years. His plan was diabolical and, therefore, perfect.

Tonight's decision was the culmination of a long spiritual and painful process. It had all started in 1963 when Ernesto had taken a summer institute to Ecuador. He returned to Ecuador for several summers and later returned to establish the Center for Andean Studies.

From the very first moment the sierras and the jungles, the wide beaches, the high skies, the overwhelming light, the fierce sun, the sensual breezes and rains of that feverish and fertile world enchanted and intoxicated the literature professor from the University of New Mexico.

But what touched him more than anything else was the friendly and hospitable people of the heartline of the world. Ernesto had never known so much goodness and generosity in human relationships. So much respect. Civilized, in every way. Ernesto soon felt at home. He began calling Ecuador his second homeland. He wrote around then:

> Everything humanizes me here:
> the bizarre ways of courtesy,
> the poetic minuet of words,
> the rituals of the people.

Professor Garibay did not pay much attention to the Indians at first. He had no dealings with them. He considered them an extension of the landscape, colorful and exotic, silent and mysterious, like the jungle with its birds and flowers of many colors, something like the volcano with its hidden fire and violence. The Indians were a magic and silent background to the artistic picture of that Andean land.

No one knows when our immigrant began to become aware that the silence of the Indians was a scream. At the beginning the scream came to him as a whisper, an echo or a murmur which he could not quite decipher or identify, but which disturbed him in a strange way. He tried to shake it off, but the silent scream persisted. It was getting under his skin more and more.

As time went on the scream became more and more audible, until it began to rock the professor of literature. He knew. Suddenly he knew and recognized the source and the nature of what he had been hearing. It was a scream of pain, a long lament, a rosary of complaints of the injustices of ages and centuries. He wrote about that time:

> Your Indians are emerging
> slowly out of the past,
> their eyes, their hopes,
> dragging behind them.

He let the eyes of his heart look upon the Indians. And he was shocked with what he saw. He saw that the Indians wore sorrow, despair and poverty like a gray veil over their skins, like a black veil over their eyes, like a cross of black iron on their backs. He became conscious of the fact that pain has an odor and that that nauseating odor would not let him be.

The spiritual quake that shook Dr. Garibay was complete. He tried with all his heart to get close to the Indians, give his hand, embrace them, let them know he cared. It was not easy. The Indians withdrew, or at least it seemed that way. It was not only that the Indians did not trust him—and they had no reason to trust him—but that the Indians did not understand, or did not know how to respond. The good intentions of the stranger were so unheard of that they were suspicious.

The circumstances of the Indian became an obsession for Ernesto. He thought of nothing else. He concluded that Ecuador was a house divided into two parts: one half made up of conquerors (and their vassals, the *mestizos*) and the other half consisting of the conquered (the slaves). He thought that when the Incas were defeated, the conquerors did not only destroy a material and political empire, but that they also destroyed a spiritual and emotional empire. It seemed to him that the Indian, when he surrendered, wounded unto death, looked at the land and the life that surrounded him and saw nothing but darkness, danger and torture.

The Indian sought refuge inside of himself and was waiting for a savior, a liberator, an Inca God who would come to rescue him. It was his only avenue to survival. As the centuries went by, the Indian became lost in the labyrinths of his own being and now he could not find a way out, even if he wanted it. He became the grave, the cemetery, of his own self.

The *chica*, the *paico* and the coca leaves are now explained. Insensibility and stupefaction are one way to ease the pain and to keep on living.

One day in the countryside Ernesto asked an Indian:

"Who are you?"

"I don't know, Señor. I belong to Don Domingo's hacienda." This was too much. The poor devil did not even know he was an Ecuatorian, that he was a citizen and, as such, he had rights and privileges. On another occasion he read a full-page ad in the newspaper that an hacienda was for sale. There was a list of items that went with the sale. So many acres of arable land, so many acres of pasture land, so many head of cattle, so many sheep, so many horses. At the end of the list there was an item that made Ernesto cry. One of the items that went with the sale of the hacienda were two hundred Indians! So the Indian was not only a possession, he was chattel, merchandise.

The high rate of alcoholism among the Indians is frightening. But they have a strange way of drinking. A man and wife both drink to excess, but never together. When he is drunk, she is sober, and vice-versa. On the sides of the roads one can frequently see one or the other lying down, passed out. The other one is watching, making sure that nothing happens. Dr. Garibay found reasons for optimism and hope in this phenomenon. The concern did not only show the love they had for each other, and love is always a redeemer, it also demonstrates that the Indian is not suicidal, that he does not seek death, that he seeks life. All that is needed is an Inca god, an Inca Moses, to take him out of captivity.

These thoughts filled the mind and body of the stranger. He started by saying to himself first and to anyone who would listen, "Something has got to be done. Someone has to do something." He ran into all the old common phrases: the Indian is lazy, he's a drunk, he's a thief, he's happy the way he is, he doesn't want anything else, he's stupid. His white friends told him of any number of projects instituted by the government to help the Indian that had failed because the Indian did not want to, or could not, or did not know how to take advantage of them. They told him how there were a multitude of laws in the books for the protection of the Indian. Dr. Garibay wondered what good were the projects if the Indian was not educated, if he was not prepared to take advantage of them. What good were the laws if they were not put into effect?

The white people were not totally insensitive or unjust. It was that discrimination, injustice and prejudice had become institutionalized. Nobody felt responsible for what their ancestors had done. They felt they had done what they could without any success. It was up to them. In the meantime, the Indian kept sinking, for a long time, to a sub-human level. Ernesto wrote about them:

> Indian of the dark-skinned sorrows,
> beast of the white-skinned burden,
> pariah of the somber look,
> slave of the purple welts.

Dr. Garibay did not know when or how or why the "Someone ought to do something" slowly became "I have to do something." He returned to his native land with his soul atremble. There, far from the Andean lands, his thoughts and his feelings slowly blended into a single burning idea. The Indian was hurting, suffering, dying. He needed a liberator, an Inca God, to rescue and save him.

His house was at peace. Peace, solitude and silence hovered over the illuminated table. After years of spiritual turbulence and torment, the professor felt serene; he had become the master of the roads and the destiny that awaited him. Serenely, he took up his pen and began to draft the following letter:

Dear Mr._____,

This deals with the kidnapping of your child, or of the non-kidnapping of your child. You will decide.

This letter is addressed to you and nine other wealthy men like yourself. You ten are going to finance a project of mine for the welfare of the poor. Each one of you is going to deliver $50,000 in cash to me on the 11th of November. If you don't, I'll be forced to kill one of your children (It could be yours) as evidence of my determination. A murder is not as complicated or as dangerous as a kidnapping. If this should happen you would receive another letter similar to this one, except that the ante would be $100,000. It would have the same warning.

Think it over. This is the most painless kidnapping possible. Statistics show that the victim almost always turns up dead in a kidnapping. I am offering you freedom from the pain and despair, from the tragedy, that go along with a kidnapping. There will be no victim, no suffering, unless you choose to have them. The choice is yours.

I could have chosen to kidnap your child and demanded a ransom of half a million. This would have been terribly traumatic and dangerous for you and for me. I am not asking for much, and you can well afford it. This way you guarantee the life, peace and happiness of your family. Furthermore, you can claim the loss on your income tax return. You can feel proud of having contributed to the well-being of humanity.

I am not a criminal yet. I don't want to hurt anyone. I have a need to serve the poor, the wretched poor you ignore. If there is a crime, I'll not be to blame, you will. There is no way that either you or the police can identify me.

INSTRUCTIONS:

1. Show up at the Falcon Motel on the 11th of November at 10:00 p.m.
2. Go to room 198 on the first floor. Go in. The door will be open.
3. Bring the $50,000 in twenties, fifties and hundreds. Unnumbered. Unmarked.
4. Put the money in a sealed package with your name on it. That way I can determine if you've complied.
5. You will find new instructions in the hotel room.
6. Be careful. My people will be watching. If there is anything wrong, if there is the slightest whiff of the police, or of an electronic device on your person or in your car, the deal is off. The first victim will appear. The ransom will be doubled.

As you can see, the plan is perfect. It is up to you to carry it out without a single false step. You have so much to lose.

A determined man who doesn't want to cause you any harm.

Dr. Garibay stopped writing with something akin to a sigh. He felt tranquil and content. Sofia would type the letters tomorrow on a rented typewriter with the appropriate names of parents and children, a list prepared a long time ago. He went into his bedroom, he undressed slowly and deliberately, and went to bed. He cuddled up to Sofia's body and placed his hand where no other man had placed his. Sofia shuddered and moaned contentedly with pain and pleasure. He fell asleep thinking that the warmth of Sofia's *nalgas* of gold was the gentlest and most delightful warmth of this and any other world. That if it could only be bottled. . .

It was the 15th of October. The letters arrived at their destination. Ernesto and Sofia were at peace with themselves. Their lot was cast. There was no return. They were prepared for everything. Together as always, and, forever.

Sofia was the queen and mistress of Ernesto's love and secrets. She was the loyal and daring companion of all his fancies and adventures. After they joined for the first time, they did not come apart, they remained attached. Two bodies with a single purpose, a single objective, a single heart. When Ernesto first told her his crazy scheme, she already knew it. Who knows how. She not only approved, but encouraged him to go ahead. She was a restless spirit, passionate and feverish.

At ten o'clock at night on the eleventh of November, Ernesto and

Sofia were in the cafeteria of the Falcon Motel having coffee. They could see room 198 from where they were sitting. There were detailed instructions in room 198 for the delivery of the ransom, sufficiently programmed to throw any tracker, human or animal, off the scent. Among other things, there would not be anyone to receive the money. The money would remain at the indicated spot for eight days. Then, when they were sure, Ernesto and Sofia would pick it up.

The pillars of society began arriving before ten o'clock, each one with a package under his arm. Everything worked out as planned. It was incredible: suddenly Ernesto and Sofia had in their hands half a million dollars. The plan had been so simple, almost childish, that it was infallible. All the contributors received a "thank you" card.

Dr. Ernesto Garibay and his lovely lady, the mistress of his loves and whims, the one with the *nalgas* of gold, the one with the piercing eyes returned to Quito. They felt they were in a state of war. Ernesto wrote about that time:

> And I raised my chalice to the heavens
> and cast my challenge on the world.
> I opened the teeth of the thunder
> and kissed its brazen fist.

Their friends of long ago received them with open arms. They were once again the team they had been before when, together, they opened roads in the sierras, the jungles and the lands of Ecuador. Valentina was there, the elegant queen of El Pichincha. Elena was there, the mistress of laughter and wit. Consuelo, the arbiter of love and menace. Nico, the feisty Indian, resentful and bold. Carola, queenly lady of the sierras and the jungles. Dr. Montúfor, liberal and *bon-vivant*, whose caricatures shook the nation with laughter or rage. Ottozamin, the rebellious and genial Indian painter. And, above all of them, Martín, the beloved Ecuatorian brother who carried on his body and in his soul the pains and laments of his vertical motherland.

These people, through the years, had shared with the professor of the United States the sympathy and agony for the destiny of the Indian. Before returning, Ernesto had already counted on establishing a center of studies (and attack) with these people. To study, analyze the problems, and then formulate a plan of attack.

Soon Martín and Ernesto found themselves alone. He told him about the con game in the United States. He told him he planned to do the same in Quito and in other cities later. That he would do it in the name of "El Cóndor." The important thing was to establish the myth, the legend,

186

of the conquering and avenging Inca, the liberator of the Indians.

"But, brother, they are going to kill you. You are going to lose your life in Ecuador."

"What difference does it make? My life already belongs to Ecuador."

"Look, brother, you already know that I'll follow you and serve you in any way you wish. Tell me what you want me to do."

"Give up your job and come work for me. I'll pay you double what you're getting."

"I accept. Then what?"

"I want you to open an office. You put Elena in charge of it, and you put our people to work studying and researching the weaknesses of the people at the top. I want to find out where we can hit and come out undamaged. I also want you to have a big sign made reading *Llacta Cóndor*. You also have to open a bank account with the signatures of El Cóndor and yours, after finding out if bank accounts are secret and sacred and if the government can confiscate them or not. If it can, then we'll deal with a United States bank."

"And you, Ernesto, what is your role?"

"I'll be a humble retired professor who has returned to his adopted fatherland to rest, read and write. That is my cover. No one, besides you, must know that Garibay is El Cóndor. Tell them, anyone who asks, that you don't know who El Cóndor is, that all your communications with El Cóndor take place by telephone, that your duties are limited to investigating and studying, that whatever other activities of El Cóndor there might be, they have nothing to do with you."

In these and other considerations the two friends spent most of the night. They decided what role each member of the staff was to play. They agreed on how to begin to create and how to launch the image of El Cóndor, the Indian Liberator. They would start by carrying out the kidnapping, or non-kidnapping, that had worked out so well in the United States.

The names were chosen, the letters with the signature of El Cóndor were sent, and then they waited. At the appointed time the pillars of society showed up and delivered the money demanded. Now Project Cóndor had a million dollars to start operations. It was unbelievable. Who was going to think it would be so easy. The success was due to the simplicity of the plan and the modesty of the money demanded. The name of El Cóndor began to sound and resound. Who was he? What did he want? Where was this leading? The legend, the myth, had been born.

Of course, Dr. Garibay knew that sooner or later someone was going to notice the similarity between the scam in the United States and this one. He knew that points of contact between this one and that one would be sought. That someone would conclude that Dr. Garibay was there when it happened there and that he was here when it happened here. He appeared no to worry about it. It appeared that he had made it happen the same way on purpose, as if he wanted to be suspected.

Everything was going well, but it was necessary to make an exemplary splash to establish El Cóndor as the champion of the Indian. After discussing the matter with Martín, it was decided that the chief of police would be a choice example. The jails of Quito were overflowing with prisoners. Most of them were Indians, the rest were poor whites, which was almost the same thing. The prisoners lived in subhuman conditions. They were mistreated, starved. Hygienic conditions were deplorable. Many of them were being held unjustly.

By then Martín had already asked Ottozamín, on El Cóndor's behalf, to sketch the face of a noble, strong and arrogant Indian in black and white. This was to give an image to the myth that was beginning to grow. It also was for letter-heads, posters and flyers for the propaganda campaign that was about to begin.

On one of those letter-heads, Ernesto sent the following letter to Mr. Bernardo Jaramillo y Cortés, Chief of Police:

Mr. Jaramillo,

The conditions in which the prisoners live in your jails are despicable, repugnant and unacceptable. Those prisoners are human beings and have an innate right to their dignity and self-respect in any Christian and civilized society. Those who owe a debt to society should pay it, but as human beings and not as animals.

I don't believe the government is to blame. I know that the government gives you a certain amount for the feeding and care of each prisoner. What you are doing is pocketing most of the money.

El Cóndor demands that you do the following:

1. Improve the quality and quantity of the food one hundred percent.
2. Limit the number of prisoners per cell.
3. Clean up the cells.
4. Provide showers and toilet facilities for the prisoners.
5. Allow the prisoners to receive visits from their families in private and comfortable quarters.

6. Set free any prisoner held unjustly. You must know who they are, if you don't, find out.
7. Condemn and control your sadistic guards.

I give you two weeks, until the 15th of February, to start putting these reforms into effect. The prisoners will let me know. I swear by the bones of my ancestors that if you do not comply, you will answer directly and personally to me.

El Cóndor

Dr. Garibay was almost sure that the Chief of Police was not going to pay attention to him. He needed a violent and dramatic act to shake up the nation to complete the image of El Cóndor as the protector of the Indian and the poor. The letter was distributed all over the streets of Quito in flyers. The discussion, the speculation, the mystery exploded immediately: Who was he? What was he after? Where was all this leading? The newspapers, radio and television talked about nothing else. The name El Cóndor was on the lips and thoughts of everyone. The long wait began.

As Ernesto had foreseen, Jaramillo did not do anything. Why? El Cóndor had to be a madman, a nobody. He was the Chief of Police, a well-known politician, a friend of the president, he belonged to a distinguished family and, furthermore, he was a real man. A man like him did not surrender. He posted policemen around his house, doubled the guard at the police building and tried to appear nonchalant.

On the 12th of February a case of whiskey arrived at his office. With it came this letter:

Dear Dr. Jaramillo,

I beg you to accept this humble gift from a man who admires and respects you.

I am a foreign businessman, and I have a great business deal that can produce millions. I need a man like you to carry it off. I have already investigated you and know that you have the attributes and the contacts that I need. You open the doors, I'll provide the funding. We'll both make a fortune. I assure you that once I explain what is to be done and what awaits us, you're going to like it. We'll be partners.

I know that you have a problem with that Cóndor madman. I admire you for not giving in. That is one of the reasons I've selected

189

you for my project.

So come to see me on the 17th of February at 2:00 p.m. at the Dos Aguas Restaurant on Equinoccial St. By then it will be obvious that the threats of the Indian are meaningless. I urge you to show up. My affairs are urgent, and time is crucial. The least you can do is listen and decide if it is to your advantage. If it isn't you, it will have to be someone else.

Forgive me for not signing this letter. The delicacy of the transaction requires that I remain anonymous always, that I operate behind the scenes. It is important that no one see us together. It would be extremely dangerous for both of us.

I expect you on the 17th looking forward to a profitable and successful association. If you do not come, nothing has been lost.

A friend

It was two o'clock on the afternoon of February 17th. Ernesto was strolling slowly in front of the Dos Aguas Restaurant. He was wearing a dark wig over his gray hair. He was wearing contact lenses over his green eyes instead of his usual glasses. On the other side of the street Sofia was strolling. She was wearing a wig of long hair over her short hair. An amorphous topcoat covered her seductive contours. The two of them looked so ordinary, that is, they looked like everyone else, and thus looked like no one. They were anonymous and nondescript.

The Mercedes Benz of the great lord and devil splitter of the jails appeared at 2:10 driven by a chauffeur. Greed above all things, *avant toute chose*. The driver ran to open the door for his master. The latter got out of the car showing off his bodily, mental and emotional obesity. A perfect specimen who had gorged and fattened himself in the human pig sty. His little moustache was trembling as if it were afraid of the mouth or as if it were dying of shame for being where it was.

Jaramillo walked toward the door of the restaurant. The driver got into the car. Before he got to the door, the Chief of Police heard a voice that said, "Sr. Jaramillo!" He stopped and turned to see who was calling him. Ernesto fired three shots into his chest. Only three sighs were heard. The silencer softened the sound of the shots. The chauffeur did not even notice. The attack was so fast and sudden that the body did not have time to fall to the ground. It stood swaying like a palm tree. Ernesto took hold of it and helped it to a good fall. When the body was horizontal, Ernesto nailed a dart with a condor carved on the handle on his chest. That dart would be the Cóndor's calling card from then on.

At the very moment when Ernesto fired, Sofia crossed the street and pumped three bullets into the chauffeur's forehead, everything without a hitch.

It appeared that no one became aware of the double farewell of two souls. Ernesto and Sofia got into their rented car parked right there as if nothing had happened. Sofia drove slowly. They looked like a middle class, middle-aged couple out for a ride that Sunday afternoon. They rode in silence because they had nothing to say to each other; they had already said it all.

Ernesto and Sofia returned the rental car and walked home. They went in. Closed the door. They fell into each other's arms and remained embraced for a long time without saying a word, and shaking only a little.

They had just killed two men. They had been preparing for this for a long time. They had said and repeated many times that what they had to do was not criminal, that it was just, that it was punishing the guilty, that it was improving the conditions of the Indian. They had begun their crusade, convinced that what they were doing was noble and just. But it was one thing to think about it and say it. Doing it was quite another.

El Cóndor and his lady continued silently in each other's arms. Suddenly they kissed. A kiss of flashes and lightning. All fire. A kiss that erased reality and time and opened the doors of heaven and eternity. They made love. They knew love as they had never known it. Violent and passionate. Furious, ecstatic. Exhausted, demolished, they fell asleep without having said a word, like two angels.

Since their first criminal adventure both of them had noticed that their love life had improved. They had talked about it. But the incomparable outpouring of love, passion and desire, the joy and the ecstasy of this last union left no doubt. The odor, the ardor and the color of human blood seems to awaken and release primitive forces and currents. The daring, the danger and the terror, when life hangs by a single hair, draw out the eternal and fervent instinct of survival. Perhaps love is the best way to survive. If over all of this we project the sensation and the song of sin, we might understand the psychological and emotional circumstances of the two innocent murderers.

Ernesto woke up late the following morning. His companion was sleeping beside him like a child. He remained a long time thinking about the events of yesterday. He was surprised to find himself so calm, so sure of himself. Then he nudged Sofia with his elbow. She made some very sensual noises first, then she stretched languidly. She finally opened her eyes and the first thing she said was, "If I live a thousand years, I will never forget and I'll always celebrate what happened yesterday. Not the first part, the second!" Ernesto got up laughing, dressed quickly and went out into the street to look for newspapers.

He returned very excited with an armful of newspapers. "Sofia, Sofia!" He threw one newspaper after another to Sofia. The headlines in bold black letters proclaimed what Dr. Garibay wanted to hear: "El Cóndor Kills!" "El Cóndor Keeps his Word!" "El Cóndor Flies!" It was not necessary to read the articles. They both knew that all of them were trying to face the image, the enigma, the mystery of a just and vengeful Indian. A promise for some. A threat for others. The impact that Ernesto and Sofia had planned had been achieved. The legend was created. The image, the figure and the face of El Cóndor filled the skies, illuminating or darkening the Andean territory.

Martín came and the three of them celebrated the success of their efforts. All three agreed that the time had come to launch new projects in their campaign. First Martín had to call the main newspaper to see if it wanted to publish a weekly column written by El Cóndor under the masthead of "The Voice of El Cóndor" and topped with the sketch of the noble and arrogant Indian done by Ottozamín. He would then have to find a strong, sonorous and dramatic voice to narrate television and radio programs still to be written. Go to Papagayo, an old friend, and the best television programer, to create attractive scenes of clean, honest and dignified Indians with the dynamic voice of El Cóndor thundering, "El Cóndor wants to see clean Indians, El Cóndor doesn't want to see dirty Indians. El Cóndor doesn't want to see drunk Indians," and many more, simple and direct messages, like those of a father for his children. Very soon this publicity and propaganda would hit the press, television and radio. It would appear in posters in all the cities and in the Indian villages. A full-fledged campaign. Ernesto wrote about then:

> I saw the splendor of God,
> invincible in the golden cloud.
> I saw the shadow of his voice
> on the high sierras, indigenous.

Dr. Garibay's first article appeared in the newspaper under the banner "The Voice of El Cóndor," which had become a flag of war. It was headed by the noble and arrogant face of an Indian conquistador. It appeared because El Cóndor was news, because he was the greatest mystery of Ecuador.

"I am El Cóndor, Indian inside and out, and Indian of pure blood. I come from the heart of my people. I come from the volcanic heart of my land. I come to demand justice and democracy for the Indian. I come to rescue the soul of my people. I am the choked-up and silent scream of the

Indian that is at long last released. I am the voice of the forgotten and the down-trodden.

"What you have seen is only the beginning. You will be seeing projects and programs designed to improve the living conditions of the Indians. For this, I need the support of the Ecuatorians. If I don't get it, I'll take it, whatever the cost. You already know what I can do. Jaramillo received what he deserved. I lament the death of his driver, but he saw the face of El Cóndor, and anyone who sees his face must die. I advise the new chief to put the reforms into effect, or he'll get the same.

"I do not seek vengeance for four hundred years of cruelty and inhumanity. You are not to blame for what your ancestors did, but you are to blame for what you are doing now. I don't want to hurt anyone. My intentions are good and not evil. But I'm prepared to do everything necessary to fulfill my mission. The one who does not exploit, does not mistreat the Indian has nothing to fear from me. The one who continues to use and abuse my brother, let him wait, sooner or later, I'll cut his throat. For that one I am a living and fierce menace."

The article continued, delineating in broad outlines what El Cóndor had in mind, and exhorted the Ecuatorian people to be patient and try to understand his intentions. He ended with these words, "I am the voice of your conscience." Never had *El Comercio* sold so many newspapers. The international press picked up the news. El Cóndor was now a *cause celebre*, already a myth. Ernesto wrote about that time:

In a corner of Quito
I come upon a smile
on the legendary rose.

The police fell upon Martín and submitted him to fierce interrogation. They could not get anything out of him. "I don't know who the Cóndor is. He communicates with me only by telephone. He gives me instructions pertaining to the office I run. We carry on research and investigations of a sociological and anthropological nature. We collect facts and statistics. He doesn't confide in me about his other activities." National and international journalists, as well as left-wing politicians, also came down upon him. He told them the same thing.

Ernesto and Sofia knew very well that they were being watched. They were sure that the government had put it all together. There were too many inescapable coincidences: the similarity between the two "kidnappings," the fact that Ernesto was there when the first one had happened and here when the second happened, the close friendship between Ernesto and Martín. Ernesto was a writer and so was the author of the articles. It is strange, but this did not seem to bother Ernesto at all. In fact, it seemed to satisfy something perverse in his character. This very open, almost childish, frankness had the investigators confused. His telephone, Martín's and those of Llacta Cóndor were tapped. With a radioelectric instrument, Ernesto discovered hidden microphones in different parts of the house and had neutralized them. He wanted them to know that he knew. On returning home on several occasions, Ernesto and Sofia had discovered that someone had turned the house upside down in search of evidence and then put everything back in its place. The conniving lovers took care not to leave anything that would give them away.

In the meantime, the scam of the "non-kidnapping" continued. Different cities. Ten participants every time. The total ransom, half a million dollars in sucres. Since it was already known that El Cóndor kept his word, that he did not lie, the harvest of gold was easy, almost automatic. The treasury of El Cóndor kept on growing. All the letters ended with, "Feel happy that you have contributed to the welfare of the poor."

It was time to strike another blow. Letters were sent to ten rich owners of haciendas, similar to the one sent to the chief of police before. They contained the following instructions:

1. Double the pay of the Indians.
2. Limit the work day to eight hours.
3. Limit the work week to five days.
4. Provide the Indians with sanitary drinking water.
5. Provide them with toilet facilities.
6. Cancel all the debts of the Indians.
7. Deliver five million sucres to El Cóndor for accounts pending.
8. Advise your foremen to treat the Indians with consideration.
9. You have thirty days to deliver the money and to put these reforms into operation.

The letter with the names were distributed in the cities and villages. It was also published in the newspaper with the suggestion that the rest of the hacienda owners do the same, because sooner or later their turn would come. They all complied, except one. A colonial dinosaur. He was fat too. It seems that those who suck human blood get very fat.

Nico had become the most loyal disciple of El Cóndor. El Cóndor was for him the Inca god he had dreamed of and had waited for all his life. He wanted to place his life at the feet of El Cóndor. He begged Martín to let him see him. Ernesto had already given him difficult and dangerous assignments in which he had conducted himself with discretion and intelligence.

The time had come to give him a truly important assignment: the elimination of the fat, colonial *hacendado*, Don Atanacio Ajodí. He told Martín to tell Nico to wait for a telephone call from El Cóndor at the public telephone on the corner of Wilson and Plaza at three o'clock.

"This is El Cóndor. Listen only. Old man Atanacio Ajodí did not comply. He has to die. I want you to kill him on the 6th of June. Tonight I will send you the weapon and the dart. Put three bullets into him and nail the dart onto his chest. Try not to be seen. If there are witnesses, kill them too. Do it your way. Try your own tricks. I don't want you to talk, tell me only yes or no. The answer came back, tremulous and passionate, "Yes, Papá Cóndor!"

On the 6th of June Ernesto and Sofia were on a trip with friends. The cruel Ajodí felt smug and secure. He had armed Indians circling the house. Nico slipped through the night like a shadow. He slid over the ground like a serpent. He climbed walls like a monkey. He jumped from roof to roof like a cat. He was a real Indian. A hunter and a warrior in the old way. He arrived at his destination without the guards seeing or hearing him. They would not have done anything if they had seen him, because they too were expecting the visit of El Cóndor. It was time for the evil *patrón* to pay what he owed. The three shots found their mark. They sounded like three sighs, followed by other sighs, the farewell of a soul on its way to hell. The operation was so exquisite that his wife did not even find out that she was sleeping with a corpse until the next morning.

The news exploded immediately. The newspapers, television and radio were full of the phantom crime. There was no doubt El Cóndor had struck again. The dart with the Cóndor handle stuck on the chest proclaimed it. There was no way of implicating Ernesto, since he had been under surveillance by the government every moment.

A vortex of discussion and speculation spread throughout the nation and even abroad. Some said that he was a sorcerer, a demon. Some said he was the spirit of Atahualpa. Some said that he was a professional killer who wanted to become dictator. The Indians were happy and smiling. Now they had a protector they called "Papá Cóndor," "Papito Cóndor," "Taíta Cóndor." Ernesto wrote then:

> From cascade to cascade
> I go through the canyons.
> I carry El Oriente stuck on the forehead,
> and I carry the Andes stuck on my back.

From the beginning Dr. Garibay cultivated the friendship of Joaquín Llanero, relative and right arm of the president of the republic. He wanted the president to receive direct information about his life in Ecuador. The two couples visited each other and went out often. Sr. Llanero could testify that the foreigner was doing what he had said he had come to do. That presently he was finishing a book under the title of *Andanzas, danzas y extravaganzas*. That he was well into a translation into English of Blasco Ibáñez' *Entre Naranjos*. He could tell anyone who was interested that Ernesto, as well as Sofia, was so gentle, so friendly, such normal people, that those suspicions that they were associated with El Cóndor could not be applied to them. Ernesto frequently praised the president and what he was trying to do. He also condemned the cricket circus that was the congress which tied the president's hands. The same thing appeared in "La Voz del Cóndor" articles. Ernesto knew very well that, although they could not pin a single crime on him legally, the president could declare him *persona non grata* and expel him from the country.

The time had come to start a project already studied and programmed. It was a matter of constructing a bath house and a market place on opposite sides of the highway. One of the poorest and most forsaken Indian villages had been selected. The elders of the village had been consulted and their cooperation obtained.

Martín was instructed to seek an interview with the president. Martín with the talent that characterizes him, got it. He presented the president with plans and sketches from engineers and architects. El Cóndor offered to pay for the materials, the technicians and the builders. The Indians would do the work. The president was asked to provide the heavy machinery to move and remove dirt and rock.

This was a big gamble. An alliance between a known criminal and a legal president! If this happened, El Cóndor would receive legitimacy. Martín did it. The president accepted. The chief of the Indians and the chief of the whites were now partners for better or for worse.

Construction began. El Cóndor, the government and the Indians, together in a marvel of cooperation, soon completed the project. On one side of the highway was one structure. It was the bath house. It had a fountain, a lawn, trees, bushes, flowers and sprinklers in front. There was a porch with arches and benches. Inside there were twelve stalls, six for men and six for women, each one with its own door and lock. The stall was divided into two compartments: one for dressing and undressing, the other for the shower. Dr. Garibay had been told that no Indian man or woman was going to undress in public. Outside there were tables and chairs for those who were waiting, and windows facing another garden in the back. On the men's side there was an Indian man in charge, on the women's side, an Indian woman. They provided towels and soap to the guests, a small bottle of perfumed lotion for the women. At one end of the

196

building there was a laundry room where the Indian women could wash their clothes in warm water and soap. The mayor of the village agreed to use these services first to induce the rest of the Indians to do the same, and they did.

The structure on the other side of the street was the same on the outside. Inside it was divided into commercial compartments where the Indians could show and sell their arts and crafts, weaving and products. Everything was administered by Indians trained by Martín's staff. A large sign, "Llacta Cóndor," was erected over both structures. This health and commercial center became a mecca for tourists and for natives, whites and Indians, full of curiosity. They found a clean village, clean Indians, hard-working people, busy white-washing their houses, planting trees, bushes, flowers and lawns. This construction would serve as a model for others already planned. The next village had been selected already and arrangements made.

In the meantime the letters kept going out. To factories, industries, government agencies, the armed forces, business of all kinds. They all contained a list of reforms, a claim for accounts pending, and the threat of avenging lightning. There were more deaths, although fewer and far between, executed by Ernesto sometimes, by Sofia once in a while, by Nico most of the time. In most cases the letter was enough to produce the reforms and the delivery of the money. Everyone knew that El Cóndor did not lie. The treasury kept growing.

A new reality began to appear throughout the country. The Indians began to come out of the interior caves and caverns where they had hidden for four hundred years. They became aware of themselves. They found their lost self respect. They walked the earth as they once had in Inca times, with pride and human dignity. Their lands, jungles and sierras were theirs once more. The voice of El Cóndor echoed in the Andes. Ernesto wrote about then:

> Your bronze is solid metal,
> your poncho is armor
> that oppression cannot pierce:
> for you're a man and not a beast.

For a long time Nico had had a whole army of young educated Indians, aggressive and committed, spread out through the villages registering the Indians and instructing them in the privileges of voting. The elections came. El Cóndor put his heart and soul into the campaign. He sent out letters and pleas by all the avenues of communication. He supported the re-election of the president, an honest and just man. He made a list of candidates to elect and another of candidates to defeat. The Indians voted like never before, and the poor voted, and the multitudes that sympathized with El Cóndor voted. All the good ones won, and all the bad ones lost. For the first time the country had a liberal and democratic president with a liberal and democratic majority in the congress.

When the election was over and the direction of the new government established, the new congressmen received a whole series of bills on human rights by mail. These included one on Affirmative Action which required that every state agency, every industry, every business recruit a percentage of Indians corresponding to the percentage of the population. It also required that these institutions establish training seminars for Indians to prepare them for positions of authority. The other bills, fastidiously studied and documented, were of the same nature. The activity and commitment of Martín and his staff in this project cannot be exaggerated.

These bills were discussed and debated in the congress, supported by all the authority of the president and the constant pressure of El Cóndor, who insisted that all of them be approved together. The day of the vote arrived.

El Cóndor let out a clarion call that was heard in every corner of Ecuador: "I want twenty thousand Indians in the streets of Quito on the 28th of August. I want twenty thousand poor whites in the street of Quito. I want you to close off all entrances and exits of the city. I want you to occupy the center of all the streets. Do not allow a single vehicle to move, except for ambulances and my own trucks that will be distributing food and refreshments. I don't want any violence. I don't want drunks or *locos*. I want a peaceful and popular manifestation. If anyone misbehaves, my people will crush him."

Twenty thousand Indians did not show up. Forty thousand appeared. Twenty thousand poor whites did not appear. Forty thousand showed up. The people of Quito poured into the streets, curious, perhaps, or because they had nowhere else to go, or probably, they sympathized. As if by a miracle, musicians, singers and dancers appeared too. The city was completely immobilized, but not inert. The city vibrated, throbbed with happiness, good faith and life. There had never been a popular celebration of such magnitude and vitality in the history of Quito. The Ecuatorians were brothers.

The trucks of El Cóndor navigated through the human sea, identified by the well-known banner of the Indian hero, distributing food: ears of corn, cheese, bread and soft drinks. Candy and cookies for the children. Everyone happy and pleased. From time to time the multitude made way for an ambulance on its way to the hospital.

It was obvious. Indisputable. No politician could miss it. El Cóndor had shown before that he was an economic and social power. Now, everyone could see that El Cóndor was the most powerful political figure in the nation. The congress approved all the bills initiated by El Cóndor. It was known that the president would sign them. The people went home, without any violence, without a single incident. Ecuador was no longer the same. It was now the highest and noblest symbol of democracy in Latin America.

When Ernesto and Sofia first arrived in Ecuador they bought a large hacienda in the high sierras. The construction of an enormous house was begun at once on the perpendicular side of an immense escarpment with violent waterfalls on each side. The house had a large balcony that faced a big plaza below. The building had taken a long time because it was necessary to carve the hard granite of the mountain. The house was not finished. It was a veritable fortress. The time had come for Ernesto and Sofia to occupy their new and last quarters. Except that Ernesto was no longer Ernesto, and Sofia was no longer Sofia. He was now El Cóndor. She was his mate.

The transformation had been long and slow. When they first arrived, they set out to learn Quechua. They were more than successful. When they learned the language, they visited the villages and coaxed the elders to tell them their stories, their legends and myths. They read everything written about the ancient Incas. They studied the ruins, the idols, the artifacts and the pottery of that old culture. The time came when Ernesto and Sofia talked to each other only in Quechua.

They were saturated with the Indian reality. Indian reality first invaded their thoughts, then it penetrated their feelings. Later, it seems, it even infiltrated their biology. They now thought, felt and even dreamed like Indians. Total involvement is capable of everything. Giving yourself body and soul to a noble cause can produce miracles.

The changes came about in such an exquisite way that they were not noticed for a long time. The first thing that happened was that Ernesto's silver hair started turning dark. Finally, the thick black hair, now long, did not leave any room for doubt. A fundamental change had taken place. The phenomenon could be justified with natural causes: change of diet, minerals in the water, some change in metabolism.

But the hair was not all. At the same time that the color and the texture of the hair was changing, other, more radical, changes were taking place. Again the alteration was so slow that no one noticed it for a long time. Subtle deformations in the features and in the bone structure of the skull of the man who had been Dr. Garibay were taking place. The result was that the face of the old professor became the face of the posters that

Ottozamín had one day sketched. He was rejuvenated entirely. He now had an athletic and heroic look. Sofia went through similar changes. She took on the appearance of an Inca princess, like the ones etched in ancient gold jewelry or painted on the ceramics of olden times. She started calling her lover "Altor," which in Quechua means "king." He called her "Altora." Altor wrote about then:

> The sierra, the valley and the sylva
> of my errant Ecuador
> are the theater and the stage
> of my amorous mission.

No one was more amazed, even frightened, with the changes that had taken place in Altor and Altora than their own friends. They were very much aware of being in the presence of a miracle that they could not even begin to explain. Although the two of them treated them with the affection of before, it was no longer the same. Their friends felt uncomfortable, somewhat scared. They and others began saying that El Cóndor, because there was no longer any doubt as to who El Cóndor was, was the reincarnation of Atahualpa himself who had returned to the world to liberate his people.

Although El Cóndor and his mate were now under the protection of the president and the government, because of the sympathy and mutual political goals that united them, El Cóndor's life was in danger. Assassins of the radical right, fanatical reactionaries, wanted to kill him. And he knew it. For some time now hundreds of Indians surrounded El Cóndor's house. They came to render homage and veneration to their Ta¾ita Cóndor, but above that, they came to protect him.

It was time to move to his mountain fortress. No one knows how the Indians found out the day. Very early that morning multitudes of Indians began to arrive and flood the streets around their Condor's house.

When Altor and Altora came out into the street, a rhythmic and sonorous chant rose that resounded and echoed through the streets and shook the city like thunder: "Taíta Cóndor! Mamita Cóndor!" At that moment the mantle of high command descended on them. The multitude was offering them the scepter of king and queen, was offering them their complete loyalty. the graceful gesture, the aristocratic appearance, the domineering eyes, the Inca vestments they wore, and even the affectionate smile that illuminated their Indian faces, everything showed that Altor and Altora knew perfectly well that they were the emperor and the empress of the new kingdom of the Incas. They were lords and masters of the world of the Andes.

The white car of El Cóndor, with Nico at the wheel, moved slowly through the multitude like a boat through a sea of happy faces. The Indians sang, danced and threw flowers and blessings. The same thing happened when the car left the city. Along the road there were thousands of Indians who cheered and waved white handkerchiefs. Even when the car climbed the winding roads of the cordillera, the Indians were there. The trip had not been announced but they found out, who knows how. It appeared that all of the Indians had poured onto the roads to honor their king and queen.

When they established themselves in their last Llacta Cóndor, Altor and Altora took on a new role. Every day at six in the evening Altor came out on the balcony. The plaza was always full of Indians. He spoke to them of love, brotherhood, democracy, compassion, honesty, self-respect. He spoke to them as if they were children, his children. Indians came from all parts of the country. Sometimes a chief would bring his entire village. All of them listened in fascination. Not only did they have a leader, now they had a teacher. Altora came out to the balcony on Wednesday mornings to speak to the Indian women. She spoke to them about hygiene, health, nutrition, education. She had trained Indian girls that gave demonstrations. The women listened, looked and learned.

A chief asked Altor one day, "Papá Cóndor, why don't you become president?" The answer was, "I am no good for president. Furthermore, I can serve my people better here than in the presidency." And it was true. Any time an injustice came to his attention, it was enough to send a letter for the matter to be corrected. Meantime the tributes kept coming. They were necessary to pay for the projects he had going, some of them in cooperation with the government.

Ecuatorian reality had changed. The Indians were now active contributors to the life of the nation. It became evident everywhere that agriculture produced more and better products. That industry and commerce had improved in efficiency and productivity. That everything was better.

Everyone was amazed at the transformation of the Indian. When he lifted his head and straightened his body, when he recovered his self-respect and his human dignity, the Indian revealed that he was handsome, intelligent and worthy of respect. The sorrow of hundreds of years rose, and the wind blew it away. Contentment and optimism took its place.

The Indians brought gifts to El Cóndor: produce from their farms, arts and crafts, even money. Nico on behalf of El Cóndor did not accept them. They also brought him artifacts, jewels, precious stones and pottery of the ancient Incas they had hidden and kept always or which they found in secret ruins of the ancient civilization which only they knew. El Cóndor accepted these. He converted the old house of the hacienda into a museum which in time became the most important museum of Inca antiquities. People from all over the world came there to admire the marvels of what had once been The Great Inca Empire.

Nico, the administrator of this kingdom, converted the hacienda into a true laboratory for agricultural experimentation. The best seeds, the biggest and meatiest breeding stock were produced there, which he distributed among the Indians. In addition he made of the hacienda a ranch for llamas, alpacas and vicuãs, animals on the verge of extinction. He collected them through-out the country, brought them from Bolivia and Perú, and dedicated himself to improving the breed.

Altor and Altora had fulfilled their mission. They had converted their illusion into a new nation. They were happy in their mutual love and in the adoration of their people. They did not remember Ernesto Garibay and Sofia. The *nalgas* of gold were now *nalgas* of bronze. The metamorphosis was now complete.

El Cóndor

Ernesto Garibay estaba solo en su despacho. Era ya cerca de media noche. La lámpara iluminaba la superficie de su mesa, dejándolo a él y al resto del aposento en la sombra. El silencio denso e intenso. Casi se podían oír sus pensamientos.

Ernesto había tomado una determinación que le estremecía todo el ser y el estar. Había llegado la hora de lanzar una terrible y turbulenta actividad que había venido elaborando por años. Su plan era diabólico y, por eso, perfecto.

La decisión de esta noche era la culminación de un largo proceso y de sufrimiento espiritual. Todo había empezado en 1963 cuando Ernesto había llevado un instituto de verano a Ecuador. Siguió yendo varios veranos y más tarde fue a establecer el Centro de Estudios Andinos.

Desde el primer momento las sierras y las selvas, las amplias playas, los altos cielos, la luz avasalladora, el sol feroz, las brisas y lluvias sexuales de ese mundo febril y fecundo encantaron e intoxicaron al profesor de literatura de la Universidad de Nuevo Mexico.

Pero lo que más le llegó al corazón fue la amable y hospitalaria gente del corazón del mundo. Jamás había conocido Ernesto tanta bondad y generosidad en el trato humano. Tanta cortesía, tanta ceremonia, tanto respeto. En todo sentido civilizado. Ernesto pronto se aquerenció. Empezó a llamarle al Ecuador su segunda patria. Escribió por entonces:

> Aquí todo me humaniza:
> la bizarra cortesía
> el minuet de las palabras
> los rituales de la raza.

El profesor Garibay no se fijó mucho en los indios, al principio. No tenía relaciones con ellos. Los consideraba algo así como una extensión del paisaje. Algo colorido y exótico. Algo silencioso y misterioso como la selva con sus aves y flores de muchos colores, como el volcán con su fuego y violencia escondidos. Los indios eran una especie de fondo mágico y silencioso del cuadro artístico de esa tierra andina.

No se sabe cuándo nuestro inmigrante empezó a percatarse que el silencio de los indígenas era un grito. Al principio le llegó como un susurro, un rumor o un murmullo que no alcanzaba a descifrar o identificar pero que le inquietaba de una manera inexplicable. Trataba de sacudírselo pero el grito disfrazado persistía. Más y más se le iba metiendo bajo la piel.

Con el tiempo el grito se fue haciendo más patente hasta que empezó a estremecer al profesor de literatura. Cayó en la cuenta. De pronto conoció y reconoció la fuente y la naturaleza de lo que había venido oyendo. Era un grito de dolor, un largo lamento, un rosario de quejas de injusticias centenarias. Escribió entonces:

> Tus indios vienen saliendo
> lentamente del pasado,
> los ojos, las esperanzas,
> en el suelo arrastrando.

Echó la mirada de sus entrañas sobre la indiada. Y se asustó con lo que vio. Se dio cuenta que los indios llevaban la tristeza, la desesperanza y la pobreza como una tela gris sobre la piel, como un velo negro sobre los ojos, como una cruz de hierro negro sobre las espaldas. Notó que el dolor tiene un olor y que ese olor nauseabundo no lo dejaba estar.

El sacudimiento espiritual del Dr. Garibay fue total. Quiso de todo corazón acercarse al indio, extenderle la mano, abrazarlo, hacerle saber que le dolía. No fue fácil. El indio se resistió, o por lo menos, así parecía. No era sólo que el indio no le tuviera confianza, ya que no tenía por qué tenérsela, sino que el indio no comprendió o no supo cómo corresponder. Las buenas intenciones del extranjero eran algo tan inaudito que resultaban sospechosas y peligrosas.

La condición del indio se convirtió en obsesión para Ernesto. No pensaba en otra cosa. Concluyó que el Ecuador era un mundo dividido en dos partes: una mitad hecha de conquistadores (y sus vasallos, los mestizos), y la otra mitad de conquistados (los esclavos). Pensó que cuando los incas fueron derrotados, los vencedores no sólo destruyeron un imperio material y político sino que destruyeron a la vez un imperio espiritual y sentimental. Le pareció que al rendirse, el indio, herido hasta la muerte, echó la mirada sobre la tierra y la vida suya y no vio nada más que noche, amenaza y tormento. Se refugió dentro de sí mismo a esperar un salvador, un libertador, un dios inca que viniera a rescatarlo. Era su única manera de sobrevivir. Al pasar los siglos se fue perdiendo en los laberintos de su propio ser y ya no encuentra salida aunque la quisiera. Se convirtió en sepulcro, en cementerio, de sí mismo.

La chicha, el paico y las hojas de coca quedan explicados. La inconsciencia y la estupefacción son una manera de apagar el dolor y seguir existiendo.

Un día por el campo Ernesto le preguntó a un indio:

—¿Y tú qué eres?—

—Yo no sé, señor. Yo pertenezco a la hacienda de don Domingo.—

Esto era para reventar. El pobre diablo ni siquiera sabía que era ecuatoriano, que era ciudadano y que como tal, tenía derechos y privilegios. En otra ocasión leyó en el periódico un anuncio a toda página donde se vendía una hacienda. Había una lista de los haberes a vender. Tantas hectáreas de sembradío, tantas hectáreas de pasto, tantas cabezas de ganado vacuno, tantas cabezas de ganado ovejuno, tantos caballos. Al pie de la lista aparecía un ítem que hizo llorar a Ernesto. ¡Uno de los haberes que iban con la venta de la hacienda eran doscientos indios! De modo que el indio no sólo era posesión, sino que era ganado y mercancía.

El alcoholismo entre los indios es espantoso. Pero tienen una curiosa manera de beber. El marido y su mujer los dos toman en exceso, pero nunca toman juntos. Cuando él anda borracho, ella anda sobria, y el inverso. Por los lados de los caminos con frecuencia se ve a uno o al otro tumbado, bien pasado. El otro está sentado a su lado cuidando que no le pase nada. El Dr. Garibay encontró en este fenómeno, motivos de optimismo y esperanza. Este cuidado no sólo demuestra el amor que se tiene, y el amor siempre es salvador, sino demuestra también que el indio no es suicida, que no busca la muerte, que busca la vida. Todo lo que hace falta es un dios inca, un Moisés inca, que lo saque del cautiverio.

Estos pensamientos le llenaban la cabeza y el cuerpo al extranjero. Empezó a decirse a sí mismo, primero, y a todos los que le escucharon, "Hay que hacer algo". "Alguien tiene que hacer algo". Se encontró con una barrera de condescendencia e indiferencia. Chocó con todos los viejos lugares comunes: el indio es perezoso, es borracho, es ladrón, está feliz como es, no quiere más, es estúpido. Sus amigos blancos le contaron de una infinidad de proyectos instituidos por el gobierno para ayudar al indio que habían venido a menos porque el indio no quería, o no podía, o no sabía aprovecharlos. Le contaron que había una multitud de leyes para la protección del indio. El Dr. Garibay se preguntaba ¿de qué servían los proyectos si no se educaba, si no se preparaba al indio para utilizarlos? ¿De qué servían las leyes si no se implementaban?

No era que la gente blanca fuera del todo insensible o injusta. Era que el discrimen, la injusticia y el prejuicio se habían institucionalizado. Nadie se sentía culpable por lo que habían hecho sus antepasados. Ellos habían hecho lo que habían podido sin ningún resultado. Allá ellos. Entretanto, el indio seguía sumergiéndose, desde hacía mucho tiempo, a un nivel subhumano. Ernesto escribió por entonces:

Indio de penas morenas
bestia de la carga blanca,
paria de mirada negra,
siervo de macas moradas.

El Dr. Garibay no supo cuándo, ni cómo, ni por qué el "Alguien tiene que hacer algo" se fue convirtiendo en "Yo tengo que hacer algo". Volvió a su tierra con el alma estremecida. Allí, lejos de la tierra andina, sus pensamientos y sus sentimientos se fueron fundiendo en una ardiente idea. El indio adolecido, sufría, moría. Necesitaba un libertador, un dios inca, que lo rescatara y lo salvara. No había un indio libertador, un indio dios. Había que inventarlo. El profesor Ernesto Garibay tomó una determinación. El inventaría un indio legendario, un indio justiciero, que sacaría a su pueblo del cautiverio.

Estaba su casa sosegada. La paz, la soledad y el silencio rodeaban la mesa iluminada. Después de años de turbulencia y tormentos espirituales, el profesor se siente sereno y dueño de los caminos y destino que le esperan. Tranquilamente, toma la pluma y se pone a redactar la siguiente carta:

Estimado Sr._____,

Se trata del secuestro de su hijo (a)_____, o del no secuestro de su hijo (a)_____. Usted decidirá.

Esta carta va dirigida a usted y a otros nueve hombres adinerados como usted. Ustedes diez van a financiar un proyecto mío de auxilio para los pobres. Cada uno de ustedes me va a entregar 50,000 dólares en efectivo el 11 de noviembre. Si no cumplen me veré obligado a asesinar a uno de los niños (podría ser el suyo) como prueba de mi determinación. Un asesinato no es tan complicado ni tan peligroso como un secuestro. Si esto ocurriera, ustedes recibirían otra carta semejante a ésta, excepto que la demanda sería 100,000 dólares. Con la misma advertencia.

Piénselo bien. Este es el secuestro menos doloroso posible. Las estadísticas demuestran que en un secuestro la víctima casi siempre resulta muerta. Yo le ofrezco una evasión al dolor y a la desesperación, a la tragedia que acompañan a un secuestro. No habrá víctima, no habrá sufrimiento, a no ser que usted lo quiera. La elección es suya.

Pude haber elegido secuestrar a su hijo y pedir un rescate de medio millón. Esto habría sido terriblemente traumático y peligroso para usted y para mí. Lo que pido no es mucho, y usted bien lo puede pagar. Así garantiza la vida, la paz y la felicidad de su familia. Además, puede descontar la pérdida en sus impuestos. Puede sentirse complacido de haber contribuido al bienestar de la humanidad.

INSTRUCCIONES:

1. El 11 de noviembre preséntese usted en el Motel Falcón a las diez de la noche.
2. Diríjase usted a la habitación 198 en la planta baja. La puerta estará abierta. Entre.
3. Traiga consigo los 50,000 dólares en billetes de a veinte, de a cincuenta y de a cien. No numerados. No marcados.
4. Ponga el dinero en un paquete sellado, con su nombre. Así puedo yo determinar si ha cumplido.
5. En la habitación encontraránuevas instrucciones.
6. Cuidado. Mi gente estarávigilando. Si hay un desperfecto, si hay siquiera un tufo a policía o aparatos electrónicos en su persona o en su coche, el plan queda cancelado. Aparecerála primera víctima. Se doblará el rescate.

Como usted puede ver, el plan es perfecto. Le toca a usted llevarlo a cabo sin una sola falla. Usted tiene tanto que perder.

Un hombre determinado que no quiere hacerle a usted ningún daño.

El Sr. Garibay terminó de escribir con algo que parecía un suspiro. Se sentía tranquilo y contento. Sofía pasaría las cartas a máquina mañana en una máquina alquilada, con los debidos nombres de padres y niños, una lista preparada desde hacía mucho tiempo. Entró en su alcoba, se desvistió lenta y deliberadamente y se acostó. Se acurrucó al cuerpo de Sofía y puso la mano donde no la había puesto ningún otro. Sofía se estremeció y se quejó contenta, de pena y placer. El se durmió pensando que el calor de las nalgas de oro de Sofía era el calor más suave y más sabroso de éste y de todos los mundos. Que si sólo se pudiera embotellar. . . .

Era el 15 de octubre. Las cartas llegaron a su destinación. Ernesto y Sofía tranquilos. Lanzados ya, no había retorno. Ellos dispuestos a todo. Juntos como siempre, y para siempre.

Sofía era la reina y dueña de los amores y secretos de Ernesto. Era la compañera leal y atrevida de todas sus calenturas y aventuras. Cuando se unieron por la primera vez, no se apartaron, se quedaron unidos. El, dentro de ella. Ella, alrededor de él. Dos cuerpos con una sola razón, un

solo criterio, un solo corazón. Cuando Ernesto primero le contó su desca-
bellado plan, ya ella lo sabía. Quién sabe cómo. No sólo aprobó sino que
lo incitó a que siguiera adelante. Espíritu inquieto, apasionado y febril.

A las diez de la noche, el 11 de noviembre, Ernesto y Sofía estaban
en la cafetería del Motel Falcón tomando café. De donde estaban sentados
se divisaba la puerta de la habitación 198. No había "gente". Ellos dos
eran los únicos involucrados en el "no-secuestro". En el 198 había instrucciones detalladas para la entrega del rescate, suficientemente progra-
madas para despistar a cualquier rastreador, humano o animal. Entre otras
cosas, no habría nadie para recibir dinero. El dinero se quedaría por ocho
días en el deposito indicado. Entonces, cuando estuvieran seguros, Ernesto y Sofía lo recogerían.

Antes de las diez empezaron a llegar los pilares de la sociedad, cada
uno con un bulto bajo el brazo. Los arreglos se concluyeron como an-
ticipados. Parecía mentira, de pronto Ernesto y Sofía eran dueños de
medio millón de dólares. El plan había sido tan sencillo, casi infantil, que
resultó infalible. Todos los contribuyentes recibieron una tarjeta de
agradecimiento.

El Dr. Ernesto Garibay y su bella dama, la dueña de sus amores y
sabores, la de las nalgas de oro y de los ojos espadas, han llegado a Quito.
Están en función de guerra. Escribió Ernesto por entonces:

> Y alcé mi cáliz al cielo
> y lancé mi reto al mundo.
> Le abrí los dientes al trueno
> y le besé el duro puño.

Los amigos de antaño los recibieron con los brazos abiertos. Fueron
otra vez el equipo que antes habían sido cuando juntos habían abierto
caminos por las sierras, las selvas y las tierras del Ecuador. Allí estaba
Valentina, la elegante reina de Pichincha. Estaba Elena, la dueña de la risa
y la inteligencia. Consuelo, la maestra del amor y la amenaza. Nico, el
indio bravo, resentido y atrevido. Carola, regia dama de las sierras y las
selvas. El Dr. Montúfar, liberal, *bon-vivant*, cuyas caricaturas estremecían
al país de risa o de rabia. Ottozamín, el rebelde y genial pintor indígena.
Y sobre todos, Martín, el querido hermano ecuatoriano que llevaba en su
cuerpo y en su alma los dolores y lamentos de su patria vertical.

Estos, a través de los años, habían compartido con el profesor de los
Estados Unidos la simpatía y la agonía por el destino del indio. Antes de
volver ya Ernesto había contado con formar un centro de estudios (y de
ataque) de esta gente. Estudiar, analizar los problemas, y luego formular

un plan de ataque.

Pronto Martín y Ernesto se encontraron solos. Ernesto le contó lo del timo en los Estados Unidos. Le contó que intentaba hacer la misma cosa en Quito y después en otras ciudades. Que lo haría en nombre de "El Cóndor". Lo importante era establecer un mito, una leyenda, del inca conquistador y vengativo, el libertador de los indios.

—Pero, hermano, te van a matar. Vas a dejar el pellejo en tierras del Ecuador.—

—Qué más da. Ya mi pellejo es de las tierras del Ecuador.—

—Mira, hermano, ya tú sabes, yo te sigo y te sirvo en lo que tú quieras. Dime ¿Qué quieres tú que yo haga?—

—Abandona tu empleo y vente a trabajar para mí. Yo te pago el doble de lo que ahora recibes.—

—Acepto. ¿Luego qué?—

—Quiero que abras una oficina, que pongas a Elena de administradora, que contrates a nuestra gente a estudiar y a investigar las vulnerabilidades de las jerarquías. Quiero saber dónde podemos pegar y salir ilesos. Quiero que hagas hacer un tremendo letrero que rece "Llacta Cóndor". Quiero que abras una cuenta en el banco sobre la firma de El Cóndor y la tuya, investigando primero a ver si las cuentas bancarias son secretas y sagradas, y que el gobierno no pueda confiscarlas. Si no, operaremos sobre un banco de Estados Unidos.—

—¿Y tú, Ernesto, cuál es tu papel?—

—Yo seré un humilde profesor retirado que vuelve a su segunda patria a descansar, a leer y a escribir. Ese serámi disfraz. Nadie, excepto tú, debe saber que Garibay es el Cóndor. Dile a quien te pregunte que no sabes quién es El Cóndor, que todas tus relaciones con El Cóndor son a través del teléfono, que tus funciones se limitan a investigar y estudiar, que cualesquiera que fueran las otras actividades de El Cóndor, no tienen nada que ver contigo.—

En éstas y otras consideraciones los dos amigos se pasaron la mayor parte de la noche. Decidieron cuál sería el papel de cada uno del personal. Se puesieron de acuerdo de cómo empezar a crear y lanzar la imagen de El Cóndor, el indio salvador. Empezarían por llevar a cabo el mismo secuestro (sin secuestro) que tan bien había resultado en Estados Unidos.

Se escogieron los nombres, se enviaron las cartas sobre la firma de El Cóndor y esperaron. A su debido tiempo los pilares de la sociedad se presentaron y entregaron el dinero demandado. Ahora el proyecto Cóndor tenía un millón de dólares para ponerse en función. Era increíble. Quién iba a creer que fuera tan fácil. El éxito estaba en la sencillez del plan y en la modesta cantidad demandada. Empezó a sonar y a resonar el nombre El

Cóndor. ¿Quién era? ¿Qué quería? ¿A dónde llevaría esto? La leyenda, el mito, había nacido.

Claro que el Dr. Garibay sabía que tarde o temprano alguien iba a percatarse de la semejanza del timo de los Estados Unidos y el de aquí. Sabía que se buscarían puntos de contacto entre esto y aquello. Que alguien iba a llegar a la conclusión que el Dr. Garibay estaba allá cuando esto ocurrió. Parecía que esto lo tenía sin cuidado. Parecía que adrede lo había hecho igual, como si quisiera que lo sospecharan.

Todo iba bien, pero era necesario dar un golpe ejemplar que estableciera a El Cóndor como campeón del indio. Después de discutirlo con Martín, se decidió que el jefe de policía sería el indicado como ejemplo. Las cárceles de Quito estaban rebosando de presos. La mayor parte de ellos eran indios, los demás eran pobres, que era casi igual. Esos presos vivían en condiciones inhumanas. Los maltrataban, los tenían muertos de hambre. Las condiciones higiénicas eran deplorables. Muchos de ellos estaban detenidos injustamente.

Por entonces ya Martín le había pedido a Ottozamín por parte de El Cóndor que le dibujara a blanco y negro la cara de un indio noble, fuerte y arrogante. Esto era para darle imagen al mito que empezaba a crecer. Era también para membretes, carteles y hojas sueltas para la propaganda que estaba por empezar.

En uno de esos membretes, Ernesto le envió la siguiente carta al Lic. Bernardo Jaramillo y Cortés, Jefe de Policía:

Sr. Jaramillo:

Las condiciones en que viven los presos en sus cárceles son despreciables, asquerosas e inaguantables. Esos presos son seres humanos, y tienen derecho nato a su dignidad y amor propio en toda sociedad cristiana y civilizada. Los que le deben una deuda a la sociedad, que la paguen, pero como seres humanos y no como animales.

No creo que el gobierno tenga la culpa. Me supongo que el gobierno le da a usted cierta cantidad para la alimentación y cuidado de cada preso. Lo que usted está haciendo es embolsarse la mayor parte de ese dinero.

El Cóndor manda que usted haga lo siguiente:

1. Mejorar la calidad y la cantidad de la comida cien por ciento.
2. Limitar el número de presos por celda.
3. Limpiar las celdas.

4. Proveerles duchas y servicios higiénicos a los presos.
5. Permitir que los presos reciban visitas de sus familias en circunstancias privadas y cómodas.
6. Poner en libertad a todo preso detenido injustamente. Usted debe saber quiénes son, y si no lo sabe, averígüelo.
7. Condene y controle a sus guardias crueles.

Le doy dos semanas, hasta el 15 de febrero, para que ponga en marcha las reformas. Los presos me harán saber. Le juro por los huesos de mis antepasados que si usted no cumple, usted me responderá directa y personalmente.

El Cóndor

El Dr. Garibay estaba casi convencido que el jefe de policía no le iba a hacer caso. No quería que le hiciera caso. Necesitaba un acto violento y dramático que sacudiera al país para completar la imagen legendaria de El Cóndor como protector del indio y del pobre. La carta se repartió por todas las calles de Quito en hojas sueltas. De inmediato explotó la discusión, la especulación, el misterio: ¿quién era? ¿qué quería? ¿a dónde iba todo esto? Los periódicos, la radio, la televisión no hablaban de otra cosa. El nombre de El Cóndor estaba en la boca y en los pensamientos de todos. Empezó la larga espera.

Como Ernesto lo había previsto, Jaramillo no hizo nada. ¿Por qué? El Cóndor tenía que ser un loco, un don nadie. El era el jefe de policía, distinguido político, amigo del presidente, de ilustre familia, además era muy hombre. Un hombre como él no se rendía. Cercó su casa de policías, dobló la guardia de la comandatura y quiso parecer tranquilo.

El doce de febrero llegó a su oficina una caja de whiskey. Venía acompañada de esta carta:

Estimado Dr. Jaramillo:

Le ruego que acepte este humilde regalo de un hombre que lo admira y respeta.

Yo soy un negociante del extranjero y traigo entre mis manos un gran negocio que puede producir millones. Necesito un hombre como usted para llevarlo a cabo. Ya lo he investigado y sé que usted reúne los atributos y tiene los contactos que yo necesito. Usted abrirá los caminos. Yo proporcionaré los fondos. Juntos haremos fortuna. Le aseguro que una vez que yo le explique lo que hay que hacer y lo que nos espera, a usted le va a gustar. Seremos socios.

211

Ya sé que usted tiene un lío con ese loco Cóndor. Le admiro su coraje en no darse. Esa es una de las razones que lo he elegido a usted para mi proyecto.

De modo que lo cito a usted para el 17 de febrero a las dos de la tarde en el Restaurante Dos Aguas en la Calle Equinoccial. Para entonces estará patente que las amenazas del indio son ociosas. Le urjo que se presente entonces. Mis negocios son urgentes, y el tiempo manda. Lo menos que puede hacer es escuchar y ver si le conviene. Si no es usted, tendrá que ser otro.

Perdone usted que no firme esta carta. La delicadeza del negocio requiere que yo me mantenga siempre anónimo, que funcione detrás de bastidores. Es importante que nadie nos vea juntos. Sería sumamente peligroso para los dos.

Lo espero el 17 con anticipaciones de una beneficiosa y exitosa amistad. Si no viene, nada perdido.

Un amigo

Eran las dos de la tarde el 17 de febrero. Ernesto se paseaba lentamente frente al Restaurante Dos Aguas. Llevaba una peluca de cabello oscuro sobre su cabellera gris. Llevaba lentes de contacto sobre sus ojos verdes en vez de sus gafas acostumbradas. Al otro lado de la calle se paseaba Sofía. Llevaba una peluca de cabello largo sobre su pelo corto. Un abrigo enorme escondía y disfrazaba sus contornos seductores. Los dos parecían tan ordinarios, es decir, se parecían a todos y no se parecían a nadie. Eran anónimos e indescriptibles.

A las dos y diez apareció el Mercedes Benz del gran señor y rajadiablos de las cárceles guiado por un chofer. La avaricia sobre todas las cosas, *avant toute chose*. El chofer corrió a abrir la puerta a su amo. Este se bajó del coche ostentando su gordura corporal, mental y sentimental. Perfecto espécimen del que se ha cebado y engordado en el trochil humano. Se bajó con su bigotito estremecido, como si le tuviera miedo a la boca o como si se muriera de vergüenza de estar donde estaba.

Jaramillo se dirigió a la puerta del restaurante. El chofer se subió en el coche. Antes de llegar a la puerta el jefe de policía oyó una voz que le dijo " ¡Sr. Jaramillo!" Se detuvo y se volvió a ver quién lo llamaba. Ernesto le disparó tres tiros en el pecho. Sólo se oyeron tres suspiros. El silenciador amortiguó el sonido de los disparos. El chofer ni cuenta se dio. El ataque fue tan rápido y repentino que el cuerpo no tuvo tiempo de caer al suelo. Se quedó cimbrándose como una palmera. Ernesto lo cogió y lo ayudó a buen caer. Cuando el cuerpo estaba horizontal, Ernesto le clavó un dardo, cuyo puño tenía un cóndor labrado, en el pecho. Ese dardo sería la tarjeta de identidad de El Cóndor de allí en delante.

En el mismo instante en que Ernesto disparó Sofía cruzó la calle y le metió tres balas en la frente al chofer. Otra vez el silenciador convirtió los tiros en suspiros, todo perfecto.

Al parecer nadie se dio cuenta de la doble despedida de dos almas. Ernesto y Sofía se subieron en su coche alquilado estacionado allí mismo, como si nada. Sofía conducía lentamente. Parecían una pareja de clase media, de edad media, que andaba de paseo esa tarde de domingo. Que iba en silencio porque no tenía nada que decirse, porque ya se lo había dicho todo.

Entregaron el coche y anduvieron a casa. Sin pelucas, claro. Entraron. Cerraron la puerta. Y se abrazaron. Así permanecieron largo rato sin decir palabra, temblando un poco.

Acababan de dar muerte a dos hombres. Ya hacía mucho que se habían venido preparando para esto. Se había dicho y repetido muchas veces que lo que tenían que hacer no era criminal, era justicia, era castigar a los culpables, era mejorar la condición del indio. Habían iniciado su cruzada convencidos de que lo suyo era noble y justo. Pero una cosa es pensarlo y decirlo. Hacerlo es otra cosa.

El Cóndor y su dama seguían abrazados y callados. Su agitación temblorosa iba creciendo. De pronto se besaron. Un beso de destellos y relámpagos. Todo fuego. Todo furia. Un beso que borró el mundo y el tiempo y abrió las puertas del cielo y de la eternidad. Hicieron el amor. Conocieron el amor como nunca lo habían conocido. Violento y apasionado. Furioso, extasiado. Quedaron rendidos, molidos. Y se quedaron dormidos, sin haber dicho palabra, como dos angelitos, hasta otro día.

Desde su primera aventura criminal los dos habían notado que su vida amorosa había mejorado. Lo habían comentado. Pero el derroche de amor, pasión y deseo, el gozo y éxtasis incomparables de esta última unión no dejaba duda. El olor, el calor y el color de la sangre humana parece despertar y desatar fuerzas y corrientes primitivas. El atrevimiento, el peligro y el terror, cuando la vida está pendiente de un cabello, sonsacan el eterno y fervoroso instinto de la supervivencia. El amor acaso sea la mejor manera de sobrevivir. Si sobre todo esto proyectamos la sensación y la canción del pecado, tal vez comprendamos la situación sicológica y sentimental de los inocentes homicidas.

Ernesto se despertó tarde la siguiente mañana. Su compañera dormía a su lado como una niña. Permaneció largo rato pensando en los acontecimientos de ayer. Le sorprendió encontrarse tan sereno, tan dueño de sí mismo. Después le picó a Sofía con el codo. Ella hizo unos ruidos muy sensuales primero, luego se desperezó lentamente. Por fin abrió los ojos y lo primero que dijo fue, "Si vivo mil años no olvidaré nunca, y siempre celebraré, lo de ayer. ¡No lo primero, lo segundo!" Ernesto se levantó riendo, se vistió rápidamente y salió a la calle a buscar los periódicos.

Volvió tremendamente agitado con un manojo de periódicos. "¡Sofía, Sofía!" Le lanzaba periódico tras periódico a Sofía. Los titulares en grandes letras negras proclamaban con voz de trueno lo que el Dr. Garibay quería oír: ¡"El Cóndor Mata! ¡El Cóndor Cumple! ¡El Cóndor Vuela!" No hacía falta leer las crónicas. Los dos sabían que todas tratarían de enfrentarse con la imagen, el enigma, el misterio de un indio justiciero y vengativo. Promesas para todos. Amenaza para otros. El impacto que Ernesto y Sofía se habían propuesto estaba conseguido. La leyenda estaba hecha. La imagen, la cara y la figura de El Cóndor llenaba el cielo, iluminando o ensombreciendo la tierra andina.

Vino Martín, y los tres celebraron el éxito increíble de la faena. Los tres concluyeron que había llegado la hora de lanzar nuevos proyectiles en la campaña. Primero, Martín tenía que llamar al periódico principal a ver si querían publicar un artículo semanal escrito por El Cóndor bajo el titular "La voz del Cóndor" y encabezado por la cabeza del indio bravo y noble de Ottazamín. Luego tendría que encontrar una voz fuerte, sonora y dramática para que comentara programas todavía por hacer por la televisión y la radio. Ir al Papagayo, viejo amigo, y el mejor programador de televisión, a que creara escenas atractivas de indios limpios, honrados y dignos bajo la voz dinámica de "El Cóndor" que tronara, "El Cóndor quiere ver indios limpios. El Cóndor no quiere ver indios sucios. El Cóndor no quiere ver indios borrachos". Y muchos más, mensajes sencillos y directos, como los de un padre para sus hijos. Dentro de poco estos proyectos de publicidad y propaganda inundarían la prensa, la televisión y la radio. Aparecerían en carteles por todas las ciudades y en los pueblos de los indios. Una campaña a todo dar. Escribió Ernesto por entonces:

Yo vi el resplandor de Dios,
indómito en el áurea nube.
Vi la sombra de su voz
indígena en la alta cumbre.

Apareció en el periódico el primer artículo del Dr. Garibay bajo el blasón, "La Voz del Cóndor", que ya era pendón de guerra. Apareció encabezado por la cara noble y brava de un indio conquistador. Apareció porque El Cóndor era noticia, porque era el misterio más grande del Ecuador.

"Yo soy el Cóndor, indio de pura cepa, de raza pura. Vengo del

214

corazón de mi pueblo. Salgo de las entrañas volcánicas de mi patria. Vengo a demandar justicia y democracia para el indio. Vengo a rescatar el alma de mi gente. Soy el grito atragantado y silencioso del indígena que al fin se ha lanzado. Soy la voz del olvidado y atropellado".

"Lo que vosotros habéis visto es sólo el principio. Ya iréis viendo proyectos y programas diseñados a mejorar las vivencias del indio. Para esto necesito el apoyo de los ecuatorianos. Si no lo recibo, lo arrebataré, cueste lo que cueste. Ya sabéis de lo que soy capaz. Jaramillo recibió lo que se tenía bien merecido. Lamento la muerte del chofer, pero le vio la cara a El Cóndor, y el que le vea la cara tiene que morir. Le advierto al nuevo jefe que ponga en marcha las reformas o le pasará lo mismo".

"No busco venganza por cuatrocientos años de crueldad e inhumanidad. Vosotros no tenéis la culpa por lo que ahora estáis haciendo. No quiero hacerle daño a nadie. Busco el bien y no el mal. Pero estoy dispuesto a todo para cumplir mi misión. El que no explota, el que no maltrata al indio no tiene nada que temer de mí. El que siga usando y abusando a mis hermanos, que espere, tarde o temprano, le corto el pescuezo. Para ése soy una viva y ferviente amenaza".

El artículo sigue, delineando en rasgos generales lo que El Cóndor se propone, y exhortando al pueblo ecuatoriano a que tuviera paciencia y que tratara de comprender sus móviles. Terminó con estas palabras "Soy la voz de vuestra consciencia". Jamás había "El Comercio" vendido tantos periódicos. La prensa internacional acogió la noticia. El Cóndor ya era *cause celebre*, ya era mito. Escribió Ernesto por entonces:

En un rincón de Quito
Le sorprendí una sonrisa
A la rosa de los mitos.

La policía descendió sobre Martín y lo sometieron a una interrogación feroz. No le pudieron sacar nada. "Yo no sé quién será El Cóndor. Se comunica conmigo sólo por teléfono. Me da instrucciones pertenecientes a la oficina que yo dirijo. Nosotros hacemos estudios e investigaciones sociológicos y antropológicos. Recogemos datos y estadísticas. El no confía en mi sus otras actividades". Los periodistas nacionales e internacionales, como también los políticos de izquierda, lo acosaban a cada momento. A ellos les decía la misma cosa.

Ernesto y Sofía sabían bien que estaban vigilados. Estaban seguros que el gobierno había atado los hilos. Había demasiadas coincidencias ineludibles: la semejanza entre los dos "secuestros", el hecho de que Ernesto estaba allí cuando ocurrió el primero y aquí cuando ocurrió el segundo, la estrecha amistad entre Ernesto y Martín, Ernesto era escritor y el autor de los artículos era literato. Es curioso, pero a Ernesto no parecía preocuparle esto nada. En realidad parecía satisfacer algo perverso de su carácter. Esta misma abierta, casi infantil, franqueza traía a los investigadores despistados y confundidos. Su teléfono, el de Martín y los de Llacta Cóndor estaban tocados. Con un aparato radioeléctrico, había descubierto micrófonos escondidos en diferentes partes de la casa y los había neutralizado. Quería que supieran que él sabía. Al volver a casa en varias ocasiones descubrían que alguien había vuelto y revuelto la casa en busca de evidencia y puesto todo en su lugar otra vez. Los amantes intrigantes se cuidaban de no dejar nada que los delatara.

Entretanto el timo del "no-secuestro" seguía. En distintas ciudades. Siempre diez participantes. El rescate total, medio millón de dólares en sucres. Como ya se sabía que El Cóndor cumplía, que no mentía, la cosecha del dinero era fácil, casi automática. La tesorería de El Cóndor iba creciendo. Todas las cartas terminaban con, "Tenga usted el consuelo de haber contribuido al bienestar de los pobres".

Era tiempo ya de dar otro golpe. Se enviaron cartas a diez hacendados ricos, parecidas a la que antes se había enviado al jefe de policía. Contenían las siguientes instrucciones:

1. Doblar el sueldo de los indios.
2. Limitar el día de trabajo a ocho horas.
3. Limitar la semana de trabajo a cinco días.
4. Proveerles agua potable a los indios.
5. Proveerles servicios higiénicos.
6. Cancelar todas las deudas de los indios.
7. Entregar cinco millones de sucres a El Cóndor por cuentas atrasadas.
8. Aconsejar a sus mayordomos a que traten a los indios conconsideración.
9. Tiene treinta días para entregar el dinero y para poner en marcha estas instrucciones.

La carta, con los nombres, fue distribuida en hojas sueltas por la ciudad y los pueblos. También fue publicada en el periódico con la advertencia a los demás hacendados de la nación de que hicieran lo mismo porque tarde o temprano les llegaría su turno. Cumplieron todos menos uno. Un dinosaurio colonial. También gordo. Es curioso, pero los que chupan sangre humana engordan mucho.

Nico se había convertido en el discípulo más ferviente de El Cóndor. El Cóndor era para él el dios incaico que había soñado y esperado toda su vida. Quería poner su vida a sus plantas. Le rogaba a Martín que le permitiera verlo. Ya Ernesto le había dado responsabilidades difíciles y peligrosas en las que se había comportado con discreción e inteligencia.

Había llegado el momento de encargarle algo verdaderamente serio: la eliminación del gordo hacendado colonial, don Atanacio Ajodí. Le dijo Ernesto a Martín que le dijera a Nico que esperara una llamada telefónica de El Cóndor en el teléfono público en la esquina de Wilson y Plaza a las tres de la tarde.

"Habla El Cóndor. Escucha nomás. El viejo Atanacio Ajodí no ha cumplido. Tiene que morir. Quiero que tú lo mates la noche del 6 de junio. Esta noche te enviaré el arma y el dardo. Le pones tres balas y le clavas el dardo en el pecho. Procura que no te vea nadie. Si hay testigos, los matas también. Hazlo a tu manera. Date tus propias mañas. No quiero que hables, sólo dime sí o no". Volvió la respuesta, temblorosa y apasionada, "¡Sí, papá Cóndor!"

El seis de junio Ernesto y Sofía andaban de viaje con sus amigos. El cruel Ajodí se sentía ufano y seguro. Tenía indios armados cercando la casa. Nico se coló por la noche como una sombra. Se deslizó por la tierra como una serpiente. Trepó tapias y paredes como un mono. Saltó tejados como un gato. Era indio de veras. Cazador y guerrero de vieja estirpe. Llegó a su meta sin que lo vieran o sintieran los guardias. No habrían hecho nada si lo hubieran visto porque ellos también estaban esperando la visita de El Cóndor. Ya era hora de que el mal patrón pagara las que debía. Los tres tiros hallaron su nicho. Salieron como tres suspiros, seguidos por otros suspiros, la despedida de un alma camino al infierno. Tan exquisita fue la operación que la mujer ni supo que dormía con un cadáver.

La noticia estalló la siguiente mañana. Los periódicos, la televisión y la radio estaban llenos del crimen fantasmagórico. No había duda. El Cóndor había pegado otra vez. El dardo con el puño de cóndor clavado en el pecho del difunto lo proclamaba. No había modo de implicar a Ernesto, ya que había estado bajo la lupa del gobierno cada momento.

Se soltó sobre el país, y hasta en el extranjero, toda una vorágine de discusión y especulación. Unos decían que era un brujo, un demonio. Otros decían que era el espíritu de Atahualpa. Algunos decían que era un matón profesional que quería hacerse dictador. Los indios andaban contentos y sonrientes. Ya tenían un protector, a quien llamaban "papá Cóndor", papito Cóndor", "taíta Cóndor". Escribió Ernesto por entonces:

De cascada en cascada
voy por las quebradas.
Pegado en la frente
Llevo a El Oriente,
y en la espalda llevo
a los Andes clavados.

Desde temprano el Dr. Garibay procuró y cultivó la amistad de Joaquín Llanero, pariente y brazo derecho del presidente de la república. Quería que el presidente recibiera informes directos de su vida en el Ecuador. Las dos parejas se visitaban y con frecuencia salían juntos. El Sr. Llanero podía atestiguar que el extranjero estaba haciendo lo que decía que había venido a hacer. Que en estos días estaba terminando un libro que La Casa de la Cultura iba a publicar bajo el título de *Andanzas, danzas y extravagancias*. Que estaba muy metido en la traducción al inglés de *Entre Naranjos* de Blasco Ibáñez. Podía decirle a quien se interesara que tanto Ernesto como Sofía eran tan suaves, tan blandos, tan gentes de todos los días, que no podía atribuírseles esas sospechas de que ellos estuvieran relacionados con El Cóndor. Asimismo condenaba al circo de grillos que era el congreso que tenía al presidente maniatado. Lo mismo aparecía en los artículos de "La voz del Cóndor". Ernesto sabía muy bien que aunque no le pudieran pegar ningún crimen legalmente, el presidente bien podía expulsarlo del país como *persona non grata*.

Era hora ya de lanzar un proyecto ya bien estudiado y programado. Se trataba de construir una casa de baños y un mercado en sendos lados de la carretera. Se había escogido uno de los pueblos indígenas más pobres y más abandonados. Se había consultado con los mayores del pueblo y se había conseguido su cooperación.

A Martín se le encargó que buscara una entrevista con el presidente. Martín con ese talento que le caracteriza, consiguió la entrevista. Le presentó al presidente planes y dibujos de los ingenieros y arquitectos. El Cóndor se ofrecía a pagar los materiales, los técnicos y los constructores. Los indios harían el trabajo. Al presidente se le pedía que proporcionara la maquinaria pesada para mover y remover tierra y piedras.

Esto era jugárselas a lo grande. ¡Una alianza entre un conocido criminal y el presidente legal! Si esto se conseguía, El Cóndor conseguiría legitimidad. Martín lo consiguió. El presidente aceptó. El jefe de los indios y el jefe de los blancos ahora eran compañeros en el bien y en el mal.

La construcción se puso en marcha. El Cóndor, el gobierno y los indios, juntos en una maravilla de cooperación, pronto le dieron fin a la obra. En un lado de la carretera estaba una estructura. Era la casa de baños. Tenía una fuente, césped, árboles, arbustos y flores, con regaderas automáticas en frente. Había un portal con arcos y asientos. Por dentro había doce celdas, seis para hombres y seis para mujeres, cada una con su puerta y cerrojo. La celda estaba dividida en dos compartimentos: uno para vestirse y desvestirse, y el otro la ducha. Le habían dicho al Dr. Garibay que ningún indio o india se iba a desvestir en público. Afuera había mesas y sillas para los que esperaban, con ventanales que daban a otro jardín atrás. En el lado de los hombres estaba un indio encargado, en el lado de las mujeres, una india. Estos les daban a los huéspedes toallas y jabón, para las mujeres una bolsita de crema aromática. En un rincón de la construcción había una lavandería donde las indias podían lavar su ropa con jabón y agua caliente. El alcalde del pueblo, y otros líderes indígenas se comprometieron a utilizar estos servicios primero para inducir a los demás indios a que hicieran lo mismo. Y cumplieron.

La estructura del otro lado de la calle era igual en el exterior. Por dentro estaba dividida en compartimentos comerciales en donde los indios podían mostrar y vender sus artesanías, tejidos y productos. Todo administrado por indios, aleccionados por el personal de Martín. Sobre ambas estructuras se levantó un tremendo letrero: "Llacta Cóndor". Este centro higiénico y comercial se convirtió en meca para los turistas y para los naturales, blancos e indios, llenos de curiosidad. Encontraban un pueblo limpio, indios limpios, gente trabajadora, todos encalando sus casas, sembrando árboles, arbustos, flores y césped. Esta construcción serviría de modelo para otras ya proyectadas. El siguiente pueblo ya estaba seleccionado y los arreglos hechos.

Entretanto las cartas seguían saliendo. A fábricas, a industrias, a agencias gubernamentales, a las fuerzas armadas, a negociantes de todos tipos. Todas llevaban su lista de reformas, su reclamo de cuentas atrasadas y la amenaza de un rayo fulminador. Hubo más muertes ejecutadas por Ernesto a veces, por Sofía alguna vez, y por Nico las más veces. La mayor parte de las veces sólo la carta bastaba para producir las reformas y la entrega del dinero. Ya se sabía que El Cóndor no mentía. La tesorería iba creciendo.

Empezó a hacerse patente por todo el país una nueva realidad. Los indios empezaron a salir de sus cuevas y cavernas interiores donde habían estado agazapados por más de cuatrocientos años. Cobraron conciencia de sí mismos. Encontraron su amor propio perdido. Pisaron la tierra como antes lo hicieron en tiempos incaicos, con orgullo y dignidad humana. Sus tierras, selvas y sierras fueron suyas otra vez. La voz del Cóndor resonaba en las alturas. Escribió Ernesto por entonces:

Tu bronce es sólido metal,
tu poncho coraza es
que el rigor no puede doblar:
por ser hombre y no res.

Ya hacía mucho tiempo que Nico tenía todo un ejército de jóvenes indígenas, cultos, bravos y comprometidos esparcidos por los pueblos registrando a los indios e instruyéndolos en el privilegio de votar. Vi-

219

nieron las elecciones. El Cóndor se lanzó cuerpo y alma a la campaña electoral. Salieron cartas y pregones por todas las avenidas de comunicación. Apoyó la reelección del presidente, que era un hombre honrado y justo. Hizo una lista de candidatos que elegir y otra de candidatos que derrotar. Los indios votaron como nunca, y votaron los pobres y votaron las multitudes que simpatizaban con El Cóndor. Ganaron todos los buenos y perdieron todos los malos. Por la primera vez hubo en el país un presidente liberal y democrático con una mayoría liberal y democrática en el congreso.

Terminadas las elecciones y establecida la orientación del nuevo gobierno, los nuevos congresistas recibieron por correo toda una serie de proyectos de ley sobre derechos humanos. Estos incluían uno intitulado "Acción Afirmativa" que demandaba que cada agencia de gobierno, cada industria, cada negocio reclutara un porcentaje de indígenas correspondiente al porcentaje de la población. Demandaba también que todas estas instituciones establecieran seminarios de entrenamiento para indígenas para prepararlos para puestos de autoridad y alto mando. Los otros proyectos de ley, fastidiosamente estudiados y documentados, eran de la misma índole. No se puede exagerar la actividad y compromiso de Martín y su personal en esta empresa.

Estos proyectos se discutieron y debatieron en el congreso, apoyados por toda la autoridad del presidente y por la constante presión de El Cóndor, que insistía que todos ellos fueran aprobados juntos. Llegó el día de la votación.

El Cóndor lanzó un grito que se oyó en cada rincón del Ecuador. "Quiero veinte mil indios en las calles de Quito el 28 de agosto. Quiero veinte mil blancos pobres en las calles de Quito. Quiero que cierren todas las entradas y todas las salidas de la ciudad. Quiero que se planten en el centro de todas las calles. No permitan que se mueva un solo vehículo, con la excepción de ambulancias y los camiones míos que repartirán comida y refrescos. No quiero violencia. No quiero borrachos ni locos. Quiero una manifestación pacífica y popular. Si alguien se porta mal, mi gente lo aplastará."

No aparecieron veinte mil indios. Aparecieron cuarenta mil. No aparecieron veinte mil blancos pobres. Aparecieron cuarenta mil. La gente de Quito se volcó en las calles, por curiosidad, acaso, o por no tener adonde ir, o tal vez, por simpatía. Aparecieron también, como milagro, músicos, cantantes, danzantes. En cada esquina había una fiesta. Grupos de niños cantaban y bailaban cantos y danzas tradicionales en todas partes. El pueblo cantaba y bailaba. La ciudad estaba totalmente inmovilizada, pero no inerte. La ciudad vibraba, pulsaba de alegría, de buena fe y de vida. Jamás había habido una celebración popular tan inmensa y vital en la historia de Quito. Todos los ecuatorianos eran hermanos.

Por ese mar humano y agitado navegaban los camiones de El Cóndor, identificados por el ya conocido pendón del indio héroe, repartiendo víveres: choclos, queso, pan y refrescos. Caramelos y galletas para los niños. Todo el mundo contento y cómodo. De vez en cuando la multitud le abría el paso a una ambulancia camino al hospital.

Era obvio. Era patente. A ningún político se le podía escapar. El Cóndor había demostrado antes que era un poder económico y social. Ahora era manifiesto que El Cóndor era el poder político más potente del país. El congreso aprobó todos los proyectos de ley iniciados por El Cóndor. Se sabía que el presidente los firmaría. La gente se fue a su casa, sin violencia ninguna, sin una sola avería. El Ecuador ya no era el mismo. Ahora era el símbolo más alto y más noble de la democracia en la América Latina.

Cuando Ernesto y Sofía primero llegaron al Ecuador, se compraron una tremenda hacienda en la sierra. Se empezó entonces la construcción de una enorme casa en el mismo lado perpendicular de un inmenso risco con violentas cataratas en ambos lados. La casa tenía un gran balcón que daba no a un patio sino a una plaza grande. La obra había durado mucho porque fue necesario labrar y cavar el granito duro de la montaña. La casa estaba ahora terminada. Era una verdadera fortaleza. Era un palacio imperial. Había llegado el momento en que Ernesto ya no era Ernesto y Sofía ya no era Sofía. El era ahora El Cóndor. Ella era la Condoresa.

La transformación había sido larga y lenta. Cuando primero llegaron se dedicaron a aprender quichua. Lo consiguieron con creces. Una vez dominada la lengua, visitaron los pueblos sonsacando a los ancianos a que les contaran sus cuentos, leyendas y mitos. Se leyeron todo lo que había escrito sobre los antiguos incas. Estudiaron las ruinas, los ídolos, los artefactos y la cerámica de esa vieja cultura. Llegó el momento en que Ernesto y Sofia se comunicaban sólo en quichua.

Estaban saturados, empapados, de la realidad indígena. Lo indígena primero invadió sus pensamientos, luego compenetró sus sentimientos. Más tarde, al parecer, infiltró hasta su biología. Ya pensaban, sentían y hasta soñaban como indios. El compromiso total es capaz de todo. El entregarse cuerpo y alma a una causa noble puede producir milagros.

Los cambios se efectuaron de una manera tan exquisita que pasaron inadvertidos por mucho tiempo. Lo primero que ocurrió fue que los cabellos plateados de Ernesto se fueron tornando oscuros. Al fin la gruesa cabellera negra, ahora larga, no dejó lugar a dudas. Había ocurrido un cambio fundamental. El fenómeno se podía justificar a través de causas naturales: cambio de dieta, minerales en el agua, algún cambio de metabolismo.

Pero el cabello no fue todo. A medida que se alteraba el color y la textura de éste, otras alteraciones más radicales estaban teniendo lugar. Otra vez la transformación fue tan lenta que el mundo no se dio cuenta por largo tiempo. Empezaron a desarrollarse sutiles deformaciones en las facciones y en la osamenta del cráneo del que antes había sido el Dr. Garibay. El resultado fue que la cara del viejo profesor llegó a ser idéntica a la de los carteles que un día dibujara Ottozamín. Se rejuveneció todo. Quedó con un cuerpo atlético y heroico. Sofía sufrió cambios parecidos. Llegó a tomar la apariencia de una princesa incaica, como las que vemos dibujadas en antiguas joyas de oro o en la cerámica de viejos tiempos. Empezó ella a llamarle a su amado, "Altor", que en quichua quiere decir "rey". El le llamó, "Altora". Escribió Altor por entonces:

La sierra, la vega y la selva
de mi Ecuador andante
son el teatro y el escenario
de mi faena amante.

Nadie quedó más maravillado, ya hasta alarmado, con los cambios realizados en Altor y Altora, que sus propios amigos. Tenían plena conciencia de estar en la presencia de un milagro que no podían ni empezar a explicar. Aunque los dos se trataban con el cariño de antes, ya no era igual. Se sentían incómodos, un tanto asustados. Empezó a divulgarse entre ellos y los demás, la idea de que "El Cóndor", porque ya no había duda ninguna de quién fuera El Cóndor, era la reencarnación de Atahualpa mismo, que había vuelto al mundo a liberar a su pueblo.

Aunque El Cóndor y su Condoresa estuvieran ahora bajo la protección del presidente y del gobierno por la simpatía y unidad de metas políticas que les unía, la vida de El Cóndor estaba en peligro. Asesinos de la extrema derecha, los fanáticos reaccionarios, podían y querían matarlo. Y él lo sabía. Hacía tiempo ya que cientos de indios rodeaban la casa de El Cóndor. Habían venido a rendirle homenaje y veneración a su taíta Cóndor, claro, pero sobre todo eso habían venido a protegerlo.

Había llegado la hora de mudarse a su reducto en las sierras. Quién sabe cómo supieron los indios el día de la mudanza. Esa madrugada empezaron a llegar multitudes de indios que inundaron las calles contingentes a la casa de su "Cóndor".

Cuando Altor y Altora salieron a la calle, surgió un canto rítmico y sonoro que resonaba y retumbaba por las calles y sacudía a la ciudad como un trueno: "¡Taíta Cóndor! ¡Mamita Cóndor!" En ese momento cayó sobre los dos el manto de alto mando. La multitud les estaba entregando el cetro de reyes y señores, les estaba ofreciendo su lealtad total. El gesto gallardo, el aspecto aristrocrático, la mirada avasalladora, la toga incaica que vestían, y hasta la misma sonrisa cariñosa que iluminaba su cara indígena, todo ponía en manifiesto que Altor y Altora tenían conciencia entera de que eran el emperador y la emperatriz del nuevo reino de los incas. Eran amos y dueños del mundo de los Andes.

El coche blanco de El Cóndor, con Nico al volante, se movía por la multitud lentamente como un barco por un mar de caras alegres. Los indios cantaban, bailaban y les echaban flores y bendiciones. Lo mismo ocurrió al salir el coche de la ciudad. A lo largo de los caminos había miles de indios que saludaban y agitaban pañuelos blancos. Aún cuando el coche subía los tortuosos caminos de la cordillera los indios estaban allí. El viaje no se había anunciado pero ellos lo supieron, quién sabe cómo. Al parecer, toda la indiada se había volcado a los caminos a honrar a sus reyes y señores.

Al establecerse en la última Llacta Cóndor, Altor y Altora asumieron un papel adicional. Todos los días a las seis de la tarde Altor salía al balcón. La plaza siempre estaba llena de indios. Les hablaba del amor, la hermandad, la democracia, la compasión, la honradez, el amor propio. Les hablaba como a niños, como si fueran sus hijos. Venían indios de todas partes del país. A veces venía un alcalde con todo su pueblo. Escuchaban todos fascinados. No sólo tenían jefe, ahora tenían maestro. Altora salía al balcón los miércoles por la mañana a hablarles a las indias. Les hablaba de la higiene, la salud, la alimentación, la educación. Tenía indias entrenadas que les daban demostraciones. Las indias escuchaban, miraban y aprendían.

Un cacique le preguntó a Altor un día, "Papá Cóndor, ¿por qué no se hace presidente?" La respuesta fue, "Yo no sirvo para presidente. Además, yo puedo servirle a mi gente mucho mejor aquí que en la presidencia". Y era verdad. Cada vez que llegaba a su atención noticia de alguna injusticia, bastaba una carta suya para que se arreglara el asunto. Entre tanto los tributos seguían viniendo. Estos eran necesarios para pagar los proyectos que tenía en movimiento, algunos de ellos en cooperación con el gobierno.

La realidad ecuatoriana había cambiado. Los indios eran ahora activos contribuyentes en la vida del país. Se notó por todas partes que la agricultura rendía más y mejores productos. Que la industria y el comercio habían mejorado en eficiencia y productividad. Que todo marchaba mejor.

El mundo entero quedó maravillado con la transformación del indio. Al alzar la cabeza y enderezar el cuerpo, al recobrar su amor propio y la dignidad humana, el indio reveló que era hermoso, inteligente y digno de su respeto. La tristeza centenaria se alzó, y el viento se la llevó. La alegría y el optimismo ocuparon su lugar.

Los indios le traían regalos a El Cóndor: productos de sus tierras, obras de artesanía y hasta dinero. Nico, por parte de El Cóndor, no aceptaba nada de eso. También le traían artefactos, joyas, piedras preciosas, cerámica de los antiguos incas que ellos habían escondido y guardado desde siempre o que sacaban de ruinas secretas de esa antigua civilización que sólo ellos conocían. Estos sí aceptaba El Cóndor. Convirtió la antigua casa de la hacienda en un museo que con el tiempo llegó a ser el museo más importante de antigüedades incaicas. Allí venían gentes de todo el mundo a admirar las maravillas de lo que antes había sido el Gran Imperio Inca.

Nico, el capataz de ese reino, convirtió la hacienda en un verdadero laboratorio de experimentación agrícola. Allí se producían las mejores semillas, los más grandes y más carnudos sementales, los cuales él repartía entre los indios. Además hizo de la hacienda un rancho de llamas, alpacas y vicuñas, animales ya en el umbral de la extinción. Las recogió por todo el país, las trajo de Bolivia y del Perú, y se dedicó a mejorar la raza.

Altor y Altora habían cumplido su misión. Habían convertido su ilusión en una nueva nación. Eran felices en su mutuo amor y en la adoración de su pueblo. Ya ni se acordaban de Ernesto Garibay y de Sofía. Las nalgas de oro ahora eran de bronce. La metamorfosis era total.